全本全注全译丛书

中华经典名著

苗怀明◎译注

# 浮生六记

中华书局

**图书在版编目(CIP)数据**

浮生六记/苗怀明译注. —北京:中华书局,2018.5
(2025.4重印)
(中华经典名著全本全注全译丛书)
ISBN 978-7-101-13162-8

Ⅰ.浮… Ⅱ.苗… Ⅲ.①古典散文-散文集-中国-清代
②《浮生六记》-译文③《浮生六记》-注释 Ⅳ.I264.9

中国版本图书馆 CIP 数据核字(2018)第 064963 号

---

| | | |
|---|---|---|
| 书 名 | 浮生六记 | |
| 译 注 者 | 苗怀明 | |
| 丛 书 名 | 中华经典名著全本全注全译丛书 | |
| 责任编辑 | 刘胜利 | |
| 装帧设计 | 毛 淳 | |
| 责任印制 | 管 斌 | |
| 出版发行 | 中华书局 | |
| | (北京市丰台区太平桥西里 38 号 100073) | |
| | http://www.zhbc.com.cn | |
| | E-mail:zhbc@zhbc.com.cn | |
| 印 刷 | 北京盛通印刷股份有限公司 | |
| 版 次 | 2018 年 5 月第 1 版 | |
| | 2025 年 4 月第 10 次印刷 | |
| 规 格 | 开本/880×1230 毫米 1/32 | |
| | 印张 10¾ 字数 180 千字 | |
| 印 数 | 84001-90000 册 | |
| 国际书号 | ISBN 978-7-101-13162-8 | |
| 定 价 | 28.00 元 | |

# 目录

# 前言

## 一

说起《浮生六记》这本书，还有一段颇具戏剧色彩的传奇故事：

光绪三年，也就是1877年，一部名为《独悟庵丛钞》的书籍出现在市面上，该书辑录了几种少见的笔记著作，其中一种为沈三白的《浮生六记》，书的名字很陌生，作者也不为人所知，篇幅不长，只有六卷，而且还残缺不全，少了后两卷。

但就是这样一本书，面世后竟大受欢迎，一纸风行，其后不断以单行本的形式刊印，人们争相传诵，如今已成为一部具有经典性质的文学名著。

最早刊印《浮生六记》的人叫杨引传，他也是《浮生六记》的发现者。杨引传（1824—?），原名延绪，号醒逋、苏补、淞滨外史、老圃，斋名独悟庵，吴县（今江苏苏州）人。主要活动在道光到光绪年间，著有《独悟庵集》①。

杨引传与《浮生六记》的结缘十分偶然，他是在家乡苏州的一个冷摊上买到该书的②。据他介绍，自己得到的是"作者手稿"。此后，他曾"遍访城中"，寻访有关作者沈三白的信息，但一无所获。

---

① 参见平步青《霞外捃屑》卷二《玉瓻生言志》条的相关记载，上海古籍出版社1982年版。

② 至于杨引传购得《浮生六记》的时间，不少人系于光绪三年（1877），这是有问题的。因为这只是《浮生六记》首次被刊印、杨引传写《浮生六记》序的时间。结合相关记载来看，从冷摊购得的时间至迟应在同治甲戌年即1874年，也可能就在这一年，因为这一年近僧潘麐生已从杨引传那里读到该书，并写了序言和十首诗。

尽管如此，他还是把这部书刊布出来。该书的风行证明了他不俗的眼光。我们今天能够阅读、欣赏这部书，真应该感谢这位杨引传，没有他，也许《浮生六记》早已失传，没有人会知道天地间还曾有这样一本好书。

书虽然刊印了，也很受欢迎，但喜爱《浮生六记》的读者并不满足，因为它缺少了后两卷。1935年，戏剧性的一幕再次出现：

这年8月，上海世界书局出版《美化文学名著丛刊》，其中收录了带有后两卷的《浮生六记》，即所谓的足本《浮生六记》。"足本"是由一位叫王文濡的人提供的，据说他像杨引传当年一样，也是在苏州的冷摊上买到的。

王文濡（1867—1935），原名承治，字均卿，别号学界闲民、天壤王郎、吴门老均、新旧废物等，南浔（今浙江湖州南浔区）人。曾先后在商务印书馆、中华书局、大东书局、文明书局等多家出版机构任职。编著、出版有《国朝文汇》《续古文观止》《明清八大家文钞》《说库》等。早在1915年，王文濡就曾将《浮生六记》收入其所编的《说库》中，由文明书局刊行，这是一个四卷本。

"足本"一出，立即引起人们的关注，但争议也随之产生。后两卷的出现非但不能让读者满意，反倒引出了真伪问题。在此后的几十年间，这一直是人们津津乐道的一个话题，成为学术史上的一段公案。围绕着一本残缺的小书，竟然发生如此多戏剧性的故事，竟然有如此多的谜团，假如沈复在天有灵，看到这一现象，不知当作何感想。

经过多年的不懈努力，人们逐渐寻找到一些资料，围绕《浮生六记》产生的一些谜团逐渐得到破解：

首先是作者问题。如今人们对沈复的了解虽然并不算多，但与杨引传当初得到《浮生六记》时"遍访城中无知者"的情况相比，还是要好多了。

从现有的资料来看，最早记载沈复事迹的是彭蕴灿《历代画史汇传》一书。该书刻于道光年间，在其卷五十有如下记载："沈复，字三白，元和人。工花卉。"稍后冯桂芬所撰的同治《苏州府志》卷一百三十六（光绪九年刊本）也有记载："沈三白《浮生六记》。三白失其名。按无锡顾翰《拜石山房集》有《寿吴门沈三白诗》。"

这些记载语焉不详，加上其他一些零星的资料，所勾勒出来的沈复形象仍然较为模糊。因此，对其生平事迹记载最为详细、可靠的资料还是《浮生六记》，这本书可以看作是作者的自传。

尽管他描写的大多为其他人，但从中可见作者本人的主要经历和性情：他虽然读了不少书，学养深厚，但没有得到功名，常年以游幕为生，卖过画，也做过一些小生意。喜爱盆景、园林及远足，足迹遍及全国各地，多才多艺，为人洒脱达观，不拘小节。除了《浮生六记》外，不知是否还有其他著述，其绘画作品有一些保存了下来。

其次是"足本"问题。这个问题现在已基本解决，经过认真比对，研究者找到了"足本"后两卷的源头。那就是卷五《中山记历》系根据李鼎元的《使琉球记》改头换面，拼凑而成。李鼎元曾于清嘉庆五年（1800）作为副使出使琉球，《使琉球记》记载了他此次到琉球的所见所闻。

卷六《养生记逍》的来源有二：一是张英的《聪训斋语》，二是曾国藩的日记《求阙斋日记类钞》。据陈毓罴先生的统计，《中山记历》"全文有百分之九十四是偷袭来的"，《养生记逍》则抄袭《聪训斋语》11 条，抄袭《求阙斋日记类钞》8 条①。

证据确凿，没有丝毫含糊的空间。那么，这个所谓的"足本"又是如何产生的呢？显然问题出在那位提供者王文濡身上。遗憾的是，王文濡在"足本"刊行之前就已去世了。直到二十世纪八十年代，随着知情人的现身，事情的真相才逐渐显露出来。

1980 年，郑逸梅发表《〈浮生六记〉的"足本"问题》一文，谈到当年王文濡曾想请他代笔"仿做两篇，约两万言"，但他没有答应。后来"世界书局这本《美化文学名著丛刊》出版，那足本的六记赫然列入其中。那

① 以上见陈毓罴《〈浮生六记足本〉考辨》，载《文学遗产》（增刊）第十五辑，中华书局 1983 年版。

么这遗佚两记，是否由他老人家自撰，或托其他朋友代撰，凡此种种疑问，深惜不能起均卿于地下而叩问的了。总之，这两记是伪作"①。

伪作是王文濡请人代笔，这是没有问题的，但它到底出于何人之手呢？到1989年，这一谜底终于揭开。这一年，王瑜孙发表《足本〈浮生六记〉之谜》一文，指出"足本"后两卷的作者为黄楚香，酬劳为二百大洋。作者是从大东书局同仁那里得知这一情况的②。至此，困扰了人们半个多世纪的难题算是彻底解决。

"足本"《浮生六记》的后两卷系后人的伪托，这已经被证实，那么沈复本人所写的后两卷原书是否还在世间，读者是否还能有幸读到呢？谁都没有办法回答这一问题，也许有一天它会突然出现在江南某城镇的冷摊上，给读者一个期待之中、意料之外的惊喜。可遇而不可求，大概只能这样回答。

此外，还有一个与此有关的小问题，那就是沈复是否真的去过琉球？从现有的材料来看，他确实去过，但不是在嘉庆五年（1800），而是在嘉庆十三年（1808），与正使齐鲲、副使费锡章同行③。最为直接的证据是李佳言写有《送沈三白随齐太史奉使琉球》诗两首，诗的题目说得很明白，沈复曾随齐鲲出使琉球。

## 二

对一般读者来说，沈复和他的《浮生六记》应该不算是一个陌生的名字，虽然还不能像《三国演义》《水浒传》《西游记》《红楼梦》等经典文学名著那样达到家喻户晓、妇孺皆知的程度，但喜欢它的人也是相当多的，甚至有"浮迷"之说。之所以要提到这些，是因为这本书能流传到现在，

---

① 郑逸梅《〈浮生六记〉的"足本"问题》，《读书》1981年第6期。另参见其《〈浮生六记〉的伪作》，载其《清娱漫笔》，上海书店1982年版。

② 王瑜孙《足本〈浮生六记〉之谜》，1989年9月26日《团结报》。

③ 参见陈毓罴《〈浮生六记足本〉考辨》一文的相关考证，载《文学遗产》（增刊）第十五辑，中华书局1983年版。

不能不说是一个奇迹。

说奇迹，主要有两层意思在：

首先，从作者沈复来看，到目前为止，我们对他的了解大体上不出他自己的《浮生六记》这本书，虽然还可以找一些其他相关的记载乃至他本人的画作，但大多语焉不详，所提供的信息相当有限。

可以这么说，沈复留给后人的印象恰好就是他本人所描绘的自画像，这似乎也是他想留给世人的印象，虽然模糊了些。在那个时代，像他这样的文人不知道有多少，普通得不能再普通，虽然读过书，但没有获得过什么功名，自然也就做不了官，只能到处游幕，有时做点儿小生意，一生都在为生计而奔波。

二百多年过去了，那些曾和作者有着同样遭遇的千千万万名下层文人早已湮没在历史的陈迹中，即便是生前显赫的达官贵人们，人们如今又能记得住几个呢？但我们牢牢记住了沈复这个名字，并且把他写进文学史，让他和那些曾让其景仰膜拜的历代文豪们并列，相信作者生前就是做梦，都未必敢梦到这些。这一切都是因为有了《浮生六记》。

有了这本书，平凡的人生一下变得不同凡响，这就如同蒲松龄之于《聊斋志异》一样。对这种无心插柳柳成荫的作家，后人理应献上更多的敬意，因为他们不是靠权势，不是靠金钱，不是靠家族，更不是靠炒作和包装，而是切切实实地靠着个人的真情和人格，靠着个人的才华和文笔名垂文学史册。他们生前没有得到过社会的认可，更不用说有成就感，古人所讲的立德、立功、立言，似乎都和他们无缘，注定在失意落魄中走过一生。对文学史来说，他们是纯粹的奉献者。

其次，从《浮生六记》这本书来看。它能流传到现在，打动一代又一代读者，也是一个奇迹。作者在创作的时候，主要是写给自己的，并没有藏之名山的雄心在。加上生活困难，似乎也没有刊印的打算。因此在作者身后的数十年间，并没有多少人知道这本书的存在。如果不是杨引传这位有心人在冷摊上偶然得到这部书，并将其刊印出来，我们今天很可能就不知道世间竟然还有这么一部书。

事实上，该书被发现的时候，已经残缺不全了，本来全书也不过才六卷，几万字而已，还散失了后两卷，即三分之一。但就是这仅存三分之二的小书，刊印之后，却大受欢迎，直到今天仍不断被刊印，拥有庞大的读者群，其各类版本按照有位学人的统计，至少有一百六十多种，可见其欢迎的程度。

这不禁让我们联想到《红楼梦》，该书也是一部残书，恰好散失三分之一，仅存八十回，但它照样成为一部文学经典。这就是文学的力量和魅力。它让我们看到，一部作品的流传、风行固然有很多偶然因素，但最关键的，还在作品自身。说得极端一些，一部书的长短、完整似乎都不是最重要的。

不知道沈复和《浮生六记》的流传在中国文学史上代表的是一个规律，还是一个例外，但它确实给人们留下了许多值得深思的东西。身份极为普通的作者，写的不过是日常琐事，既没有金戈铁马，也没有江湖恶斗，更没有降妖除怪，一切都那么平凡，都是我们生活中可见到的人，会遇到的事。那么，为什么自发现《浮生六记》一百多年来，人们如此爱读呢？

在笔者看来，人们爱读的原因恰恰就在其平凡普通。唯其平凡普通，才不需装腔作势，不必矫揉造作，写的都是个人亲身经历的事情，都是个人刻骨铭心的感受。对那些厌倦了说教训斥、读腻了高头讲章的读者来说，它让人感到亲切、自然，从书中看到了自己，自然能引起强烈的共鸣。看看文学史上，有哪一位作家是靠喋喋不休、毫无新意的说教获得成功的。真情实感，平淡自然，这就是本书最大的特点，也是它最能引起读者共鸣的地方。

时光已过去二百多年，《浮生六记》的价值也因历史文化的积淀而变得更为丰富多元。曾经在很长一段时间内，人们把它作为解读古代家族生活弊端的样本，比如俞平伯、林语堂、赵苕狂等人就是从这个角度解读的。

这种解读有其特定的时代文化背景，可以给人不少启发。在这种角度的观照下，人们对书中的女主人公芸娘给予了特别的关注，主要是同情和惋惜。这一方面是因为这个人物写得特别生动、感人，另一方面也是因为这种类型的女性人物在以往的文学作品中实在是太少见了，这也是沈复对中国文学史的一个重要贡献。由于这方面的论述已有很多，这里不再赘述。

芸娘之外，作者本人在书中展现的形象也同样值得关注。毕竟芸娘主要在第一、三卷中写到，而作者则活动在整本书中，他才是真正的主角。尽管后两卷已经失去，但从其题目及相关资料来看，仍主要是写作者本人的经历和见识。

即便是芸娘，这个最让读者牵挂的人物，她之所以如此可爱迷人，固然是出自个人的秉性，但也不能说与作者无关。正是作者可贵的开明、宽容和爱心，给她提供了这样的舞台，并将其记录下来。尽管这个舞台实在太小了，时间也太短了。

可以想象，如果换成一个不解风情、俗不可耐的男人，比如《红楼梦》里的贾赦、贾珍之类，芸娘还能有这些逸闻趣事吗？要知道在那个时代，妻子的命运几乎完全掌握在丈夫手里。可以这么说，有什么样的丈夫，就会有什么样的妻子。

是沈复培养和塑造了一位可爱迷人的妻子。当然这样的培养、塑造也付出了沉重的代价，芸娘的悲剧不能把账全算在封建礼教的头上，她自身的性格及为人处世的缺陷给自己，同样也给丈夫带来了很多麻烦。

感情生活之外，作者的其他方面也是值得注意的。他是一位有个性的下层文人，从他对各地风景名胜的褒贬可以看出这一点。虽然社会地位不高，生活困顿，但他依然保持着难得的自尊，照样苦中作乐，享受人生，享受生活；即便是在借钱回家的路上，也要顺道到虞山一游，这种乐观旷达的人生态度难能可贵，对每个有着类似不幸遭遇的读者都是一种激励和启发。

《浮生六记》虽然写了不少人生的苦楚和无奈，但字里行间丝毫找不到那种毫无节制的宣泄和哀怨，而且作者的享乐也不是醉生梦死，自甘堕落的。他不仅热爱生活，而且懂得如何生活，尽管生活贫寒，但充实而有趣。

看看他讲盆景、家居的那些文字，就可以知道，他绝非泛泛而谈，而是一位真正的行家里手。从写山川风景的那些文字，可见其独到的鉴赏眼光。他不喜欢苏州的狮子林，不喜欢扬州的五亭桥，不喜欢南昌的滕王阁，但并非故意在唱反调，而是能讲出道理，给人以启发。

对一部广为传诵的文学作品来说，仅有真情实感是不够的，还要有高超的写作技巧，尽管这种技巧读者并不一定都能明显地感觉到。《浮生六记》在这方面颇有值得称道之处，全书恬淡从容，简洁明快，凡人真事，娓娓道来，看不到刻意雕琢的痕迹，事实上作者也反对这样做，其效果正如他本人所说的"人工而归于天然"。

字里行间，深厚的文学修养和文字功力是可以感受得到的，无论是写人、叙事还是记景，都很别致，这种别致背后显然有作者的苦心在。随意不是随便，这也是一种文学技巧和境界，没有多年的修炼，是无法做到的。

此外需要强调的是，作者本人是一位画家，又开过书画店，这种艺术修养和知识背景可以从其对各地山川风物精当优美的描绘中看出来，达到了诗情画意的境界。真情实感，加上生花妙笔，成就了一部优秀的文学作品。

星移斗转，沧海桑田。在作者身后，这个世界发生了太多太大的变化，仅仅二百多年的时间，沈复笔下的苏州、扬州、杭州、广州、荆州等，尽管地名还是原来的地名，但我们已如同置身于另外一个时空。

全书篇幅不长，但内涵颇为丰富，特别是对山川风物、街市民巷、节庆民俗的描绘，逼真，生动，如同一幅幅清新明丽的江南风物画卷，给人印象至深。它让我们看到二百多年前苏州一带平民百姓真实的生活状态，它带给我们的也不仅仅是古今对比的感慨。对历史学家来说，它为研究江南文化提供了难得的第一手资料。

## 三

　　这样薄薄的一本残书为什么如此受欢迎，它靠什么打动了如此多的读者？

　　总的说来，可以将此归纳为三个字，即真、善、美。

　　首先说真。"真"是《浮生六记》一书留给读者最为直观、感性的印象，也是其重要特色。书中写的都是作者本人的真实生活，流露的也都是其真情实感，无论是写人记事、写景状物，还是谈文论艺，大多不加掩饰，脱口而出，直抒胸臆。真意味着坦诚，意味着磊落，也意味着对读者的尊重，其本身就具有一种强烈的感染力。

　　但要做到这些还是需要一些勇气的。闺房之乐，人人皆知，写伉俪情深的文学作品也有不少，大多都是点到为止，如果将夫妻生活的细节以写实的笔法描绘出来，展示给世人，则很少有人愿意这样做，即使愿意，也未必有面对世俗非议的胆量。

　　此前的文学作品中，只有虚构的小说作品有这方面的描写，像《闺房记乐》这样的写法在自传性的文章中较为少见。俗话说，家丑不可外扬。作者却反其道而行之，既描写了公婆和儿子、儿媳的冲突，也写到了兄弟之间的矛盾，揭示了家庭悲剧的酝酿和发展过程，为人们展现了一个普通家庭的真实生活状态。从这个角度来看，《浮生六记》的真不仅大胆、直率，而且也是一种创新。

　　其次说善。"善"主要体现为作者的精神境界和品格。从书中的描写来看，他虽然身为寒士，靠游幕、经商维持生计，生活不时陷入困顿，但一直保持乐观旷达的人生态度，和妻子芸娘相互扶持，珍惜身边拥有的一切，共同面对人生的种种难题。

　　他们根据自身的物质条件，追求生活的高品位，寻找生活的乐趣，为自己也为别人带来快乐。生活尽管清贫，但日子照样过得有滋有味，充满艺术情调，其乐融融。这种乐观旷达的人生态度也深深感染、打动着读者。二百多年过去了，沧海桑田，物是人非，但有些东西是永远不会改变的，作者写出了这种永恒的东西。

他们偶尔也有一些出格之举，但大多出于天真、浪漫的性情，不过是想活得更为自然、真实，更有情趣而已，哪怕是像现代人所说的作秀，也都不是什么大不了的罪过，更不会伤害别人。但就是这样，作者夫妇还是和家族中的其他人发生了严重的冲突，受到社会的非议。芸娘，这个被林语堂称为"中国文学上一个最可爱的女人"，过早地离开了人世。这本来是一个可以避免的悲剧。

再次说美。"美"体现为作者高超的文学水准。书中所写大都为日常生活中的细节琐事，但读起来并不感到单调、沉闷，反倒觉得兴味盎然。这是因为作者很善于选择。尽管都是生活琐事，但他很注意选择那些最能体现人物性格、情趣的场景，精心描绘，形象逼真，如在眼前，深得《世说新语》三昧。

写景状物更是作者的拿手好戏，这一方面得益于他的丰富经历。见多故能识广，对其间的得失都能从容不迫，娓娓道来。另一方面则得益于他的艺术修养。作者精于盆景和园林，又擅长丹青，因此能将自己的才艺融入到文学笔墨中。对每处景致，并不全面铺写，而是点出其特色所在，寥寥数笔，勾勒而出，精确而传神。行文间所显露出来的文学功力，令人敬佩叹服。

恬淡、素雅，这是该书的整体风格。作者文笔简洁、老到，但又不失生动、流畅，语言富有表现力。从表面看，作者似乎不加雕饰，随笔写出，如道家常，但实际上无论是谋篇布局，还是遣词造句，都很用心，非常精致，效果正如作者所说的人工而归于天然。全书如同一件晶莹剔透的艺术品，有人将其誉为"小红楼"。可见它受到众多读者的欢迎，并非偶然。

当然本书的价值并不仅限于上面所说的三点，它有着多方面的价值，无论是文献的、文学的，还是其他方面。限于篇幅，这里不再赘述。

## 四

最后对本书的相关整理事宜作一个交代：

本书正文选用朱剑芒所编《美化文学名著丛刊》本为底本，该书于1935年由上海世界书局刊行。之所以选用这个本子，主要有两个考虑：一是这个本子的校勘比较精，错误不多；二是它首次刊出了第五、六卷，是一个"足本"。同时还参考了其他三种整理本，即俞平伯校点的《浮生六记》（人民文学出版社1980年版）、罗宗阳校点的《浮生六记》（江西人民出版社1980年版）和金性尧、金文男所注的《浮生六记》（外三种，上海古籍出版社2000年版）。

本书的注释，内容包括一些难解的词语、人名地名、诗文典故等，只要读者大体能读懂的词语，就不再出注。对所注词语，简要说明词义，不作征引和发挥。

翻译以忠实于原著为原则，采用直译和意译的方式。一方面紧扣正文进行翻译，另一方面则根据需要增删字句，加以变通。因为完全照原文直译，不仅很多地方难以翻译，毕竟白话与文言的表达方式有着很大的不同，而且读起来也别扭。像《浮生六记》这样优美的文字，应该有较为通顺、流畅的翻译才是。

在翻译过程中，笔者还参考了林语堂的英文译本（笔者使用的版本为外语教学与研究出版社1999年版），受其启发颇多，这也是要说明的。

为了便于读者的理解，书后还附录了一些资料。这些资料可分为两部分，附录一是《美化文学名著丛刊》所刊的第五、六卷，尽管已有过硬的材料证明它确系伪托之作，但它毕竟提供了一个有趣的话题，可以增加读者的阅读兴趣，同时也便于大家比较，看看《浮生六记》的文字是不是可以随便伪造的。因此也予以收录，只作注释，不再翻译。

附录二是晚清以降特别是现代人的一些品评文字，其中有不少写得相当不错，相信对读者还是有所启发的。对那些有志于深入研究的读者，也算是提供一些资料。

尽管笔者自问还算认真努力，但限于个人的学识和能力，书中可能还存在不少问题，比如断字不当，注释有误，翻译不确，等等，欢迎读者诸君随时指出，以便将来再版时予以更正。

苗怀明

2018 年 3 月

# 卷一　闺房记乐

**【题解】**

在现代人看来，《闺房记乐》这一卷所写的不过是一段普通得不能再普通的家庭故事：一对年轻的小夫妻，恩恩爱爱，相互厮守，一起享受人生的欢乐时光。与《西厢记》《桃花扇》《红楼梦》等爱情题材的文学名著相比，既缺少惊天动地的传奇色彩，也没有跌宕起伏的戏剧情节，似乎过于平淡了一些。

确实，本卷所写大多为平平淡淡的日常生活、年轻夫妻间的琐事，但这正是其特色所在，其吸引读者的魅力也正在于此。因为它贴近我们的生活，能引起我们强烈的共鸣，给我们以人生的启发。

对大多数人来说，生活注定是平淡的。既没有开疆拓土的奇迹，也没有光宗耀祖的业绩，甚至连大世面都没有见过，但这并不意味着人生就没有乐趣，就没有意义。只要有乐观的人生态度，善于发现生活的情趣，照样可以活得很精彩，很幸福。作者沈三白和他的妻子芸娘就是这样的人。

按照科举时代的人生标准，作者显然不能算是成功人士。他固然多才多艺，但并没有靠这种才华获得功名，只是靠游幕、卖画、经商为生，奔波各地，有时生活相当窘迫。在这样不利的生存状态下，作者并没有因此自怨自艾，意志消沉，反而自得其乐，生活得相当充实、快乐。何以如此？原因很简单，虽然在现实世界里不能拥有很多，但作者清楚地知道珍惜自己所拥有的东西，比如幸福、温暖的家庭。

作者的婚姻固然是由父母一手包办的，但它完全符合两位年轻人的意愿，可谓先结婚后恋爱，从青梅竹马、两小无猜到情投意合、伉俪情深，他们将这一浪漫的爱情理想演绎成平淡的人生现实。在二百多年前的那个时代，能有这个福分的年轻人并不多，因父母包办婚姻产生的人生悲剧，我们从古代文学中读过太多。

人生在世，不如意事十常八九，能有一个真心相爱的伴侣，相互偎依，一起走完寂寞、寒冷的人生旅途，这不也是一种难得的运气吗？作者对人生是很知足的，因为知足，所以常乐。生活虽然清贫了一些，但和幸福、温暖的家庭相比，一切都显得那么微不足道。

作者以生动、逼真的笔触写出了这份人生的幸福和快乐，展现了一个又一个平淡但又温馨的场景。两个真心相爱的年轻人生活在一起，做什么都是新鲜、有趣的：一起谈论文学，一起赏月，一起流连山水……生活虽然平淡，但照样充满情趣，照样让人沉醉。想象二百多年前是一个什么样的时代，就会知道这份快乐该有多么难得。

有着这样的人生态度和情趣，作者的文笔绝不会枯涩，尽管所写大多为日常琐事，但读起来，一点儿都不感到沉闷或单调，相反，让人感到兴味盎然。作者的文风一如其所写内容，没有夸张的笔法，没有做作的笔调，恬淡，从容，娓娓道来，完全是以本真的面目示人，平淡、真实而又快乐的生活，其本身就有一种感染读者的魅力。


余生乾隆癸未冬十一月二十有二日①，正值太平盛世，且在衣冠之家②，居苏州沧浪亭畔③。天之厚我，可谓至矣。东坡云："事如春梦了无痕。"④苟不记之笔墨，未免有辜彼苍之厚。因思《关雎》冠三百篇之首⑤，故列夫妇于首卷，余以次递及焉。所愧少年失学，稍识"之无"，不过记其实情实事而已。若必考订其文法，是责明于垢鉴矣⑥。

**【注释】**

①乾隆癸未冬十一月二十有二日：1763 年 12 月 26 日。

②衣冠：指缙绅、名门世族。

③沧浪亭：在今江苏苏州城南三元坊内，为苏州四大名园之一，在苏州现存诸园中年代最久，为宋苏舜钦所建。

④东坡：即苏轼。东坡本为地名，在今湖北黄冈。苏轼曾开垦躬耕于此，并自号为"东坡居士"。事如春梦了无痕：语出苏轼《正月二十日与潘、郭二生出郊寻春，忽记去年是日同至女王城作诗，乃和前韵》诗："人似秋鸿来有信，事如春梦了无痕。"

⑤《关雎》：《诗经》中的第一首诗歌。三百篇：《诗经》经孔子删定后存三百零五篇，举其成数称为"三百篇"，后成为《诗经》的代称。

⑥鉴：镜子。

**【译文】**

我生在乾隆癸未年冬十一月二十二日那天，当时正值太平盛世，且生在一个名门世族，居住在苏州沧浪亭边。上天对我的厚爱，真是达到极点了。苏东坡曾说："事如春梦了无痕。"如果不把自己所见所思记载下来，未免有负于上天的厚爱。想到《关雎》位于《诗经》的最前面，所以也把夫妇之事放到首卷，其他的事情则依次写下去。惭愧的是自己少年失学，水平有限，不过是记录一些实情实事而已。如果一定要考究文法修辞的话，则就是苛求污垢的镜子发出光亮了。

余幼聘金沙于氏①，八龄而夭，娶陈氏。陈名芸，字淑珍，舅氏心余先生女也。生而颖慧，学语时，口授《琵琶行》②，即能成诵。四龄失怙③，母金氏，弟克昌，家徒壁立④。芸既长，娴女红⑤，三口仰其十指供给，克昌从师，脩脯无缺⑥。一日，于书簏中得《琵琶行》，挨字而认，始识字。刺绣之暇，渐通吟咏，有"秋侵人影瘦，霜染菊花肥"之句。

【注释】

①聘：订婚。金沙：在今江苏南通。

②《琵琶行》：唐代诗人白居易诗作。通过一位歌女的不幸遭遇抒写身世之感。

③失怙（hù）：失去依靠，指父亲去世。怙，依靠。

④壁立：比喻家中贫困，空无所有。

⑤女红：旧时女子所做的针线、纺织、刺绣、缝纫等工作。

⑥脩（xiū）脯：旧时付给老师的酬金。

【译文】

我小时候曾和金沙于氏订婚，可惜她八岁的时候就夭折了，后来娶的是陈氏。陈氏名叫芸，字淑珍，是我舅父心余先生的女儿。她生而颖慧，当初学说话时，家里口授《琵琶行》，很快就能背诵。她四岁的时候，父亲谢世，家里还有母亲金氏和弟弟克昌，家徒四壁，生活艰难。陈芸长大后，精通纺织、刺绣等女红，三口之家主要依靠她的十指为生，弟弟克昌从师学习，给先生的酬金从来没有短缺过。有一天，她从书箱里发现了《琵琶行》，便逐字来认，这才开始识字。刺绣闲暇时间，渐渐能懂得吟咏，写有"秋侵人影瘦，霜染菊花肥"这样的佳句。

　　余年十三，随母归宁①，两小无嫌，得见所作。虽叹其才思隽秀，窃恐其福泽不深。然心注不能释②，告母曰："若为儿择妇，非淑姊不娶。"母亦爱其柔和，即脱金约指缔姻焉。此乾隆乙未七月十六日也③。

【注释】

①归宁：旧时出嫁的妇女回娘家。

②心注：倾心。

③乾隆乙未七月十六日：1775 年 8 月 11 日。

## 【译文】

　　我十三岁的时候跟着母亲回姥姥家，因从小与芸关系融洽，得以见到她写的诗句。虽然赞叹她才思隽秀，但也担心她福泽不深。然而心思都在她身上，时刻不能放下，就告诉母亲说："若是为儿子选择媳妇，非淑姐不娶。"母亲也喜欢芸的温柔和顺，当即摘下金戒指，缔结婚约。这一天是乾隆乙未年的七月十六日。

　　是年冬，值其堂姊出阁①，余又随母往。芸与余同齿而长余十月②，自幼姊弟相呼，故仍呼之曰淑姊。时但见满室鲜衣，芸独通体素淡③，仅新其鞋而已。见其绣制精巧，询为己作，始知其慧心不仅在笔墨也④。其形削肩长项，瘦不露骨，眉弯目秀，顾盼神飞⑤，唯两齿微露，似非佳相。一种缠绵之态，令人之意也消。索观诗稿，有仅一联，或三四句，多未成篇者。询其故，笑曰："无师之作，愿得知己堪师者敲成之耳。"余戏题其签曰"锦囊佳句"，不知夭寿之机，此已伏矣⑥。

## 【注释】

①出阁：女子出嫁。

②同齿：同岁，年龄相同。

③素淡：素净淡雅。

④笔墨：文字，文章。

⑤顾盼神飞：左右顾视，神采飞扬。

⑥余戏题其签曰"锦囊佳句"，不知夭寿之机，此已伏矣：唐代诗人李贺外出，必带一锦囊，途中想到佳句，即写下放入囊中。因李贺年仅27岁而卒，故此处有"夭寿之机，此已伏矣"之说。典出李商隐《李贺小传》："恒从小奚奴，骑距驴，背一古破锦囊，遇有所

得，即书投囊中。及暮归，太夫人使婢受囊出之，见所书多，辄曰：'是儿要当呕出心始已耳。'上灯与食，长吉从婢取书，研墨叠纸足成之，投他囊中。"

**【译文】**

这年冬天，正赶上堂姐出嫁，我又跟随母亲前往舅父家。芸和我同龄但比我大十个月，两人从小以姐弟相称，所以我仍喊她淑姐。当时只见满屋子的人都穿着鲜艳的服装，只有芸衣着淡雅，仅换了一双新鞋而已。这双鞋绣制精巧，一问是她自己做的，这才知道其慧心不仅体现在笔墨上。她长得较为苗条，削肩长颈，瘦不露骨，眉弯目秀，两眼顾盼神飞，只是有两颗牙齿微微外露，难以称得上美貌。但是那种缠绵娇美的仪态，让人萌生爱恋之意，难以割舍。我要她的诗稿来看，发现有的只有一联，有的只有三四句，大多没有完成全篇。问她其中的缘故，她笑着说："这是没有老师指导的习作，希望得到了解自己能当老师的人来帮我推敲成篇。"我为其诗戏题曰"锦囊佳句"，殊不知其短寿之机已潜伏在这里了。

是夜，送亲城外，返已漏三下①。腹饥索饵②，婢妪以枣脯进③，余嫌其甜。芸暗牵余袖，随至其室，见藏有暖粥并小菜焉④。余欣然举箸，忽闻芸堂兄玉衡呼曰："淑妹速来！"芸急闭门曰："已疲乏，将卧矣。"玉衡挤身而入，见余将吃粥，乃笑睨芸曰⑤："顷我索粥，汝曰'尽矣'，乃藏此专待汝婿耶？"芸大窘避去，上下哗笑之。余亦负气⑥，挈老仆先归。

**【注释】**

①漏三下：漏，漏刻，古代一种计时方法。漏三下，即三更时分。

②饵：食物。

③枣脯：用枣子制成的果干。

④小菜：盛在小碟中下酒饭的菜蔬，多为盐或酱腌制而成。

⑤睨（nì）：斜着眼睛看。

⑥负气：赌气。

【译文】

当天夜里到城外送亲，回来的时候已是三更时分。我饥肠辘辘，想找点儿东西吃，女仆拿来些枣脯，我嫌它太甜不想吃。芸暗中牵着我的袖子，我跟着走进她的卧室，看到里面藏有准备好的热粥和小菜。我欣然举起筷子，忽然听到芸的堂兄玉衡在外边喊道："淑妹快来！"芸急忙关门说："我已疲乏，准备睡觉呢。"玉衡从门缝挤了进来，看到我准备吃粥，就斜眼看着芸，笑道："刚才我跟你要粥，你说'没有了'，原来藏在这里专门招待女婿啊。"芸十分窘迫，躲了出去，一时间，满屋子的人都哈哈大笑起来。我也赌气带着老仆先回去了。

自吃粥被嘲，再往，芸即避匿，余知其恐贻人笑也①。

【注释】

①贻（yí）：留下，落下。

【译文】

自从因吃粥的事被人嘲笑，我再去的时候，芸都要躲藏起来，我知道她是怕人笑话。

至乾隆庚子正月二十二日花烛之夕①，见瘦怯身材依然如昔②。头巾既揭，相视嫣然③。合卺后④，并肩夜膳，余暗于案下握其腕，暖尖滑腻⑤，胸中不觉怦怦作跳。让之食，适逢斋期⑥，已数年矣。暗计吃斋之初，正余出痘之期⑦，因笑谓曰："今我光鲜无恙，姊可从此开戒否？"芸笑之以目，点之以首。

【注释】

①乾隆庚子正月二十二日：1780 年 2 月 26 日。花烛：旧时结婚新房内点有龙凤雕饰的蜡烛，后遂以花烛代指新婚。

②瘦怯：瘦弱。

③嫣然：形容笑容美好。

④合卺（jǐn）：旧时结婚仪式，指新郎、新娘共饮交杯酒。

⑤暖尖滑腻：指手温暖且手指尖细，皮肤光滑细腻。

⑥斋期：这里应指芸娘为沈复出水痘斋戒的时期。

⑦出痘：出水痘，一种幼儿易患的传染性疾病。

【译文】

到乾隆庚子年正月二十二日的洞房花烛夜，我看到她身材依旧那样瘦弱。红盖头揭去之后，两人相视一笑。喝过合卺酒之后，我们并肩而坐，一起吃夜宵，我悄悄地在桌子下握了握她的手腕，只觉得手指尖细温润，心里不禁怦怦跳动。让她吃东西，这天正赶上她的斋期，她已经坚持好几年了。算算她当初吃斋的时间，正是我出痘的日子，于是笑着对她说："如今我身体光鲜无恙，姐姐也可从此开戒了吧？"芸眼里含笑，点了点头。

廿四日为余姊于归①，廿三国忌不能作乐②，故廿二之夜即为余姊款嫁③。芸出堂陪宴，余在洞房与伴娘对酌，拇战辄北④，大醉而卧，醒则芸正晓妆未竟也⑤。

【注释】

①于归：女子出嫁。

②国忌：古代皇帝、皇后去世的日子。

③款嫁：设宴送嫁。

④拇战：划拳。酒令的一种。北：败北，失败。

⑤晓妆：晨起梳妆。

【译文】

本来二十四日是我姐姐出嫁的日子，但二十三日是国忌不能娱乐，因此就在二十二日夜里为我姐姐送嫁宴客。芸出去陪客，我便在洞房里和伴娘喝酒，但每次划拳都输，结果大醉而眠，醒来的时候，芸正起来化晨妆还没有结束。

是日，亲朋络绎，上灯后始作乐。

【译文】

当天亲朋好友络绎不绝，晚上上灯之后才开始欢庆。

廿四子正①，余作新舅送嫁，丑末归来②，业已灯残人静。悄然入室，伴妪盹于床下，芸卸妆尚未卧，高烧银烛，低垂粉颈，不知观何书而出神若此。因抚其肩曰："姊连日辛苦，何犹孜孜不倦耶？"芸忙回首起立曰："顷正欲卧，开橱得此书，不觉阅之忘倦。《西厢》之名③，闻之熟矣，今始得见，真不愧才子之名，但未免形容尖薄耳④。"余笑曰："唯其才子，笔墨方能尖薄。"伴妪在旁促卧，令其闭门先去。遂与比肩调笑，恍同密友重逢。戏探其怀，亦怦怦作跳，因俯其耳曰："姊何心春乃尔耶⑤？"芸回眸微笑，便觉一缕情丝摇人魂魄。拥之入帐，不知东方之既白。

【注释】

①子正：相当于午夜12点。

②丑末：相当于凌晨3点。

③《西厢》：元杂剧《西厢记》，演述张生与崔莺莺爱情故事，作者王
　实甫。

④尖薄：尖巧轻薄。

⑤心春（chōng）：心跳。

【译文】

　　二十四日子夜，我身为新舅去送嫁，直到凌晨丑末时分才回来，当时已经灯残人静。悄悄走进卧室，只见负责侍奉的老妇人正在床边打盹，芸虽已卸妆，但还没有就寝，正点着蜡烛，低着头，不知在看什么书如此入迷。我摸着她的肩膀说："姐姐连日辛苦，为什么还这样孜孜不倦呢？"芸急忙回头，站起身来说："刚才正想睡觉，打开书橱看到这本书，不知不觉，读得忘了疲倦。《西厢记》的书名早已熟知，今天才得以看到，真不愧才子之名，只是书中所写未免尖薄了些。"我笑着说："唯其是才子，笔墨才能如此尖薄。"此时负责侍奉的老妇人在旁边催促我们休息，我让她关门先走。这才与芸坐在一起调笑起来，大家好像密友重逢一样。我伸手摸摸她的胸口，感到她的心头也在怦怦跳动。于是俯在她的耳边悄悄问道："姐姐的心为什么跳得这么快呢？"芸回眸莞尔一笑，只觉得一缕情丝动人魂魄。于是拥着她进入帐内，不知不觉，天已经亮了。

　　芸作新妇，初甚缄默①，终日无怒容，与之言，微笑而已。事上以敬，处下以和，井井然未尝稍失。每见朝暾上窗②，即披衣急起，如有人呼促者然。余笑曰："今非吃粥比矣，何尚畏人嘲耶？"芸曰："曩之藏粥待君③，传为话柄。今非畏嘲，恐堂上道新娘懒惰耳④。"余虽恋其卧而德其正，因亦随之早起。自此耳鬓相磨，亲同形影，爱恋之情，有不可以言语形容者。

**【注释】**

①缄默：沉默，闭口不说话。

②朝暾（tūn）：初升的太阳。

③曩（nǎng）：以往，从前。

④堂上：这里指对公婆的尊称。

**【译文】**

芸刚过门那一阵子，起初很是沉默，整天没有恼怒的表情，和她说话，也只是微笑而已。上对公婆孝敬，下对晚辈和气，做事很有条理，没有什么闪失。每天早上看见太阳照到窗户，她便急忙穿衣起床，好像有人催促似的。我笑着说："如今不是吃粥时可比了，还怕别人嘲笑吗？"芸说："当初藏粥招待你，已传为笑柄。如今不是害怕别人嘲笑，而是担心公婆说新娘懒惰啊。"我虽对她睡在身边有些留恋，却觉得她做得正确，因此也随着她早起。自此，两人耳鬓厮磨，形影不离，那种爱恋之情是语言所不能描绘的。

而欢娱易过，转睇弥月①。时吾父稼夫公在会稽幕府②，专役相迓③，受业于武林赵省斋先生门下④。先生循循善诱，余今日之尚能握管⑤，先生力也。归来完姻时，原订随侍到馆。闻信之余，心甚怅然，恐芸之对人堕泪。而芸反强颜劝勉，代整行装，是晚，但觉神色稍异而已。临行，向余小语曰："无人调护，自去经心⑥。"

**【注释】**

①转睇：转眼间，指时间过得很快。

②会稽：今浙江绍兴。幕府：旧时军中或官署聘用的文书人员。这里是做幕府的意思。

③迓（yà）：迎接。

④受业：跟随老师学习。武林：今浙江杭州。

⑤握管：执笔写文章。

⑥经心：留心，留意。

【译文】

欢乐的时光容易度过，转眼间已过去一个月。当时我父亲稼夫公在会稽做幕府，专门派人来接我，让我跟随杭州赵省斋先生学习。先生循循善诱，我今天还能执笔写作，都是得益于先生的教诲。回家完亲的时候，原计划随后要到父亲那里继续学习。得到要走的消息，心里感到很是怅然，担心芸会对人落泪。没想到她却强作笑脸来规劝安慰我，给我收拾行装，那天晚上，只是觉得她神色稍有些异样而已。临行前，她对我小声说道："外出无人照料，自己要多当心。"

及登舟解缆，正当桃李争妍之候①，而余则怳同林鸟失群，天地异色！

【注释】

①妍（yán）：艳丽，美。

【译文】

等到登上船，解开缆绳，此时正是桃李争妍的时节，而我却怳然如失群的林鸟，感到天地间的颜色都改变了！

到馆后，吾父即渡江东去。居三月，如十年之隔。芸虽时有书来，必两问一答，半多勉励词，余皆浮套语①，心殊怏怏②。每当风生竹院，月上蕉窗，对景怀人，梦魂颠倒。先生知其情，即致书吾父，出十题而遣余暂归，喜同戍人得赦③。

**【注释】**

①浮套：客套。

②怏怏（yàng）：不高兴或没精打采的样子。

③戍人：古代驻守边关的将士。

**【译文】**

到了杭州后，父亲即渡江向东去了。在外地仅住了三个月，感觉却如同十年一样漫长。芸虽然不时有书信寄来，但必定是两问一答，其中多半为勉励之词，其余都是客套话，我心里很是不高兴。每当风生竹院，月上蕉窗，对景怀人，梦魂颠倒。先生知道我的情况，就给我父亲写信，出了十道题，让我暂且先回家，我高兴得如同守边的兵士得到赦免。

登舟后，反觉一刻如年。及抵家，吾母处问安毕，入房，芸起相迎，握手未通片语，而两人魂魄恍恍然化烟成雾①，觉耳中惺然一响②，不知更有此身矣。

**【注释】**

①恍恍然：好像，仿佛。

②惺然：象声词。

**【译文】**

登上小船后，反倒觉得一刻如同一年一样缓慢。回到家里，去母亲那里问安之后，走到自己房里，芸站起来迎接，我们双手相握，一言未发，二人的魂魄仿佛化成了烟雾，只觉得耳中惺然一响，都不知道还有此身了。

时当六月，内室炎蒸①。幸居沧浪亭爱莲居西间壁②，板桥内一轩临流，名曰"我取"，取"清斯濯缨，浊斯濯足"意也③。檐前老树一株，浓阴覆窗，人面俱绿。隔岸游人往来不绝。此吾父稼夫公垂帘宴客处也。禀命吾母，携芸消夏于此。因暑罢绣，终日伴余课书论古④，品月评花而已。芸不善饮，强之可三杯，教以射覆为令⑤。自以为人间之乐，无过于此矣。

### 【注释】

①炎蒸：炎热。

②间壁：隔壁。

③清斯濯（zhuó）缨，浊斯濯足：语出《孟子·离娄上》："有孺子歌曰：'沧浪之水清兮，可以濯我缨；沧浪之水浊兮，可以濯我足。'孔子曰：'小子听之，清斯濯缨，浊斯濯足矣。自取之也。'"濯，洗。

④课书：研读书籍。

⑤射覆：一种酒令。在喝酒行令时，出题者先用诗文、成语或典故隐喻某事物，让猜谜者用另一种诗文、成语典故来揭开谜底。如果猜不出或猜错及出题者误判，都要罚酒。

### 【译文】

当时正值六月，室内闷热。幸好我们住在沧浪亭爱莲居西边的隔壁，板桥内有间轩室临水，名叫"我取"，这是取"清斯濯缨，浊斯濯足"的意境。房前有棵老树，浓荫覆盖着窗户，连人的面容都映成绿色。隔岸游人往来不绝。这是我父亲稼夫公垂帘宴客的地方。禀告母亲之后，我便带芸到这里消夏。因为天热，她不再刺绣做活，整天陪着我读书论古，品月评花。芸不善于饮酒，勉强可喝上三杯，我教她行酒令。自以为人世间的快乐，再没有超过这个的了。

一日，芸问曰："各种古文，宗何为是？"余曰："《国策》《南华》①，取其灵快；匡衡、刘向②，取其雅健；史迁、班固③，取其博大；昌黎取其浑，柳州取其峭；庐陵取其宕，三苏取其辩④。他若贾、董策对⑤，庾、徐骈体⑥，陆贽奏议⑦，取资者不能尽举，在人之慧心领会耳。"

**【注释】**

①《国策》：《战国策》。《南华》：《南华经》，即《庄子》。

②匡衡：生卒年不详，字稚圭，西汉经学家。刘向（约前77—前6）：字子政，西汉经学家、目录学家、文学家。

③史迁：即司马迁（约前145—约前90）。班固（32—92）：字孟坚，东汉史学家、文学家。

④昌黎、柳州、庐陵、三苏：昌黎即韩愈（768—824），柳州即柳宗元（773—819），庐陵即欧阳修（1007—1072），三苏即苏洵（1009—1066）、苏轼（1037—1101）、苏辙（1039—1112）。

⑤贾、董：贾即贾谊（前200—前168），董即董仲舒（前170—前104）。策对：与下文的"骈体""奏议"，皆古代文体。

⑥庾、徐：庾即庾信（513—581），徐即徐陵（507—583）。

⑦陆贽（754—805）：字敬舆，唐代政治家、文学家。

**【译文】**

有一天，芸问道："各种古文，应当学哪一家为好？"我说："《战国策》《南华经》，取其灵快；匡衡、刘向，取其雅健；司马迁、班固，取其博大；韩愈取其浑厚，柳宗元取其峭拔；欧阳修取其挥洒，三苏取其明辩。其他如贾谊、董仲舒的策对，庾信、徐陵的骈体，陆贽的奏议，可以取资的很多，无法全都列举出来，关键在各人的慧心领会了。"

芸曰："古文全在识高气雄，女子学之恐难入彀①。唯诗之一道，妾稍有领悟耳。"余曰："唐以诗取士，而诗之宗匠必推李、杜②，卿爱宗何人？"芸发议曰："杜诗锤炼精纯，李诗潇洒落拓。与其学杜之森严，不如学李之活泼。"余曰：
"工部为诗家之大成③，学者多宗之。卿独取李，何也？"芸
曰："格律谨严，词旨老当，诚杜所独擅。但李诗宛如姑射
仙子④，有一种落花流水之趣，令人可爱。非杜亚于李，不
过妾之私心宗杜心浅，爱李心深。"余笑曰："初不料陈淑珍
乃李青莲知己⑤。"

**【注释】**

①入彀（gòu）：此指合乎要求，达到标准。

②李、杜：即李白（701—762）、杜甫（712—770）。

③工部：即杜甫，因其曾任工部员外郎，故有此称。

④姑射仙子：《庄子·逍遥游》中所描绘的女神形象。

⑤李青莲：即李白，李白号青莲居士。

**【译文】**

芸说："古文全在识高气雄，女子学习恐怕难以入门。唯有诗歌一
道，我稍稍有些领悟。"我说："唐代以诗取士，诗的宗匠必定首推李白、
杜甫，你喜欢学习哪一个呢？"芸发议论道："杜诗锤炼精纯，李诗潇洒
落拓。与其学杜甫的森严，倒不如学李白的活泼。"我说："杜工部为诗
家集大成者，学诗的人多学习他。而你独选李白，为什么呢？"芸说：
"格律严谨，词旨老练，这的确是杜甫所擅长的。而李白的诗宛如姑射
仙子，有一种落花流水之趣，令人喜爱。并不是杜甫不如李白，只不过
是我学习杜甫的心浅，喜欢李白的心深罢了。"我笑道："没想到陈淑珍
是李青莲的知己。"

芸笑曰："妾尚有启蒙师白乐天先生①，时感于怀，未尝稍
释。"余曰："何谓也？"芸曰："彼非作《琵琶行》者耶？"余
笑曰："异哉！李太白是知己，白乐天是启蒙师，余适字'三

白'，为卿婿，卿与'白'字何其有缘耶？"芸笑曰："'白'字有缘，将来恐白字连篇耳。"吴音呼"别"字为"白"字。相与大笑。余曰："卿既知诗，亦当知赋之弃取。"芸曰："《楚辞》为赋之祖，妾学浅费解。就汉、晋人中调高语炼，似觉相如为最②。"余戏曰："当日文君之从长卿③，或不在琴而在此乎？"复相与大笑而罢。

### 【注释】

①白乐天：即白居易（772—846），字乐天。

②相如：即司马相如（前179—前118），西汉辞赋家。

③文君之从长卿：相传卓文君为富商之女，被司马相如的琴声打动，两人相爱后一起私奔。

### 【译文】

芸笑着说："我还有启蒙老师白乐天先生，时感于怀，未尝忘记。"我说："这是怎么说呢？"芸说："他不是《琵琶行》的作者吗？"我笑着说："真是奇怪啊！李太白是你的知己，白乐天是你的启蒙老师，我恰好字'三白'，是你的夫婿，你与'白'字怎么这么有缘分呢？"芸笑着说："与'白'字有缘，将来恐怕会白字连篇呢。"吴语将"别"读做"白"字。我们一起大笑起来。我说："你既然懂诗，也应当知道赋的弃取。"芸说："《楚辞》是赋的祖师，我学识肤浅，难以理解。就汉、晋人而言，调高语炼，似乎觉得司马相如最好。"我开玩笑说："当日卓文君跟着司马相如，或许不在琴而在此吧？"二人又大笑起来，结束了谈话。

余性爽直，落拓不羁；芸若腐儒①，迂拘多礼②。偶为披衣整袖，必连声道"得罪"；或递巾授扇，必起身来接。余始厌之，曰："卿欲以礼缚我耶？语曰③：'礼多必诈④。'"芸两颊发赤，曰："恭而有礼，何反言诈？"余曰："恭敬在心，不在虚文。"芸曰:"至亲莫如父母,可内敬在心而外肆狂放耶?"余曰:"前言戏之耳。"芸曰:"世间反目,多由戏起,后勿冤妾,令人郁死。"余乃挽之入怀,抚慰之,始解颜为笑。自此,"岂敢""得罪"竟成语助词矣。

**【注释】**

①腐儒:思想陈旧迂腐的书生。

②迂拘:拘守陈规,迂腐而不知变通。

③语:俗语,俗话。

④诈:虚伪。

**【译文】**

　　我性格爽直,不拘小节;而芸则像腐儒一样,拘泥多礼。偶尔为她披披衣服,整整衣袖,她必定连声说"得罪,得罪";为她递手巾、送扇子,她也一定要站起来接。我起初看不惯,说:"你是要用礼节来约束我吧,俗话说:'礼多必诈。'"芸脸红了起来,问道:"恭敬有礼,为什么反说我虚伪呢?"我答道:"恭敬在心,而不在表面形式。"芸说:"至亲莫如父母,难道对待他们可以内敬在心,外表放肆吗?"我说:"我前面说的都是开玩笑呢。"芸说:"世间反目多由玩笑而起,以后你不要冤枉我,让人郁闷而死。"我把她搂在怀里,抚慰了一阵子,这才露出笑容。从此之后,"岂敢""得罪"竟成为她的语助词了。

　　鸿案相庄①,廿有三年,年愈久而情愈密。家庭之内,或暗室相逢,窄途邂逅,必握手问曰:"何处去?"私心忒忒②,如恐旁人见之者。实则同行并坐,初犹避人,久则不以为意。芸或与人坐谈,见余至,必起立,偏挪其身,余就而并焉。彼此皆不觉其所以然者,始以为惭,继成不期然而然③。独怪老年夫妇相视如仇者,不知何意。或曰:"非如是,焉得白头偕老哉？"斯言诚然钦④？

**【注释】**

①鸿案相庄：指夫妻间相敬相爱，关系融洽。典出《后汉书·逸民列传·梁鸿》："遂至吴，依大家皋伯通，居庑下，为人赁舂。每归，妻为具食，不敢于鸿前仰视，举案齐眉。"

②忒忒(tè)：小心谨慎的样子。

③不期然而然：不自觉如此。

④钦(yú)：句末语气助词。

**【译文】**

　　我们相亲相爱，一起生活了二十三年，时间越长，感情也就越深。在家里，或暗室相遇，或窄路碰到，必定握手问道："到哪里去？"二人小心谨慎，好像害怕旁人看见一样。事实上，就是同行并坐，当初还避开别人，时间长了就不在意了。芸有时和人坐着聊天，看到我过来，必定站起来，偏挪身子，我就挨着她坐下来。彼此也都没有想过为什么要这样做，开始还有些羞愧，继而习惯成自然。奇怪的是有些老年夫妇相互如仇人一样，不明白这是什么缘故。有人说："如果不这样，怎么能白头偕老呢？"事实真的如此吗？

　　是年七夕①，芸设香烛瓜果，同拜天孙于我取轩中②。余镌"愿生生世世为夫妇"图章二方，余执朱文，芸执白文③，以为往来书信之用。是夜，月色颇佳，俯视河中，波光如练④，轻罗小扇⑤，并坐水窗，仰见飞云过天，变态万状。芸曰："宇宙之大，同此一月，不知今日世间，亦有如我两人之情兴否⑥？"余曰："纳凉玩月，到处有之。若品论云霞，或求之幽闺绣阁⑦，慧心默证者，固亦不少。若夫妇同观，所品论者，恐不在此云霞耳。"未几，烛烬月沉，撤果归卧。

## 【注释】

①七夕：即七夕节，又名"乞巧节"。民间传统节日，时间一般在农历七月初七。年轻女性在这一天通常摆上瓜果乞巧，或比赛针线织绣手艺。

②天孙：织女星，民间相传织女是天帝的孙女。

③朱文、白文：在印章中，字凸出者叫阳刻，为朱文；字凹进者叫阴刻，为白文。

④练：白绢。

⑤轻罗：一种质地较薄的丝织品。

⑥情兴：情趣兴致。

⑦绣闼(tà)：装饰华丽的门。闼，门。

## 【译文】

这一年的七夕，芸准备了香烛瓜果，和我一起在我取轩拜织女星。我刻了"愿生生世世为夫妻"两枚印章，我拿朱文的，芸拿白文的，以作往来书信之用。当天夜里，月色皎洁，俯看河中，波光如练。我们手执轻罗小扇，并排坐在临水的窗前，抬头看着飞云过天，变幻万状。芸说："宇宙那么大，大家同在一个月亮下，不知今日世间，是否也有人像我们二人这样有情致？"我说："纳凉赏月，到处都有。若是品论云霞，在深幽闺房中寻找慧心默证者，固然也有不少。若是夫妻一起观赏，所品论的内容恐怕就不在云霞上了。"不久，蜡烛燃尽，月亮西沉，我们撤去瓜果，回屋休息。

七月望①，俗谓之"鬼节"②。芸备小酌，拟邀月畅饮。夜忽阴云如晦，芸愀然曰③："妾能与君白头偕老，月轮当出。"余亦索然④。但见隔岸萤光，明灭万点，梳织于柳堤蓼渚间⑤。余与芸联句，以遣闷怀。而两韵之后，逾联逾纵⑥，想入非夷⑦，随口乱道。芸已漱涎涕泪，笑倒余怀，不能成声矣。觉其鬓边茉莉浓香扑鼻，因拍其背，以他词解之曰：

"想古人以茉莉形色如珠，故供助妆压鬓，不知此花必沾油头粉面之气，其香更可爱，所供佛手当退三舍矣⑧。"芸乃止笑曰："佛手乃香中君子，只在有意无意间；茉莉是香中小人，故须借人之势，其香也如胁肩谄笑⑨。"余曰："卿何远君子而近小人？"芸曰："我笑君子爱小人耳。"

【注释】

①望：农历每月十五，月亮最圆的那一天。

②鬼节：又称"盂兰盆节""中元节"，民间传统节日，时间在农历七月十五。人们在这一天通常要祭祀死去的先人及鬼神。

③愀（qiǎo）然：不愉快的样子。

④索然：没有兴致的样子。

⑤梳织：形容萤火虫如织布一样穿梭于丛林间。蓼渚（liǎo zhǔ）：长有蓼草的水中小洲。渚，水中的小块陆地。

⑥逾：更加。

⑦想入非夷：胡思乱想。

⑧佛手：即佛手柑，一种常绿乔木。其果前端作手指状分裂，可食用、药用，果皮与花均可提取香油，以充香料。

⑨胁肩谄笑：耸起肩膀，装出笑脸，形容极端谄媚的样子。

【译文】

七月十五，俗称"鬼节"。芸准备了酒菜，打算邀月畅饮。这天夜里，忽然阴云密布，天色昏暗，芸有些不高兴，说："我如果能和你白头偕老的话，月亮应出来才是。"我也感到没有兴致。只见对岸萤火明灭，如繁星万点，散布在柳堤蓼渚间。我和芸联句，以排遣心中的郁闷。但是对完了两韵之后，就越联越没有章法，想入非非，随口乱说。芸已笑得眼泪都流了出来，倒在我怀里，说不出话来。我闻到她鬓角的茉莉浓香扑鼻，于是拍着她的背，用其他言语缓解道："想来古人因茉莉形色像珍珠，所以用来助妆压鬓，岂不知此花必须沾染油头粉面的气味，香味才更可爱，所供的佛手都要退避三舍。"芸止住笑说："佛手是香中的君子，香气只在有意无意之间；茉莉是香中的小人，因此必须借助人势，它的香味好像献媚讨好一样。"我问："那你为什么要远君子而近小人呢？"芸说："我只是笑那种爱小人的君子罢了。"

　　正话间，漏已三滴①。渐见风扫云开，一轮涌出。乃大喜，倚窗对酌。酒未三杯，忽闻桥下哄然一声，如有人堕。就窗细瞩，波明如镜，不见一物，惟闻河滩有只鸭急奔声。余知沧浪亭畔素有溺鬼，恐芸胆怯，未敢即言。芸曰："噫！此声也，胡为乎来哉？"不禁毛骨皆栗②。急闭窗，携酒归房。一灯如豆，罗帐低垂，弓影杯蛇，惊神未定。剔灯入帐，芸已寒热大作③，余亦继之，困顿两旬。真所谓乐极灾生，亦是白头不终之兆。

**【注释】**

①漏已三滴：漏滴是古代计时工具漏壶滴下的水点。此处漏三滴指深更半夜。

②栗：发抖，因害怕或寒冷肢体颤动。

③寒热：中医指人身有病时，时冷时热的症状。

**【译文】**

　　正说话间，已到三更。渐渐看到风扫云开，一轮明月涌出。我们都很高兴，就坐在窗前饮酒。酒还没喝三杯，忽听桥下哄的一声响，好像有人落水。到窗边细看，水面波明如镜，什么都没看到，只听到河滩上有只鸭子急切逃奔的声音。我知道沧浪亭边常有人淹死，担心芸会害怕，所以没敢当即说出来。芸问："噫，这个声音是从哪来的呢？"不禁毛骨悚然。急忙关上窗户，带着酒回到屋里。此时一灯如豆，罗帐低垂，真是杯弓蛇影，吓得我们精神未定。等到剔灯入帐的时候，芸已经发烧了，我也跟着发热，昏沉了二十来天。这就是所说的乐极生灾吧，也是我们不能白头偕老的预兆。

中秋日，余病初愈。以芸半年新妇，未尝一至间壁之沧浪亭，先令老仆约守者，勿放闲人。于将晚时，偕芸及余幼妹，一妪一婢扶焉。老仆前导，过石桥，进门折东，曲径而入。叠石成山，林木葱翠，亭在土山之巅。循级至亭心，周望极目可数里，炊烟四起，晚霞灿然①。隔岸名"近山林"，为大宪行台宴集之地②，时正谊书院犹未启也③。携一毯设亭中，席地环坐，守者烹茶以进。少焉，一轮明月已上林梢，渐觉风生袖底，月到波心，俗虑尘怀④，爽然顿释⑤。芸曰："今日之游乐矣，若驾一叶扁舟，往来亭下，不更快哉！"

**【注释】**

①灿然：形容光彩明亮。

②大宪行台：官员巡游时的驻所。

③正谊书院：在沧浪亭北，清嘉庆十年（1805）由两江总督铁保、江苏巡抚汪志伊创建。

④俗虑尘怀：世俗的思想情感。

⑤爽然：恍然开悟的样子。

**【译文】**

到了中秋节，我的病才好。因芸做了半年媳妇，还没有去过一次隔壁的沧浪亭，就先让老仆和看守亭子的人约好，不要放闲人进去。天色将晚的时候，我带着芸和小妹，让一个老妇人和一个女仆搀着。老仆在前面带路，过了石桥，进门往东拐，沿着小路进去。只见这里叠石成山，树木翠绿，亭在土山顶上。从台阶走到亭中央，四周可以看到数里远，远处炊烟四起，晚霞灿烂。对岸叫"近山林"，是地方官员巡游玩乐的地方，此时正谊书院还没有修建。我们带了一张毯子铺在亭子里，大家席地围坐，看亭子的人不时进来烹茶倒水。过了一会儿，一轮明月升上树梢，渐渐觉得袖底生风，月光映照河中，看到此景，心里的那些俗念尘思都一下子消失殆尽了。芸说："今天的游览非常开心，若是驾着一叶扁舟，往来亭下，不是更畅快！"

时已上灯，忆及七月十五夜之惊，相扶下亭而归。吴俗，妇女是晚不拘大家小户皆出，结队而游，名曰"走月亮"。沧浪亭幽雅清旷，反无一人至者。

**【译文】**

这时已到上灯时分，回想起七月十五夜受到的惊吓，于是大家便搀扶着下亭子回家。吴地的风俗，妇女这天晚上不管大家还是小户都要出来，结队游览，名叫"走月亮"。沧浪亭幽雅清旷，反倒没有一个人来。

吾父稼夫公喜认义子①，以故余异姓弟兄有二十六人。吾母亦有义女九人，九人中王二姑、俞六姑与芸最和好②。王痴憨善饮③，俞豪爽善谈。每集，必逐余居外，而得三女同榻，此俞六姑一人计也。余笑曰："俟妹于归后④，我当邀妹丈来，一住必十日。"俞曰："我亦来此，与嫂同榻，不大妙耶？"芸与王微笑而已。

**【注释】**

①义子：认领而非亲生的儿子。
②和好：关系和睦亲善。
③痴憨：憨厚朴实。

④俟（sì）：等。

**【译文】**

　　我父亲稼夫公喜欢认义子，因此我的异姓弟兄达到二十六人。我母亲也有九个义女，九人当中王二姑、俞六姑和芸关系最好。王二姑憨直，有酒量，俞六姑则豪爽健谈。她们每次聚会，都要把我赶到外间去住，三人同床而眠，这都是俞六姑一个人出的主意。我笑着对她说："等到妹妹出嫁后，我一定邀请妹婿过来，一住就是十天。"俞六姑说："那我也来这里，和嫂子同榻，岂不是更好吗？"芸与王二姑只是在一旁微笑着。

　　时为吾弟启堂娶妇，迁居饮马桥之仓米巷①。屋虽宏畅②，非复沧浪亭之幽雅矣。

**【注释】**

　　①饮马桥：在今苏州城中心十梓街、道前街交汇处。仓米巷：位于饮　　马桥北，以宋代平江府粮仓在此得名，在今苏州第二人民医院处。
　　②宏畅：宽敞。

**【译文】**

　　当时因弟弟启堂娶媳妇，我们就迁居到饮马桥附近的仓米巷。这里房子虽然宽敞，但不如沧浪亭的幽静清雅。

　　吾母诞辰演剧，芸初以为奇观。吾父素无忌讳，点演《惨别》等剧①，老伶刻画②，见者情动。余窥帘见芸忽起去，良久不出。入内探之，俞与王亦继至，见芸一人支颐③，独坐镜奁之侧④。余曰："何不快乃尔？"芸曰："观剧原以陶情，今日之戏徒令人断肠耳。"俞与王皆笑之。余曰："此深于情者也。"俞曰："嫂将竟日独坐于此耶⑤？"芸曰："俟有可观者再往耳。"王闻言先出，请吾母点《刺梁》《后索》等剧⑥，劝芸出观，始称快。

**【注释】**

①《惨别》：当即《惨睹》，为清无名氏（一说为李玉所作）《千忠戮》
　中的一出。

②刻画：描摹，塑造。

③支颐：用手托着下巴。

④镜奁（lián）：古代妇女盛放梳妆用具的匣子。

⑤竟日：一整天。

⑥《刺梁》《后索》：《刺梁》为清朱佐朝《渔家乐》中的一出，《后索》
　为清姚子懿《后寻亲》中的一出。

**【译文】**

　我母亲生日观戏，芸起初感到新奇。我父亲平素没什么忌讳，点了
《惨别》等戏，演员演得很精彩，让人看了动情。我悄悄揭开帘子，看到
芸忽然站起身进了里屋，很久都不出来。我进去探望，王二姑和俞六姑
也跟着进来，只见芸一个人手托下巴坐在梳妆镜旁边。我问："为什么
这样不高兴？"芸答："看戏原本是为了陶冶性情，但今天的戏只会让人
伤心断肠。"王二姑、俞六姑都笑她。我说："这是重情感的人啊。"俞
六姑问："嫂子准备一整天都独坐在这里吗？"芸说："等到有可看的戏
再出去。"王二姑听了之后，先出去，请我母亲点了《刺梁》《后索》等戏，
然后劝芸出去看，她这才开心起来。

　　余堂伯父素存公早亡，无后，吾父以余嗣焉。墓在西跨
塘福寿山祖茔之侧①，每年春日，必挈芸拜扫。王二姑闻其
地有戈园之胜，请同往。芸见地下小乱石有苔纹，斑驳可
观②，指示余曰："以此叠盆山③，较宣州白石为古致④。"余
曰："若此者，恐难多得。"王曰："嫂果爱此，我为拾之。"即

向守坟者借麻袋一，鹤步而拾之。每得一块，余曰"善"，即收之；余曰"否"，即去之。未几，粉汗盈盈，拽袋返曰："再拾则力不胜矣。"芸且拣且言曰："我闻山果收获，必藉猴力，果然。"王愤撮十指作哈痒状，余横阻之，责芸曰："人劳汝逸，犹作此语，无怪妹之动愤也。"

【注释】

①西跨塘福寿山：在今苏州吴中区木渎镇。祖茔（yíng）：祖坟。

②斑驳：色彩相杂。

③盆山：此当指假山盆景。

④宣州：在今安徽宣城。

【译文】

我堂伯父素存公去世较早，没有后人，我父亲就把我过继给他。他的墓地在西跨塘福寿山祖坟的旁边，每年春天，我都会带着芸一起去扫墓。王二姑听说附近有处景致好的戈园，因此请求一同前往。芸看到地面小乱石上有青苔一样的纹理，斑驳可观，就指着给我说："用它来垒盆景中的假山，比宣州的白石更为古雅别致。"我说："若要这样的石头，恐怕找不到多少。"王二姑说："嫂嫂既然喜爱这东西，我来给她拣。"随即向守坟的人要了一个麻袋，便如鹤一般行走，拣拾起来。捡到一块，我说"可以"，她就收起来；我说"不好"，她便丢下。不久，王二姑累得粉汗淋漓，拖着麻袋回来说："再拣就没有力气了。"芸一边拣一边说："我听说山上果子收获时，一定要借助猴子的力量，果然如此。"王二姑生气地撮起十指，要挠芸的痒痒，我过去拦着她，责怪芸说："人家劳累，你闲着，还说这样的话，难怪妹妹要生气了。"

归途游戈园，稚绿娇红①，争妍竞媚。王素憨，逢花必折。芸叱曰："既无瓶养，又不簪戴，多折何为？"王曰："不知痛痒者,何害?"余笑曰:"将来罚嫁麻面多须郎②,为花泄忿。"王怒余以目,掷花于地,以莲钩拨入池中③,曰,"何欺侮我之甚也?"芸笑解之而罢。

**【注释】**

①稚绿娇红:鲜嫩的绿色红色。

②麻面:麻脸。

③莲钩:旧时女子缠足,弯如钩,故称。

**【译文】**

回来的途中大家一起游览戈园,园中嫩绿娇红,百花争艳。王二姑一向憨直,看到花就折。芸训斥她道:"既没有花瓶可插,又不戴在头上,折多了有什么用呢?"王二姑说:"这些花又不知道痛痒,多折了有什么伤害呢?"我笑着对她说:"将来罚你嫁一个麻脸、多胡子的女婿,好为这些花出气。"王二姑对我怒目以视,把花枝扔在地上,用小脚踢到水池里,说道:"为什么这样欺侮我?"芸笑着劝解,才算罢休。

芸初缄默,喜听余议论。余调其言,如蟋蟀之用纤草①,渐能发议。

**【注释】**

①纤草:细草。

**【译文】**

芸起初寡言少语,喜欢听我发议论。我调动她说话,就像用纤草撩拨蟋蟀一样,后来她渐渐能说出个人的见解。

其每日饭必用茶泡,喜用茶泡食芥卤乳腐①,吴俗呼为"臭乳腐",又喜食虾卤瓜②。此二物余生平所最恶者,因戏之曰："狗无胃而食粪，以其不知臭秽；蜣螂团粪而化蝉③，以其欲修高举也④。卿其狗耶？蝉耶？"芸曰："腐取其价廉而可粥可饭，幼时食惯。今至君家，已如蜣螂化蝉，犹喜食之者，不忘本也。至卤瓜之味，到此初尝耳。"余曰："然则我家系狗窦耶⑤？"芸窘而强解曰："夫粪，人家皆有之，要在食与不食之别耳。然君喜食蒜，妾亦强啖之⑥。腐不敢强，瓜可掩鼻略尝，入咽当知其美。此犹无盐貌丑而德美也⑦。"余笑曰："卿陷我作狗耶？"芸曰："妾作狗久矣，屈君试尝之。"以箸强塞余口。余掩鼻咀嚼之，似觉脆美，开鼻再嚼，竟成异味⑧，从此亦喜食。芸以麻油加白糖少许拌卤腐，亦鲜美；以卤瓜捣烂拌卤腐，名之曰"双鲜酱"，有异味。余曰："始恶而终好之，理之不可解也。"芸曰："情之所钟，虽丑不嫌。"

**【注释】**

①芥卤乳腐：苏州本地用豆腐做成的一种小吃。

②虾卤瓜：苏州本地一种用咸鱼卤腌制的黄瓜。

③蜣（qiāng）螂：俗称"屎壳郎""坌屎虫"。

④高举：高飞。

⑤狗窦：狗洞。

⑥啖（dàn）：吃。

⑦无盐：钟离春，战国时齐国无盐人，貌丑，年四十犹未嫁。后齐宣王感其德，立其为王后。

⑧异味：非同寻常的美味。

**【译文】**

　　芸每天吃饭必用茶泡，喜欢用茶泡食芥卤腐乳，吴语俗称其为"臭腐乳"，她还喜欢吃虾卤瓜。这两样东西都是我平生最厌恶的，因此调侃她说："狗没有胃吃屎，因为它不知道臭味污秽；蜣螂团粪化蝉，因为它想往高处飞。你是狗呢，还是蝉呢？"芸说："臭腐乳价钱便宜，可就粥可下饭，我小时吃惯了。如今嫁到你家，已像蜣螂化蝉了，仍然喜欢吃它，是因为我不忘本啊。至于卤瓜的味道，还是到你家才尝到的。"我说："那么我家就是狗窝呢？"芸有些尴尬，于是强辩道："粪便人人家里都有，关键在吃与不吃的区别。你喜欢吃蒜，我也勉强吃点儿。臭腐乳我不敢强迫你吃，不过卤瓜可捏着鼻子稍微尝点儿，咽下去后就知道它的味好了。这就好像无盐相貌丑陋但品德高尚一样。"我笑着说："你是要陷害我当狗吗？"芸说："我已经当了很长时间的狗了，委屈你也尝尝吧。"便用筷子夹着强塞到我嘴里。我掩着鼻息咀嚼，似乎觉得爽脆可口，松开鼻子再嚼，竟然觉得是一种难得的美味，从此也喜欢吃了。芸用麻油加少许白糖来搅拌臭腐乳，味道也很鲜美；把卤瓜捣烂来拌臭腐乳，称其为"双鲜酱"，味道也很别致。我说："开始厌恶最终却喜欢上了，道理上难以说通。"芸答道："情之所钟，即使丑陋也不嫌弃。"

　　余启堂弟妇，王虚舟先生孙女也①。催妆时偶缺珠花②，芸出其纳采所受者呈吾母③，婢妪旁惜之。芸曰："凡为妇人，已属纯阴，珠乃纯阴之精，用为首饰，阳气全克矣，何贵焉？"而于破书残画，反极珍惜。书之残缺不全者，必搜集分门，汇订成帙④，统名之曰"继简残编"；字画之破损者，必觅故纸，粘补成幅，有破缺处，倩予全好而卷之⑤，名曰"弃余集赏"。于女红、中馈之暇⑥，终日琐琐，不惮烦倦⑦。芸于破笥烂卷中⑧，偶获片纸可观者，如得异宝。旧邻冯妪每收乱卷卖之⑨。

**【注释】**

①王虚舟（1668—1739）：即王澍，字若霖，号虚舟，金坛（今属江

苏）人。清代书法家。

②催妆：旧时婚俗的一种。结婚之前，男方派人到女方家，催促新

娘装扮出嫁。珠花：用珠穿缀成花形的头饰。

③纳采：旧时婚俗的一种。男方遣媒人向女方送聘礼求婚。

④帙（zhì）：量词。用于装套的线装书。

⑤倩（qìng）：请，恳求。

⑥中馈（kuì）：指妇女在家主持日常饮食等事务。

⑦惮（dàn）：怕。

⑧笥（sì）：盛食物或衣物的方形竹器。

⑨妪（yù）：老妇人。

**【译文】**

我弟弟启堂的媳妇，是王虚舟先生的孙女。催妆时缺少珠花，芸就把她纳采时所得的珠花拿给我母亲，女仆在一旁替她惋惜。芸说："身为女人，已属纯阴，珍珠更是纯阴之精，用来做首饰，身上的阳气全都被克了，有什么可珍贵的呢？"但是对于破书旧画，芸反倒非常珍惜。残缺不全的书，她一定要分门别类地归置好，汇订成册，一概称之为"断简残编"；遇到破损的字画，她必定寻找适合的纸张，粘补成幅，有破损的地方，就请我补好后卷起来，称其为"弃余集赏"。在忙完女红、家务的闲暇时间，她整天忙乎这件事，不厌其烦。在这些破笥烂卷中，偶然发现片纸可观，就像获得异宝一样。老邻居冯妪经常收些残书烂卷来卖给她。

其癖好与余同，且能察眼意，懂眉语，一举一动，示之以色，无不头头是道。

**【译文】**

芸的爱好和我相同，且能察言观色，读懂眉语，一举一动，稍有暗示，她都能说得头头是道。

余尝曰:"惜卿雌而伏。苟能化女为男,相与访名山,搜胜迹,遨游天下,不亦快哉?"芸曰:"此何难。俟妾鬓斑之后,虽不能远游五岳①,而近地之虎阜、灵岩②,南至西湖③,北至平山④,尽可偕游。"余曰:"恐卿鬓斑之日,步履已艰。"芸曰:"今世不能,期以来世。"余曰:"来世卿当作男,我为女子相从。"芸曰:"必得不昧今生,方觉有情趣。"余笑曰:"幼时一粥,犹谈不了,若来世不昧今生,合卺之夕,细谈隔世,更无合眼时矣。"芸曰:"世传月下老人专司人间婚姻事,今生夫妇已承牵合,来世姻缘,亦须仰藉神力,盍绘一像祀之⑤?"时有苕溪戚柳堤名遵⑥,善写人物。倩绘一像:一手挽红丝,一手携杖,悬姻缘簿,童颜鹤发,奔驰于非烟非雾中。此戚君得意笔也。友人石琢堂为题赞语于首⑦。悬之内室,每逢朔望⑧,余夫妇必焚香拜祷。后因家庭多故,此画竟失所在,不知落在谁家矣。"他生未卜此生休"⑨,两人痴情果邀神鉴耶?

**【注释】**

①五岳:中国五大名山的合称,即东岳泰山、西岳华山、南岳衡山、北岳恒山和中岳嵩山。

②虎阜、灵岩:虎阜,即虎丘,在今苏州西北。灵岩,灵岩山,在今苏州吴中区木渎镇。

③西湖:湖名。在今浙江杭州西,三面环山,被孤山、白堤、苏堤分隔为外西湖、里西湖、后西湖、小南湖和岳湖。

④平山:在今江苏扬州。

⑤盍(hé):何不。

⑥苕(tiáo)溪:古地名。吴兴郡(今浙江湖州)的别称,因境内苕溪流过而得名。

⑦石琢堂：石韫玉（1757—1837），字执如，号琢堂，吴县（今江苏苏州）人。乾隆庚戌（1790）科状元。赞语：赞美的词语。

⑧朔望：农历每月的初一和十五，即朔日和望日。

⑨他生未卜此生休：语出唐李商隐《马嵬》："海外徒闻更九州，他生未卜此生休。"

【译文】

我曾说："可惜你是个女子，出门不便。若能变成男的，咱们一起访名山，搜胜迹，云游天下，岂不是很开心？"芸说："这有什么难的。等到我鬓发变白之后，虽然不能远游五岳，但比较近的地方如虎丘、灵岩，南到西湖，北至扬州，都还可以与你尽情游览。"我说："恐怕到鬓发变白的那一天，你却走不动了。"芸说："今生不行，那就期待来世。"我说："来世你做男人，我做女人相随。"芸说："一定得不忘今生，才觉得有情趣。"我笑道："小时候连一碗粥的事情都说个不休，若是来世不忘今生，新婚之夜，大家细谈前世，那就更没有合眼的时间了。"芸说："世上相传月下老人专管人间婚姻之事，我们今生做夫妻已承他牵线，来世的姻缘也要仰仗他的神力，不如画一张像来祭祀他？"当时有个苕溪人戚柳堤，名遵，善画人物。便请他画了一幅月老像，画中月老：一手挽红丝，一手携拐杖，杖上挂着姻缘簿，童颜鹤发，行进在非烟非雾中。这是戚君的得意之笔。好友石琢堂在上面题写赞语。我把它挂在内室里，每到月初十五，我们必定焚香拜祷。后因家里多变故，这幅画竟然找不到，不知流落在谁家了。古人云"他生未卜此生休"，不知道我们两个人的深情是否为神仙所明察？

迁仓米巷，余颜其卧楼曰"宾香阁"，盖以芸名而取如宾意也。院窄墙高，一无可取。后有厢楼①，通藏书处，开窗对陆氏废园，但有荒凉之象。沧浪风景，时切芸怀。

**【注释】**

①厢楼：正房旁边的附属建筑。

**【译文】**

迁居到仓米巷，我给自己所住的那座楼取名为"宾香阁"，其中包含芸的名字，且取夫妇相敬如宾之意。院窄墙高，没有什么可取之处。后面有间厢房通往藏书的地方，打开窗子，正对着陆氏废园，只有一派荒凉的景象。沧浪亭的风景时时让芸牵挂。

有老妪居金母桥之东、埝巷之北①，绕屋皆菜圃②，编篱为门。门外有池，约亩许，花光树影，错杂篱边，其地即元末张士诚王府废基也③。屋西数武④，瓦砾堆成土山，登其巅可远眺，地旷人稀，颇饶野趣。妪偶言及，芸神往不置⑤，谓余曰："自别沧浪，梦魂常绕。今不得已而思其次，其老妪之居乎？"余曰："连朝秋暑灼人⑥，正思得一清凉地以销长昼。卿若愿往，我先观其家可居，即襆被而往⑦，作一月盘桓⑧，何如？"芸曰："恐堂上不许。"余曰："我自请之。"越日⑨，至其地，屋仅二间，前后隔而为四，纸窗竹榻，颇有幽趣。老妪知余意，欣然出其卧室为赁，四壁糊以白纸，顿觉改观。于是禀知吾母，挈芸居焉。

**【注释】**

①金母桥：又名"鸡鸣桥"，横跨锦帆泾，1931年因锦帆泾填塞成路，桥遂废。埝巷：在今苏州王府废基附近，现已不存。

②菜圃：菜园，菜地。

③张士诚（1321—1367）：泰州（今属江苏）人。元末举兵起义，曾于苏州建立吴政权。

④数武：指不远处，附近。武，古代六尺为步，半步为武。

⑤不置：不已，不止。

⑥连朝：连日。

⑦襆（fú）被：用袱布把被褥包裹起来。意为收拾行装，准备启行。

⑧盘桓（huán）：逗留住宿。

⑨越日：明日，第二天。

**【译文】**

有位老妇人住在金母桥以东、埂巷以北，房屋四周都是菜园，以篱笆为门。门外有个池子，约一亩见方，花光树影，错落在篱笆附近，这个地方原是元末张士诚王府的遗址。屋子西边不远处，瓦砾堆积成山，登上去可以眺望远方，地旷人稀，颇有野趣。老妇人偶然提及，芸却神往不已，对我说："自离开沧浪亭，魂牵梦绕。如今不得已退求其次，我们搬到老妇人那里去住吧？"我说："连续几日秋暑热人，我正想找一个清凉的地方来消磨时光。你若是愿意过去，我先看看她家是否可住，行的话我们带着行装过去，住上一个月，如何？"芸说："就怕婆婆不答应。"我说："我去求她。"第二天，我到老妇人住的地方去，看到她那房屋只有两间，前后隔为四小间，纸窗竹榻，颇有幽趣。老夫人看我中意，欣然把她的卧室租给我们，随后将四面墙壁糊上白纸，顿时觉得焕然一新。于是回家禀告母亲，然后带着芸住了过去。

邻仅老夫妇二人，灌园为业。知余夫妇避暑于此，先来通殷勤，并钓池鱼、摘园蔬为馈。偿其价，不受，芸作鞋报之，始谢而受。

**【译文】**

邻居只有老夫妇二人，以种菜为生。他们看到我们夫妇在这里避暑，经常来串门，还把从池子里钓的鱼、从园子里摘的菜送我们。给钱他们不要，芸做了几双鞋作为回报，他们表示感谢之后收下了。

时方七月，绿树阴浓，水面风来，蝉鸣聒耳①。邻老又为制鱼竿，与芸垂钓于柳阴深处。日落时，登土山，观晚霞夕照，随意联吟②，有"兽云吞落日，弓月弹流星"之句。少焉，月印池中，虫声四起，设竹榻于篱下。老妪报酒温饭熟，遂就月光对酌，微醺而饭③。浴罢，则凉鞋蕉扇，或坐或卧，听邻老谈因果报应事。三鼓归卧④，周体清凉，几不知身居城市矣。篱边倩邻老购菊，遍植之。九月花开，又与芸居十日。吾母亦欣然来观，持螯对菊，赏玩竟日。芸喜曰："他年当与君卜筑于此，买绕屋菜园十亩，课仆妪植瓜蔬⑤，以供薪水⑥。君画我绣，以为诗酒之需。布衣菜饭，可乐终身，不必作远游计也。"余深然之。今即得有境地⑦，而知己沦亡，可胜浩叹⑧！

**【注释】**

①聒（guō）：嘈杂。

②联吟：联诗吟句。

③醺（xūn）：醉。

④三鼓：三更时分。

⑤课：督促。

⑥薪水：指日常生活所需。

⑦境地：这里指条件、情境。

⑧浩叹：感慨深长而大声叹息。

**【译文】**

当时正值七月，绿树成荫，水面吹来凉风，蝉鸣阵阵。邻居家的老人还给我们做了鱼竿，我和芸就坐在柳荫下垂钓。日落的时候，我们登上土山，看晚霞夕照，随意联吟，曾吟出"兽云吞落日，弓月弹流星"这样的佳句。不久，月影印在池水中，虫声四起，搬了竹榻放在篱笆下。老妇人告知酒温饭熟，于是对着月光小酌，微微有些酒意后再吃饭。洗浴之后，穿着凉鞋，拿着芭蕉扇，或坐或躺，听邻家老人说些因果报应的故事。三更时分，回房睡觉，浑身清凉，几乎忘记自己是住在城市里了。请邻家老人买了些菊花种苗，在篱笆边种了一大片。九月花开，又和芸在这里住了十天。我母亲也欣然过来，一边吃螃蟹一边赏菊，玩了一整天。芸高兴地说："将来应当和你住在这里，在房屋周围买上十亩菜地，让仆人种植瓜果蔬菜，以供日用开销。你画画，我刺绣，以备诗酒之用。布衣菜饭，可乐终身，不必再作远游的打算了。"我深有同感。如今即便有这样的好地方，而知己却已沦亡，让人不禁感叹！

　　离余家半里许，醋库巷有洞庭君祠①，俗呼"水仙庙"②。回廊曲折，小有园亭。每逢神诞，众姓各认一落，密悬一式之玻璃灯，中设宝座，旁列瓶几③，插花陈设，以较胜负。日惟演戏，夜则参差高下，插烛于瓶花间，名曰"花照"。花光灯影，宝鼎香浮，若龙宫夜宴。司事者或笙箫歌唱，或煮茗清谈，观者如蚁集，檐下皆设栏为限。余为众友邀去，插花布置，因得躬逢其盛④。

【注释】

①醋库巷：在今苏州凤凰街。洞庭君祠：祭祀洞庭神的庙宇。洞庭指太湖。

②水仙庙：在今苏州醋库巷右苍龙堂，于20世纪50年代被毁。

③瓶几：花瓶、几案。

④躬逢其盛：亲自参加盛会。

【译文】

　　在离我家半里左右的醋库巷，有一个供奉洞庭君的神祠，俗称"水仙庙"。里面回廊曲折，有几处亭台。每逢洞庭神的诞辰，人们就按姓氏各自选定一个地方，悄然悬挂一种样式的玻璃灯，里面设置宝座，旁边陈列几案花瓶，瓶中插花布置，相互比较胜负。白天只是演戏，晚上则高低错落，把蜡烛插在瓶花间，人们称之为"花照"。花光灯影，宝鼎香浮，如同龙宫中举办夜宴一样。管事的人或笙箫歌唱，或煮茗清谈，来观看的人络绎不绝，只得在房檐下设置栏杆来限制。我被好友们请去，布置插花等事，因此得以躬逢这样的盛事。

　　归家向芸艳称之①，芸曰："惜妾非男子，不能往。"余曰："冠我冠，衣我衣，亦化女为男之法也。"于是易髻为辫，添扫蛾眉②；加余冠，微露两鬓，尚可掩饰；服余衣，长一寸又半，于腰间折而缝之，外加马褂③。芸曰："脚下将奈何？"余曰："坊间有蝴蝶履④，大小由之，购亦极易，且早晚可代撒鞋之用⑤，不亦善乎？"芸欣然。

【注释】

①艳称：盛赞。

②蛾眉：指眉毛。

③马褂：旧时男子穿在长袍外面的对襟短褂。

④蝴蝶履：一种高头平跟、绣有蝴蝶图饰的鞋子，有女式，也有男式，清代江南一代颇为流行。

⑤撒鞋：拖鞋。

【译文】

　　回家后向芸称赞，芸说："可惜我不是男子，不能去看。"我说："戴我的帽子，穿我的衣服，也是化女为男的好办法。"于是芸把盘髻放下，编成辫子，把眉毛画粗些；带上我的帽子，两鬓微露，还可以掩饰过去；穿我的衣服，长了一寸半，就在腰间折了几道缝上，外面加件马褂。芸说："脚下怎么办呢？"我说："街上有卖蝴蝶履的，大小可随意挑选，很容易买到，而且早晚还可以当拖鞋穿，这不是很好吗？"芸欣然接受了我的建议。

及晚餐后，装束既毕，效男子拱手阔步者良久①，忽变卦曰："妾不去矣。为人识出既不便，堂上闻之又不可。"余怂恿曰："庙中司事者谁不知我，即识出，亦不过付之一笑耳。吾母现在九妹丈家，密去密来，焉得知之。"

**【注释】**

①拱手阔步：此指像男子一样抱拳行礼和迈大步走路。

**【译文】**

吃过晚饭之后，芸装扮一番，模仿男人的样子拱手阔步，练习了半天，突然变卦了，说道："我不去了。被人认出来多有不便，被婆婆知道了也不行。"我怂恿她说："庙里管事的人谁不认识我，即便认出来，也不过付之一笑罢了。我母亲现在九妹丈家，我们悄悄地去，再悄悄地回来，她哪里会知道。"

芸揽镜自照，狂笑不已。余强挽之，悄然径去。遍游庙中，无识出为女子者。或问何人，以表弟对，拱手而已。最后至一处，有少妇、幼女坐于所设宝座后，乃杨姓司事者之眷属也。芸忽趋彼通款曲①，身一侧，而不觉一按少妇之肩，旁有婢媪怒而起曰："何物狂生，不法乃尔！"余欲为措词掩饰，芸见势恶，即脱帽翘足示之曰："我亦女子耳。"相与愕然②，转怒为欢，留茶点③，唤肩舆送归④。

**【注释】**

①通款曲：问候，打招呼。

②愕然：惊讶的样子。

③茶点：茶水，点心。
④肩舆：轿子。

**【译文】**

芸拿着镜子照自己，大笑不已。我使劲儿拉着她，悄悄过去，游遍了庙里，也没人认出她是女子。有人问我是谁，我就以表弟来回答，芸和他们不过拱手打招呼而已。最后到了一个地方，有个少妇和小女孩坐在所设的宝座后，她们是一个姓杨的管事人的眷属。芸忽然走过去和她们打招呼，身子一侧，不自觉地按了一下少妇的肩膀，旁边有个女仆站起来怒斥道："什么地方来的狂生，敢这样不守法纪！"我正要找借口来掩饰，芸见情况不妙，就脱下帽子，把脚翘起来给她们看，说道："我也是女的。"对方很是吃惊，随后转怒为欢，让芸留下来一起吃茶点，后来又叫了顶轿子把芸送回家。

吴江钱师竹病故①，吾父信归②，命余往吊③。芸私谓余曰："吴江必经太湖，妾欲偕往，一宽眼界。"余曰："正虑独行踽踽④，得卿同行，固妙，但无可托词耳。"芸曰："托言归宁。君先登舟，妾当继至。"余曰："若然，归途当泊舟万年桥下⑤，与卿待月乘凉，以续沧浪韵事。"时六月十八日也。

**【注释】**

①吴江：今苏州吴江区。钱师竹：当时的一位画家，生平事迹不详，舒位有诗作《钱师竹深林月照图》。
②信归：写信回来。
③吊：凭吊，祭奠。
④踽踽(jǔ)：落寞、孤独的样子。
⑤万年桥：苏州西胥门外护城河上的一座古桥。始建于唐代，后被毁，今已重建。

【译文】

吴江钱师竹病故，我父亲写信回来，让我前去吊唁。芸私下对我说："去吴江必定经过太湖，我想和你一起去，开阔一下眼界。"我说："我正考虑一个人走太孤单，你能和我同行自然很好，只是找不到合适的借口。"芸说："我就说回娘家。你先登船，我随后就到。"我说："如果这样的话，回来的时候就把船停在万年桥下，和你一起待月乘凉，以延续沧浪亭的韵事。"那天是六月十八日。

是日早凉，携一仆先至胥江渡口①，登舟而待。芸果肩舆至。解维出虎啸桥②，渐见风帆沙鸟，水天一色。芸曰："此即所谓太湖耶？今得见天地之宽，不虚此生矣。想闺中人有终身不能见此者。"闲话未几，风摇岸柳，已抵江城③。

【注释】

①胥江：在今苏州西南，为古运河，呈东西向穿过苏州，东接护城河，西至京杭大运河。

②解维：解开缆绳，即开船的意思。虎啸桥：在今苏州相城区元和镇，跨虎啸塘，东连小日晖桥弄，西连老禾家塘岸，因位于虎啸堂岸北端，故名。

③江城：指吴江。

【译文】

当天清早，天气凉爽，我带着一个仆人先到胥江渡口，登上船等着。不久芸果然坐着轿子来了。解开船缆出虎啸桥，渐渐看到风帆沙鸟，水天成一色。芸说："这就是所说的太湖吗？今日得见天地之大，不虚此生了。想想很多闺中人终身都不能看到这样的风景。"二人闲聊没多长时间，只见风摇岸柳，吴江已经到了。

　　余登岸拜奠毕①，归视舟中洞然②，急询舟子。舟子指曰：“不见长桥柳阴下，观鱼鹰捕鱼者乎？”盖芸已与船家女登岸矣。余至其后，芸犹粉汗盈盈，倚女而出神焉。余拍其肩曰：“罗衫汗透矣③。”芸回首曰：“恐钱家有人到舟，故暂避之。君何回来之速也？”余笑曰：“欲逋逃耳④。”于是相挽登舟，返棹至万年桥下⑤，阳乌犹未落也⑥，八窗尽落，清风徐来。纨扇罗衫，剖瓜解暑。少焉，霞映桥红，烟笼柳暗，银蟾欲上⑦，渔火满江矣。

**【注释】**

①拜奠：跪拜祭奠。

②洞然：空空的样子。

③罗衫：丝织衣衫。

④逋（bū）逃：逃跑，逃亡。

⑤返棹：乘船返回。

⑥阳乌：太阳。

⑦银蟾：月亮。

**【译文】**

　　我登岸拜祭之后，回到船上，发现里面空空如也，急忙去问船夫。船夫用手指着说：“你没有瞧见长桥柳荫下那个看鱼鹰捕鱼的人吗？”原来芸已经和船家女登岸了。我走到她们身后，看到芸香汗淋淋，斜靠着船家女正看得出神。我拍拍她的肩膀，说：“罗衫被汗湿透了。”她回过头来说道：“我担心钱家有人来船上，所以暂时回避一下。你怎么回来得这么快？”我笑着说：“有人要抓我，赶快逃跑啊。”于是我们挽手登船，船行至万年桥下，这时太阳还没有落山，船上四面的窗子都已落下，清风徐来。芸手执纨扇，风吹动着罗衫，船家开瓜解暑。过了一会儿，晚霞映红了桥身，烟笼柳暗，月亮将要升起，渔火撒满了江面。

命仆至船梢与舟子同饮。船家女名素云，与余有杯酒交，人颇不俗，招之与芸同坐。船头不张灯火，待月快酌，射覆为令。素云双目闪闪，听良久，曰："觞政侬颇娴习①，从未闻有斯令，愿受教。"芸即譬其言而开导之，终茫然。余笑曰："女先生且罢论，我有一言作譬，即了然矣。"芸曰："君若何譬之？"余曰："鹤善舞而不能耕，牛善耕而不能舞，物性然也。先生欲反而教之，无乃劳乎？"素云笑捶余肩曰："汝骂我耶？"芸出令曰："只许动口，不许动手。违者罚大觥②。"素云量豪，满斟一觥，一吸而尽。余曰："动手但准摸索，不准捶人。"芸笑挽素云置余怀，曰："请君摸索畅怀。"余笑曰："卿非解人，摸索在有意无意间耳。拥而狂探，田舍郎之所为也③。"

**【注释】**

①觞（shāng）政：指酒令。觞，古时酒器。

②觥（gōng）：一种兽形酒器。

③田舍郎：农家子弟、乡下人，含有鄙贱的意味。

**【译文】**

我让仆人到船尾去和船夫一起饮酒。船家女名叫素云，和我曾在一起喝过酒，人颇不俗，因此叫她和芸坐在一起。船头没有点灯，对着月光痛饮，行射覆的酒令。素云张大双眼，听了良久，说道："我对酒令也挺熟悉的，但从未听说过这种酒令，想跟你们学学。"芸便打比方讲给她听，但素云始终茫然不解。我笑着说："女先生还是算了，我用一句话打比方，马上就能说清楚。"芸说："你怎么打比方呢？"我说："鹤善于跳舞但不能耕田，牛善于耕田但不能跳舞，物性是这样。女先生违背天性来教她，这不是徒劳吗？"素云笑着捶我的肩膀，说道："你是在骂我吗？"芸出令说："只许动口，不许动手。违者罚喝一大杯酒。"素云酒量很好，满满地斟了一杯酒，一饮而尽。我说："动手摸索可以，但不准捶人。"芸笑着把素云推到我怀里，说道："请你摸索畅怀。"我笑着说："你不是解人，摸索要在有意无意之间。抱住狂摸，这是乡巴佬才能干得出来的事情。"

　　时四鬟所簪茉莉，为酒气所蒸，杂以粉汗油香，芳馨透鼻①。余戏曰："小人臭味充满船头，令人作恶。"素云不禁握拳连捶曰："谁教汝嗅狂耶？"芸呼曰："违令，罚两大觥。"素云曰："彼又以小人骂我，不应捶也？"芸曰："彼之所谓小人，盖有故也。请干此，当告汝。"素云乃连尽两觥，芸乃告以沧浪旧居乘凉事。素云曰："若然，真错怪矣，当再罚。"又干一觥。

【注释】
　　①芳馨（xīn）：芳香。
【译文】
　　此时芸和素云双鬟所簪戴的茉莉花枝被酒气熏染，夹杂着粉汗油香，香气扑鼻。我调侃道："小人的臭味弥漫船上，令人难受。"素云不禁又握起拳头连捶起来，说道："谁让你伸着鼻子乱闻了？"芸喊道："违令，罚两大杯酒。"素云说："他又骂我是小人，不应该捶他吗？"芸答道："他所说的小人，是有典故的。请喝干了酒，我再告诉你。"素云于是连喝了两大杯酒，芸便把我们当年在沧浪亭旧居乘凉的事告诉了她。素云说："若是这样的话，真是错怪了，应当再罚一杯。"于是又喝了一杯酒。

　　芸曰："久闻素娘善歌，可一聆妙音否？"素即以象箸击小碟而歌①。芸欣然畅饮，不觉酩酊②，乃乘舆先归。余又与素云茶话片刻，步月而回③。

**【注释】**

①象箸：象牙做的筷子。

②酩酊（mǐng dǐng）：大醉的样子。

③步月：月下步行。

**【译文】**

　　芸说："很早就听说素娘擅长唱歌，能聆听一下妙音吗？"素云就用象牙筷敲击着小菜碟，唱了起来。芸欣然畅饮，不知不觉就喝醉了，于是坐车先回家。我又和素云喝茶聊了一会儿天，这才踏月而归。

　　时余寄居友人鲁半舫家萧爽楼中①。越数日，鲁夫人误有所闻，私告芸曰："前日闻若婿挟两妓饮于万年桥舟中，子知之否？"芸曰："有之，其一即我也。"因以偕游始末详告之，鲁大笑，释然而去②。

**【注释】**

①鲁半舫：鲁璋，字近人，号半舫，吴县（今江苏苏州）人。《国朝书人辑略》卷七谓其"书学郑谷口，间参板桥法"。本书卷二云其"善写松柏或梅菊，工隶书，兼工铁笔"。

②释然：消除疑虑的样子。

**【译文】**

　　当时我寄居在朋友鲁半舫家的萧爽楼中。过了几天。鲁夫人误听了别人的传言，私下里告诉芸说："听说你夫婿前几天带着两个妓女在万年桥下的船里喝酒，你知道吗？"芸答道："是有这么回事，其中一个就是我。"于是便将我们两人一起游玩的始末详细地讲给她听，鲁夫人听后大笑，放心地走开了。

　　乾隆甲寅七月①，余自粤东归。有同伴携妾回者，曰徐秀峰，余之表妹婿也。艳称新人之美，邀芸往观。芸他日谓秀峰曰："美则美矣，韵犹未也②。"秀峰曰："然则若郎纳妾，必美而韵者乎？"芸曰："然。"从此痴心物色，而短于资。

**【注释】**

①乾隆甲寅：1794 年。

②韵：风度，气质。

**【译文】**

乾隆甲寅年七月，我从广东归来。有个同伴带着妾回家，他叫徐秀峰，是我表妹的丈夫。他炫耀新人漂亮，请芸过去看。过了几天，芸对徐秀峰说："漂亮确实是漂亮，但还没有风韵。"徐秀峰问道："如果你丈夫纳妾，一定要漂亮且风韵的吗？"芸说："那当然。"从此她便痴心地为我物色，可惜缺少金钱。

时有浙妓温冷香者，寓于吴，有咏柳絮四律，沸传吴下①，好事者多和之②。余友吴江张闲憨素赏冷香，携柳絮诗索和。芸微其人而置之③。余技痒而和其韵，中有"触我春愁偏婉转，撩他离绪更缠绵"之句，芸甚击节④。

**【注释】**

①沸传：盛传。吴下：泛指吴地。

②和：唱和，依照别人诗作的题材或体裁作诗。

③微：轻视，看不起。置：搁置，放下。

④击节：赞赏。

**【译文】**

当时有个浙江妓女叫温冷香，住在吴地，写了四首咏柳絮的诗，在当地传得沸沸扬扬，许多人和她唱和。我的好友吴江人张闲憨向来赏识温冷香,便带着咏柳絮诗来让我唱和。芸看不上这个人,就把它丢在一边。我一时技痒,照着她的韵和诗,其中有"触我春愁偏婉转,撩他离绪更缠绵"这样的句子,芸很是赞赏。

明年乙卯秋八月五日①,吾母将挈芸游虎丘②,闲憨忽至曰:"余亦有虎丘之游,今日特邀君作探花使者。"因请吾母先行,期于虎丘半塘相晤③。拉余至冷香寓,见冷香已半老。有女名憨园,瓜期未破④,亭亭玉立,真"一泓秋水照人寒"者也⑤。款接间⑥,颇知文墨。有妹文园,尚雏。余此时初无痴想,且念一杯之叙,非寒士所能酬。而既入个中⑦,私心忐忑,强为酬答。因私谓闲憨曰:"余贫士也,子以尤物玩我乎⑧?"闲憨笑曰:"非也。今日有友人邀憨园答我,席主为尊客拉去,我代客转邀客,毋烦他虑也。"余始释然。

【注释】

①乙卯秋八月五日:1795年9月17日。

②虎丘:在今苏州城西北,有"吴中第一名胜"之誉。

③半塘:在苏州山塘街中段。晤(wù):见面。

④瓜期未破:古时称女子十六岁为"破瓜"。此处指年轻不满十六岁。

⑤一泓秋水照人寒:化用唐崔珏《有赠》诗,原诗为:"两脸夭桃从镜发,一眸春水照人寒。"

⑥款接:款待,殷勤接待。

⑦个中:此中,其中。这里是妓院的含蓄说法。

⑧尤物:美貌女子。

【译文】

第二年也就是乙卯年秋八月五日,我母亲准备带着芸去虎丘游玩,张闲憨忽然来到我家,说:"我也要去虎丘游玩,今天特意邀请你去做探花使者。"于是请母亲她们先走,约定在虎丘半塘见面。张闲憨拉着我来到温冷香的寓所,只见她已半老。她有个女儿叫憨园,还未满十六岁,亭亭玉立,真称得上是"一泓秋水照人寒"的妙人儿。寒暄之间,得知她颇通文墨。有个妹妹叫文园,还很小。我此时并没有痴心妄想,同时想到,一杯之叙,并不是我这个寒士所能负担的。但已经进来了,心里忐忑不安,只好勉强应酬。因此私下里对张闲憨说:"我是个贫寒之士,你不会拿尤物来戏弄我吧?"张闲憨笑着说:"不是的。今天有个朋友邀请憨园女来应答我,可惜主人被尊客拉走,我代表主人再来邀请客人,你不要有其他什么顾虑。"我这才放下了心。

　　至半塘,两舟相遇,令憨园过舟,叩见吾母。芸、憨相见,欢同旧识,携手登山,备览名胜。芸独爱千顷云高旷①,坐赏良久。返至野芳滨②,畅饮甚欢,并舟而泊。及解维,芸谓余曰:"子陪张君,留憨陪妾,可乎?"余诺之。返棹至都亭桥③,始过船分袂④。归家已三鼓。

【注释】

①千顷云:虎丘后山的一块高地,取名自苏轼《虎丘寺》诗句"云水丽千顷",为虎丘最高处。

②野芳滨:即冶坊滨,在今苏州虎丘,作者于第四卷云:"其冶坊滨,余戏改为'野芳滨'。"

③都亭桥:又名"都林桥",在今苏州东中市,桥已不存。

④分袂(mèi):分手,离别。

【译文】

　　到了半塘,两只船相遇,我让憨园过船,来拜见我母亲。芸与憨园相见,如同老朋友一样融洽,她们携手登山,饱览当地名胜。芸独爱千顷云的高旷,坐下来观赏很久。回到野芳滨,大家开怀畅饮,两只船停在一起。等到解缆开船时，芸对我说："你陪张君，把憨园留下来陪我，可以吗？"我答应了，返途走到都亭桥，这才各回本船离开。回到家里，已是三更时分。

芸曰："今日得见美而韵者矣，顷已约憨园明日过我，当为子图之。"余骇曰："此非金屋不能贮，穷措大岂敢生此妄想哉①？况我两人伉俪正笃，何必外求？"芸笑曰："我自爱之，子姑待之。"

**【注释】**

①穷措大：穷书生。

**【译文】**

芸说："今天找到漂亮又有韵味的人了。刚才已约憨园明日来看我，要为你图谋这件事了。"我惊讶地说："这样的人非金屋不能藏，我一个穷读书人哪敢有这样的妄想？何况我们两个感情正好，何必外求？"芸笑着说："我自己喜欢她，你且等着吧。"

明午，憨果至。芸殷勤款接，筵中以猜枚赢吟输饮为令①，终席无一罗致语②。及憨园归，芸曰："顷又与密约，十八日来此，结为姊妹，子宜备牲牢以待③。"笑指臂上翡翠钏曰④："若见此钏属于憨，事必谐矣。顷已吐意，未深结其心也。"余姑听之。

**【注释】**

①猜枚：酒席上的游戏。在拳中握住松子、莲子等果品或棋子，让人猜测数之单双、多寡及颜色，猜中者为胜，猜不中的人罚酒。

②罗致：延聘，招致。

③牲牢：牛、羊、猪等牲畜。

④钏（chuàn）：镯子。

【译文】

第二天中午，憨园果然来了。芸殷勤款待，在酒席上大家以猜枚赢吟输饮为酒令，到宴会结束都没说过罗致之类的话。憨园回去后，芸说："刚才我又和她悄悄约定，十八日来这里，我们要结为姐妹，你应当准备些牲牢等着。"她笑着指指手腕上的翡翠手镯说："若是看见这个翡翠手镯属于憨园，事情就一定成了。刚才我已流露自己的意思，但还没有深入了解她的内心。"我姑且听从她的安排。

十八日，大雨，憨竟冒雨至。入室良久，始挽手出。见余有羞色，盖翡翠钏已在憨臂矣。焚香结盟后，拟再续前饮，适憨有石湖之游①，即别去。芸欣然告余曰："丽人已得②，君何以谢媒耶？"余询其详，芸曰："向之秘言，恐憨意另有所属也。顷探之无他，语之曰：'妹知今日之意否？'憨曰：'蒙夫人抬举，真蓬蒿倚玉树也③。但吾母望我奢，恐难自主耳，愿彼此缓图之。'脱钏上臂时，又语之曰：'玉取其坚，且有团圞不断之意④，妹试笼之，以为先兆。'憨曰：'聚合之权，总在夫人也。'即此观之，憨心已得，所难必者，冷香耳，当再图之。"余笑曰："卿将效笠翁之《怜香伴》耶⑤？"芸曰："然。"自此无日不谈憨园矣。

【注释】

①石湖：在今苏州西南郊，太湖之滨。

②丽人：美人，佳人。

③蓬蒿：泛指野草、荒草。玉树：传说中的仙树。

④团圞（luán）：圆满、团聚的样子。

⑤笠翁：即李渔（1611—1680），号笠翁，兰溪（今属浙江）人。清代文学家。《怜香伴》：李渔剧作，演述两美相怜、同嫁一夫的故事。

【译文】

十八日那天，下着大雨，憨园竟然冒雨来了。到内室很长时间，两个人才挽着手出来。憨园看到我面露羞色，因为翡翠手镯已戴在她的手上了。她俩焚香结盟之后，准备继续饮酒，恰好憨园要到石湖游玩，随即离开了。芸欣然告诉我说："丽人已经到手，你拿什么来谢我这个媒人呢？"我问她详细情况，芸说："先前悄悄地说，是担心憨园另有所属。刚才试探了一下没有，我问她道：'妹妹明白我今天的意思吗？'憨园说：'承蒙夫人抬举，我真是蓬蒿依玉树。但我母亲对我期望很高，恐怕自己难以做主，我们彼此慢慢来做这件事。'我脱下玉镯时，又对她说：'玉取其坚硬，且有团圆不断的意思，妹妹试着戴上，把它作为先兆吧。'憨园说：'聚合之权，总在夫人。'由此看来，憨园的心已得到，难以对付的是温冷香，再好好想想办法。"我笑着说："你准备仿效李渔的《怜香伴》吧？"芸说："是的。"自此她没有一天不谈论憨园的。

后憨为有力者夺去①，不果②。芸竟以之死。

【注释】

①有力者：有权势的人。

②不果：没有成功，未能实现。

【译文】

后来憨园被有权势的人夺走，事情未能成功。芸最后死在这件事上。

# 卷二　闲情记趣

**【题解】**

物质的匮乏固然给一个人的生活带来很多限制，有许多事情心有余而力不足，但人生的乐趣并不能因此而打折扣。身在王宫，未必就能心满意足；人在陋室，照样可以活得悠然自得。在此方面，作者沈三白给了我们很多启发。

作者天生就是一个乐观旷达的人，从小就充满好奇心，从平淡无奇的生活中寻找乐趣，从本卷开头几段生动、形象的描写中可以看出这一点。尽管他也因自己的好奇和调皮吃了不少苦头，但回想起来，还是以快乐居多。日后的生活虽然遇到不少坎坷，但一颗天真、好奇的心却没有改变，作者的回忆显然并不仅仅是为了怀旧，他很想让读者细细体会怀旧背后的东西。

从作者本人要言不烦的叙述来看，他特别喜欢养花种草，对盆景、园林等也十分喜爱。在为生计奔波操劳之余，忙里偷闲，找到了一方心灵的净土。在这里，他可以充分施展自己的才情，既是在生活，也是在进行艺术创作，并经常和妻子一起欣赏自己的得意之作，平淡的日子散发着清新的艺术气息，清贫的生活因此而充满情趣。

这些看起来似乎平淡无奇，但不是谁都能做到的，特别是一个身处逆境的读书人。在轻松、恬淡的叙述之后是一个坚强而不失乐观的人，这就是沈三白留给我们的印象。尽管有关他的记载很少，但他给我们的印象比那些正史里的传记更为清晰，更为深刻。

尤为让人称道的是，作者对园艺并不是一般的喜爱，而是达到了专业的水准，为此他还向高手学习过。在此方面，作者表现出不俗的艺术修养和高超的才能。生活的乐趣不能仅满足于发现，还要会创造。有了这门手艺，作者就可以按照自己的欣赏趣味，亲自动手。于是，一块石头、一根树枝、一只昆虫，到了他的手里，马上像变魔术一样，成为精雅别致的艺术品。

有了这样的爱好，有了这样的技能，就能每天沉浸在自己营造的艺术世界里，平淡的生活顿时充满诗情画意。靠财大气粗也可以买来很多高档艺术品，但拥有者得不到这些乐趣。可见人生的得与失是不可一概而论的。

在谈及自己的这些爱好时，作者特别强调节俭，并介绍了许多"节俭而雅洁"的好办法，其中有不少让人拍案叫绝的奇思妙想。确实，节俭并不一定意味着简陋和寒碜，并不一定意味着生活品位的降低。关键是你得会生活，会打理。

一座不大的居室，经过作者巧妙的改造，一样精巧别致。普通的饭菜装在形如花瓣的精致碟子里，吃饭都有别样的感觉。几个木条的简单组装，种上花草，就是一座精美的活动花屏。就连穿衣、喝茶这样再平常不过的事情，都可以找到既节俭又不失情趣的好办法。

尽管有一段时间住在朋友的房子里，但作者并没有寄人篱下的感觉，反倒把这里变成了一个艺术家的俱乐部，三五知己，不时欢聚，人生之乐，莫过于此。

对一个善于生活、懂得生活的人来说，只要用心去寻找，用手去实践，乐趣就在其中。感谢作者，他以自己的亲身经历告诉了我们这个浅显但很实用的道理。


余忆童稚时①，能张目对日，明察秋毫。见藐小微物②，必细察其纹理，故时有物外之趣。

**【注释】**

①童稚：儿童，孩童。

②藐小：微小。

**【译文】**

　　我记得自己幼年时，能睁大眼睛直视太阳，两眼明察秋毫。看到细小的东西，一定要仔细观察它的纹理，因此不时有物外的乐趣。

　　夏蚊成雷，私拟作群鹤舞空，心之所向，则或千或百果然鹤也。昂首观之，项为之强①。又留蚊于素帐中，徐喷以烟，使其冲烟飞鸣，作青云白鹤观，果如鹤唳云端，怡然称快②。

**【注释】**

①项：脖子。强（jiāng）：通"僵"，僵硬。

②怡然：欣喜自得的样子。

**【译文】**

　　夏天蚊声如雷，我把它们比作群鹤在空中飞舞，心里这样想，则看到的就是或成千或上百只的鹤。仰起头来看，脖子都僵硬了。有时把蚊子留在白色蚊帐里，慢慢地用烟喷，让它们冲着烟飞叫，把它们当作青云白鹤，果真它们像白鹤在云端鸣叫，让人怡然称快。

　　于土墙凹凸处、花台小草丛杂处，常蹲其身，使与台齐，定神细视，以丛草为林，以虫蚁为兽，以土砾凸者为丘，凹者为壑，神游其中，怡然自得。

**【译文】**

　　在土墙的不平整处、花台杂草丛生的地方，我时常蹲下身子，蹲得和花台一样高，定神细看。把草丛看作森林，把虫蚁看作巨兽，把泥土瓦砾看成山丘，低洼的地方是沟谷，神游其中，怡然自得。

　　一日，见二虫斗草间，观之正浓，忽有庞然大物拔山倒树而来，盖一癞虾蟆也①。舌一吐而二虫尽为所吞。余年幼，方出神，不觉呀然惊恐②，神定，捉虾蟆，鞭数十，驱之别院。年长思之，二虫之斗，盖图奸不从也。古语云"奸近杀"③，虫亦然耶？贪此生涯，卵为蚯蚓所哈，吴俗称阳曰"卵"④。肿不能便。捉鸭开口哈之，婢妪偶释手，鸭颠其颈作吞噬状，惊而大哭，传为话柄⑤。此皆幼时闲情也。

【注释】

①癞虾蟆：又称"癞蛤蟆""蟾蜍"。

②呀然：因惊恐而张着口的样子。

③奸近杀：奸邪之行易招杀身之祸。

④卵：此指男性生殖器。哈：吸。

⑤话柄：被人拿来做谈资的言论或行为。

【译文】

　　一天，发现两只虫子在草丛间争斗，我正看得津津有味，忽然有个庞然大物，拔山倒树而来，原来是一只癞蛤蟆。它把舌头一伸，两只虫子就都被它吞入腹中。我当时年纪还小，正看得出神，不禁吓得目瞪口呆，等心神平定下来，捉住蛤蟆，鞭打几十下，把它驱赶到别的院子里去。长大之后回过头来思考这件事，两个小虫争斗的起因大概是一方图奸，一方不从。古话说"奸近杀"，小虫子也是这样吧？因贪恋这种乐趣，卵吴语通常称阳具为"卵"。被蚯蚓吸得红肿不能小便。女仆们捉了只鸭子让它开口来吸，她们刚一松手，鸭子就伸着脖子作吞咽状，把我吓得大哭，一时间传为笑柄。这都是我年幼时的闲情逸事。

　　及长，爱花成癖，喜剪盆树。识张兰坡①，始精剪枝养节之法，继悟接花叠石之法。花以兰为最，取其幽香韵致也，而瓣品之稍堪入谱者不可多得②。兰坡临终时，赠余荷瓣素心春兰一盆③，皆肩平心阔，茎细瓣净，可以入谱者，余珍如拱璧④。值余幕游于外，芸能亲为灌溉，花叶颇茂。不二年，一旦忽萎死，起根视之，皆白如玉，且兰芽勃然⑤。初不可解，以为无福消受，浩叹而已。事后始悉有人欲分不允，故用滚汤灌杀也⑥。从此誓不植兰。

【注释】

①张兰坡：扬州（今属江苏）人，清代文学家。阮元的幕僚。

②瓣品：花的品种。

③荷瓣素心春兰：一种稀见、名贵的兰花。

④拱璧：大璧，指非常珍贵的物品。

⑤勃然：充满生机貌。

⑥滚汤：滚水，开水。

【译文】

　　长大之后，爱花成癖，喜欢修剪盆景。直到认识了张兰坡，才算是精通剪枝养节的方法，继而悟到了接花叠石的诀窍。花以兰花为最佳，这主要是取其幽香韵致，但瓣品稍能入谱的不可多得。兰坡临终的时候，送给我一盆荷瓣素心春兰，肩平心阔，茎细瓣净，这是可以入谱的，我爱之如珍宝。正赶上我到外地游幕，芸亲自灌溉，倒也花叶繁茂。然而不到两年，突然枯萎死去，我拔出根来看，只见洁白如玉，还长出了新芽。起初感到难以理解，以为是自己没福消受，感叹一番也就作罢。后来才知道是有人想要但没得到，便故意用滚烫的开水把它浇死。我发誓从此不再养兰花。

次取杜鹃，虽无香而色可久玩，且易剪裁。以芸惜枝怜叶，不忍畅剪，故难成树。其他盆玩皆然①。

**【注释】**

①盆玩：盆景，盆栽。

**【译文】**

退而求其次来种杜鹃，杜鹃虽无香味，但花色耐看，而且容易剪裁。因芸怜惜枝叶，不忍心让我大修大剪，所以很难成树。其他盆景也都是这样。

惟每年篱东菊绽，秋兴成癖①。喜摘插瓶，不爱盆玩。非盆玩不足观，以家无园圃②，不能自植。货于市者，俱丛杂无致③，故不取耳。

**【注释】**

①秋兴：秋日的情怀和兴会。

②园圃：种植花果菜蔬的田地。

③丛杂：繁多而杂乱。

**【译文】**

每年东篱菊花绽放的时候，我便秋兴大发。喜欢摘些插在瓶里，而不爱养在盆里。不是说养在盆里不好看，而是因为家里没有园圃，不能自己亲自种植。市场上也有卖的，但大多杂乱无章，因此不要它们。

其插花朵，数宜单，不宜双。每瓶取一种，不取二色。瓶口取阔大，不取窄小，阔大者舒展不拘。自五七花至三四十花，必于瓶口中一丛怒起，以不散漫、不挤轧、不靠瓶口为妙①，所谓"起把宜紧"也。或亭亭玉立，或飞舞横斜。花取参差，间以花架，以免飞铍耍盘之病②；叶取不乱，梗取不强，用针宜藏，针长宁断之，毋令针针露梗，所谓"瓶口宜清"也。视桌之大小，一桌三瓶至七瓶而止，多则眉目不分，即同市井之菊屏矣。几之高低，自三四寸至二尺五六寸而止，必须参差高下，互相照应，以气势联络为上。若中高两低，后高前低，成排对列，又犯俗所谓"锦灰堆"矣③。或密或疏，或进或出，全在会心者得画意乃可。

**【注释】**

①轧（gá）：拥挤。

②飞铍（bó）、耍盘：皆民间杂技门类。

③锦灰堆：又名"拾破画"，一种绘画艺术。通常是对书房一角的随意勾勒，翻开的字帖、废弃的画稿、参差的秃笔乃至旧书、帖文、私札、废契、短简等，将其加以组织，或似烬余，或如揉皱，风格独特。此借指花的摆放没有章法，不美观。

**【译文】**

插瓶的花枝宜单数，而不宜双数。每个瓶子只能插一种花，不要插两种。瓶子的开口要大些，不要用窄小的，因为瓶口大，花朵才可以舒展开。从五七枝到三四十枝都可以，但一定要在瓶口中聚成一丛，挺拔而起，以不散漫、不拥挤、不靠瓶口为好，这就是通常所说的"起把宜紧"。至于花朵的形态，或亭亭玉立，或飞舞横斜。花朵之间要参差错落，用花架隔一下，以免出现飞铍耍盘的弊病；叶子要选较为齐整的，花梗应选不太硬的，用针的话要隐藏起来，如果针太长，宁愿弄断一截，也不要让针露出花梗，这就是行家所说的"瓶口宜清"。摆放则要看桌子的大小，一张桌子摆上三到七瓶为止，太多的话就眉目不清，如同市场上的菊屏了。几案的高低从三四寸到二尺五六寸为止，必须参差错落，互相照应，以彼此间协调连贯为好。如果中间高两边低，或者后高前低，成排成列，就犯了俗称"锦灰堆"的毛病了。或密或疏，或进或出，这都得看会心人能否领略诗情画意之旨。

若盆、碗、盘、洗①，用漂青、松香、榆皮、面和油②，先熬以稻灰，收成胶。以铜片按钉向上，将膏火化，粘铜片于盘、碗、盆、洗中。俟冷，将花用铁丝扎把，插于钉上。宜偏斜取势，不可居中，更宜枝疏叶清③，不可拥挤。然后加水，用碗沙少许掩铜片，使观者疑丛花生于碗底方妙。

【注释】

①洗：一种盛水洗笔的器皿。

②漂青：一种绘画用的颜料。松香：从松树的含油树脂中提取的透明固体物质，硬而脆，呈黄色或棕色。榆皮：榆树皮。

③枝疏叶清：枝叶疏朗。

【译文】

若是用盆、碗、盘、洗等器物，可以用漂青、松香、榆皮、面和油搅拌，加上稻灰熬制成胶。把铜片穿上钉子，钉尖朝上，再将熬制的胶融化，把铜片粘在盘、碗、盆、洗里。等胶冷却后，把花枝用铁丝扎成一把，插在钉子上。要有些倾斜，不要插在正中，更要枝叶疏朗，不能拥挤。然后加上清水，用些细沙盖住铜片，让观赏的人以为丛花是从碗底自然生长的才好。

若以木本花果插瓶①，剪裁之法，不能色色自觅②，倩人攀折者，每不合意。必先执在手中，横斜以观其势，反侧以取其态。相定之后，剪去杂枝，以疏瘦古怪为佳。再思其梗如何入瓶。或折或曲，插入瓶口，方免背叶侧花之患③。若一枝到手，先拘定其梗之直者插瓶中，势必枝乱梗强，花侧叶背，既难取态，更无韵致矣。

**【注释】**

①木本：多年生而根茎枝干为木质的植物类型，分乔木、灌木两种。

②色色：每一种，每一样。

③背叶侧花：指花被叶子遮挡或花头不正，是插画的大忌。

**【译文】**

如果是用木本的花果插瓶，剪裁的方法就很重要了，不能什么都自己去找，但请人折来的又大多不合意。一定要先拿在手里，从横、斜两个角度看它的态势，再从反、侧两面看它的形态。选定之后，剪去杂枝，以疏瘦古怪为佳。然后再考虑如何将其插瓶。或折或曲，插到瓶口里，以避免叶背花侧的弊病。如果一个树枝到手，先机械地把直的部分插在瓶里，势必会造成枝乱梗强，花侧叶背，既难以取态，更不用说韵致了。

折梗打曲之法，锯其梗之半而嵌以砖石，则直者曲矣。如患梗倒，敲一二钉以筦之①。即枫叶竹枝，乱草荆棘，均堪入选。或绿竹一竿，配以枸杞数粒，几茎细草，伴以荆棘两枝，苟位置得宜，另有世外之趣②。若新栽花木，不妨歪斜取势，听其叶侧，一年后枝叶自能向上。如树树直栽，即难取势矣。

**【注释】**

①筦（guǎn）：支撑，固定。

②世外：尘世之外，超凡脱俗。

**【译文】**

折梗打曲的办法是，将树梗锯开一半，把砖石填在里面，这样直干就变弯了。如果担心树枝倒下来，可以敲一二枚钉子来固定。即便是枫叶竹枝，乱草荆棘，也都可以用作插花的材料。或一竿青竹，配上几粒枸杞，或几根细草，配上两枝荆棘，只要摆放恰当，另有世外的野趣。如果是新栽花木，不妨以歪斜取势，任其枝叶往一侧长，一年后枝叶自然会向上生长。如果每棵都直着栽的话，就很难取势了。

至剪裁盆树，先取根露鸡爪者①，左右剪成三节，然后起枝。一枝一节，七枝到顶，或九枝到顶。枝忌对节如肩臂，节忌臃肿如鹤膝。须盘旋出枝，不可光留左右，以避赤胸露背之病，又不可前后直出。有名"双起""三起"者，一根而起两三树也。如根无爪形，便成插树，故不取。然一树剪成，至少得三四十年。余生平仅见吾乡万翁名彩章者，一生剪成数树。又在扬州商家见有虞山游客携送黄杨、翠柏各一盆②，惜乎明珠暗投，余未见其可也。若留枝盘如宝塔，扎枝曲如蚯蚓者，便成匠气矣③。

**【注释】**

①鸡爪：这里指形状像鸡爪的树根。

②虞山：今江苏常熟。黄杨：又名"乌龙木""万年青"，一种常绿植物。枝干近圆柱形。翠柏：一种松科常绿乔木。

③匠气：缺乏艺术巧思而流于低俗雕琢技术层面的工匠习气或风格。

**【译文】**

至于剪裁盆栽树木，要先选取那些根露在外面、形如鸡爪的，从左到右剪成三节，然后起枝。一枝一节，七枝到顶，或者九枝到顶。枝干上切忌对节像肩膀那样齐整，节也不能臃肿得像鹤膝那样。树枝一定要盘旋而出，不能光留左右两侧的，以避免赤胸露背的毛病，也不能前后都是直的。有叫"双起""三起"的，是一个根上长出两三棵树。如果树根没有爪形，就成插树了，所以不能要这样的。一棵树剪裁成功，至少得三四十年的时间。我平生只见到同乡的万彩章老先生一生剪成了几棵树。此外还在扬州一个富商家里见到虞山游客所送的黄杨和翠柏各一盆,可惜明珠暗投,我没有看到他怎么珍爱。如果所留的枝干像宝塔那样盘着,把树枝捆扎得像蚯蚓一样,那就有匠气了。

　　点缀盆中花石,小景可以入画①,大景可以入神②。一瓯清茗③,神能趋入其中,方可供幽斋之玩④。

【注释】
①小景:小型盆景。
②入神:形容达到精妙的境界。
③瓯(ōu):杯子。
④幽斋:幽静雅致的房间。

【译文】
　　点缀盆景的花石,小景可以入画,大景可以神游其中。一杯清茶,能让人神游其中,才能供幽斋赏玩。

　　种水仙无灵璧石①,余尝以炭之有石意者代之。黄芽菜心,其白如玉,取大小五七枝,用沙土植长方盆内,以炭代石,黑白分明,颇有意思。以此类推,幽趣无穷,难以枚举。如石菖蒲结子②,用冷米汤同嚼,喷炭上,置阴湿地,能长细菖蒲,随意移养盆碗中,茸茸可爱③。以老莲子磨薄两头④,入蛋壳,使鸡翼之。俟雏成取出,用久年燕巢泥加天门冬十分之二⑤,捣烂拌匀,植于小器中,灌以河水,晒以朝阳。花发大如酒杯,叶缩如碗口,亭亭可爱。

**【注释】**

①灵璧石：又名"磬石"，产于安徽灵璧浮磬山，具有很高的观赏性。

②石菖蒲：多年生常绿草本植物。生长在我国长江流域以南地区，多见于山涧浅水石上，或溪流旁石缝中。

③茸茸：茂密丛生的样子。

④莲子：莲的乳白色籽实，扁椭圆形。

⑤天门冬：又名"武竹""天冬草"，多年生半蔓性草本植物。肉质块根呈长椭圆形，茎丛生下垂，叶状枝线形，秋冬结红果。

**【译文】**

种水仙没有灵璧石，我曾用有石头意味的木炭来替代。黄芽菜心，洁白如玉，找五六株大小不等的，用沙土种在长方盆里，用木炭代替石头，黑白分明，颇有意思。以此类推，幽趣无穷，难以一一列举。比如石菖蒲结籽时，用冷米汤混合石菖蒲籽，喷在木炭上，放在阴凉潮湿的地方，能长出细小的菖蒲，随意移种在盆、碗里，绿茸茸的很可爱。把老莲子两头磨薄，放到蛋壳里，让母鸡来孵。等到发芽时取出来，再用多年的燕子巢穴的泥土，加上少许天门冬，捣烂拌匀，移植到小容器里，用河水浇灌，早晨拿出晒晒太阳。到后来，花大如酒杯，叶缩得如碗口，亭亭玉立，很是可爱。

若夫园亭楼阁，套室回廊，叠石成山，栽花取势，又在大中见小，小中见大，虚中有实，实中有虚，或藏或露，或浅或深。不仅在"周回曲折"四字①，又不在地广石多，徒烦工费。或掘地堆土成山，间以块石，杂以花草，篱用梅编，墙以藤引，则无山而成山矣。大中见小者，散漫处植易长之竹，编易茂之梅以屏之。小中见大者，窄院之墙宜凹凸其形，饰以绿色，引以藤蔓，嵌大石，凿字作碑记形。推窗如临石壁，便觉峻峭无穷。虚中有实者，或山穷水尽处，一折而豁然开朗；或轩阁设厨处，一开而通别院。实中有虚者，开门于不通之院，映以竹石，如有实无也；设矮栏于墙头，如上有月台而实虚也②。

【注释】

①周回：环绕，回环。

②月台：露天的平台。

【译文】

说到园亭楼阁，套室回廊，叠石成山，栽花取势，其妙处在大中见小，小中见大，虚中有实，实中有虚，或藏或露，或浅或深。这就不单是"周回曲折"四个字所能涵盖的，其好坏也不在地广石多，这样徒费人力物力。挖地堆成土山，放上一些石块，种上花草，用梅树编成篱笆，墙上爬满藤蔓，这样就可以无山而有山了。大中见小的方法：在开阔的地方种上容易生长的竹子，用茂盛的梅树作屏障。小中见大的方法：窄小院子的墙壁应建得凹凸不平，用绿色装饰，种上藤蔓，再嵌块大石，凿字做碑。这样推开窗子，如临石壁，便找到峻峭无穷的意境。虚中有实的办法：或是在山穷水尽处，一转弯就觉得豁然开朗；或是在轩阁设厨的地方，一开门便可通往别院。实中有虚的办法：在不通他处的院子里开一个门，种些竹子，放上石头，看起来是通往别处实际上却没有；或者在墙头上设置低栏杆，好像上面有一个月台但实际上是虚的。

贫士屋少人多，当仿吾乡太平船后梢之位置①，再加转移。其间台级为床，前后借凑，可作三榻，间以板而裱以纸，则前后上下皆越绝②，譬之如行长路，即不觉其窄矣。余夫妇乔寓扬州时，曾仿此法。屋仅两椽③，上下卧屋、厨灶、客座皆越绝而绰然有余④。芸曾笑曰："位置虽精，终非富贵家气象也。"是诚然欤？

**【注释】**

①太平船：一种游船。清李斗《扬州画舫录》卷十八："沙飞重檐飞舻，有小卷棚者谓之'太平船。'"位置：处置，安排。

②越绝：隔绝，隔断。

③椽（chuán）：指房屋的间数。

④绰然有余：宽敞，宽裕。

**【译文】**

穷寒之士屋少人多，应当效仿我家乡太平船后舱的布置，再有所变化。把台级当床，前后借凑，可以作三张床用，中间隔以木板，糊上白纸，这样前后上下都隔开了，就像走长路，却不觉得狭窄。我夫妻两个侨居扬州的时候，曾效仿过这个办法。房屋虽只有两间，但上下卧室、厨房、客厅都能隔开且感到比较宽敞。芸曾笑道："这样布置虽然也够精巧的，但终归不是富贵人家的气象。"确实如此吗？

余扫墓山中，检有峦纹可观之石①。归与芸商曰："用油灰叠宣州石于白石盆，取色匀也。本山黄石虽古朴，亦用油灰，则黄白相间，凿痕毕露，将奈何？"芸曰："择石之顽劣者②，捣末于灰痕处，乘湿糁之③，干或色同也。"乃如其言，用宜兴窑长方盆叠起一峰④，偏于左而凸于右，背作横方纹，如云林石法⑤，嶙岩凹凸⑥，若临江石矶状⑦；虚一角，用河泥种千瓣白萍⑧；石上植茑萝⑨，俗呼"云松"。经营数日乃成。至深秋，茑萝蔓延满山，如藤萝之悬石壁，花开正红色，白萍亦透水大放，红白相间。神游其中，如登蓬岛⑩。置之檐下，与芸品题：此处宜设水阁，此处宜立茅亭，此处宜凿六字曰"落花流水之间"，此可以居，此可以钓，此可以眺。胸中丘壑，若将移居者然。一夕，猫奴争食，自檐而堕，连盆与架，顷刻碎之。余叹曰："即此小经营，尚干造物忌耶⑪?"两人不禁泪落。

**【注释】**

①峦纹:具有山形的纹理。

②顽劣:粗劣。

③糁(sǎn):涂抹。

④宜兴:今江苏宜兴,以烧制陶器闻名。

⑤云林:倪瓒(1302—1375),号云林,无锡(今属江苏)人。元代画家,善画石。

⑥巉(chán)岩:险峻的山石。

⑦石矶:水边突出的巨大岩石。

⑧白萍:一种水生植物,常见于池沼间,花白色。

⑨茑(niǎo)萝:又名"羽叶茑萝",一年生草本植物。花红色,呈五角形状。

⑩蓬岛:传说中的蓬莱仙岛。

⑪造物:即造物主,创造、主宰万物的神灵。

**【译文】**

　　我在山中扫墓时,拣到一些纹理不错的石头。回家和芸商量道:"在白石盆里用油灰来叠宣州石,取其色彩匀称。本地山里的这些黄石虽看起来古朴,也用油灰来叠的话,黄白相间,雕琢的痕迹明显,该怎么办呢?"芸说:"选几块粗劣的石头,捣成粉末,撒在油灰上,趁着湿渗透在一起,干了之后颜色就一样了。"我照着她说的来做,在宜兴窑出的长方盆里叠起一座山峰,左偏右突,背面用横方的纹理,像云林画石一样,山石险峻,高低不平,如同临江的石矶;空出一角,用河泥种上千瓣白萍;石上栽些茑萝,俗称"云松"。花费了数日工夫才算完成。到深秋的时候,茑萝蔓延全山,如藤萝悬挂在石壁上,开出红色的花朵,白萍也在水中绽放花朵,红白相间。神游其中,如同登上蓬莱仙岛。把盆景放在屋檐下，和芸一起品题：这里适合建一座水上楼阁，这里适合盖一处茅亭，这里应当凿"落花流水之间"六个字，这里可以居住，这里可以钓鱼，这里可以远眺。都是想象中的风景，好像我们就要移居假山上一样。一天晚上，几只猫争食，从房顶上掉下来，连盆带架，顷刻间砸碎。我感叹道："就是这么小的玩意儿，还被老天嫉妒吗？"想到此处，两人不禁落泪。

静室焚香①，闲中雅趣。芸尝以沉速等香②，于饭镬蒸透③，在炉上设一铜丝架，离火半寸许，徐徐烘之，其香幽韵而无烟④。佛手忌醉鼻嗅，嗅则易烂；木瓜忌出汗⑤，汗出，用水洗之；惟香圆无忌⑥。佛手、木瓜亦有供法，不能笔宣⑦。每有人将供妥者随手取嗅，随手置之，即不知供法者也。

【注释】

①静室：清静的房间。

②沉速：指沉香、速香，均为名贵的香木。明李时珍《本草纲目·木一·沉香》："香之等凡三，曰沉，曰栈，曰黄熟（即速香）也。"亦指沉香、速香、檀香等多种香料调和而成的一种混合香料。

③镬（huò）：锅。

④幽韵：指香味深沉。

⑤木瓜：一种落叶灌木的果实。呈椭圆形。性温，色黄，气香，可食，亦可供药用。

⑥香圆：即香橼（yuán），一种常绿乔木。花白色。果实有香气，味酸甜。

⑦不能笔宣：不能用文字表达，这里指不能一一说明。

【译文】

静室焚香，这是闲暇中的雅趣。芸曾把沉速香放在锅里蒸透，在炉子上放一个铜丝架，离火焰半寸左右，慢慢烘烤，香味深沉而没有烟。佛手忌讳酒后用鼻子闻，闻了就容易烂；木瓜则忌出汗，有汗了要用水冲洗。只有香橼没什么忌讳。佛手、木瓜也有供法，这里不能一一用笔墨写出来。经常有人把已设供的东西随手拿来闻，随手放置，这些都是不懂供法的人。

余闲居，案头瓶花不绝。芸曰："子之插花，能备风晴雨露，可谓精妙入神。而画中有草虫一法[①]，盍仿而效之。"余曰："虫踯躅不受制[②]，焉能仿效？"芸曰："有一法，恐作俑罪过耳[③]。"余曰："试言之。"曰："虫死色不变，觅螳螂、蝉、蝶之属，以针刺死，用细丝扣虫项，系花草间，整其足，或抱梗，或踏叶，宛然如生[④]，不亦善乎？"余喜，如其法行之，见者无不称绝。求之闺中，今恐未必有此会心者矣。

**【注释】**

①草虫：栖息在草间的虫类。

②踯躅（zhí zhú）：爬动。

③作俑：最先做某件事。这里指首开恶例。

④宛然：仿佛，相似。

**【译文】**

我闲居的时候，案头瓶子里的花不断更新。芸说："你的插花能体现风晴雨露，可谓精妙入神。绘画中有草虫一法，你为什么不仿效一下？"我说："虫子跳动腾挪，不受控制，哪能仿效呢？"芸说："我有一个办法，只是怕成为始作俑者有罪过。"我说："你试着说说看。"芸说："虫子死后颜色不变，你找些螳螂、蝉、蝶这类虫子，用针把它们刺死，用细丝系在虫的脖子上，把它们绑在花草间，调整它们的腿，或者抱着树梗，或者立在草叶上，宛然如生，这不也挺好吗？"我听后很高兴，就按照她说的办法去做，见到的人无不称绝。在闺阁中寻找，如今恐怕未必再有这么会心的人了。

　　余与芸寄居锡山华氏<sup>①</sup>，时华夫人以两女从芸识字。乡居院旷，夏日逼人，芸教其家作活花屏法甚妙。每屏一扇，用木梢二枝，约长四五寸，作矮条凳式，虚其中。横四挡，宽一尺许，四角凿圆眼，插竹编方眼。屏约高六七尺，用砂盆种扁豆置屏中<sup>②</sup>，盘延屏上，两人可移动。多编数屏，随意遮拦，恍如绿阴满窗，透风蔽日，纡回曲折<sup>③</sup>，随时可更，故曰"活花屏"。有此一法，即一切藤本香草随地可用<sup>④</sup>。此真乡居之良法也。

**【注释】**

①锡山：在今江苏无锡西。

②砂盆：用陶土和沙子烧制的盆子。

③纡（yū）回：曲折，回环。

④藤本：茎部细长，不能直立，只能依附别的植物或支持物如树、墙等缠绕或攀援向上生长的植物类型。香草：泛指有香气的草。

**【译文】**

　　我和芸寄居在锡山华氏家里，当时华夫人让两个女儿跟着芸学认字。在乡间居住，院落空阔，夏日炎热逼人，芸教华氏家做活花屏风的方法很巧妙。每扇屏风用木梢两枝，长约四五寸，做成矮脚凳的样式，中间是空的。横四根木挡，宽一尺左右，四角凿上圆洞，插上竹编方眼。屏风高约六七尺，用砂盆种些扁豆，放在屏风中，让它往屏风上攀爬，两个人就可移动。多编几个屏风，随意遮拦，好像绿荫满窗。这种屏风透风遮日，纡回曲折，随时可以更换，所以叫作"活花屏"。有了这种方法，一切藤本香草随地都可采用。这真是乡居的好办法。

友人鲁半舫名璋，字春山，善写松柏或梅菊，工隶书，兼工铁笔①。余寄居其家之萧爽楼一年有半。楼共五椽，东向，余居其三，晦明风雨②，可以远眺。庭中木犀一株③，清香撩人。有廊有厢，地极幽静。

**【注释】**

①铁笔：刻印。镌刻印章，以刀代笔，故名。

②晦明：黑夜、白昼。

③木犀：即桂树，常绿乔木，花白色，芳香宜人。

**【译文】**

我的朋友鲁半舫，名璋，字春山，擅长画松柏或梅菊，长于隶书，兼工篆刻。我寄居在他家的萧爽楼中有一年半之久。这座楼共五间，朝东，我住了其中三间，晦明风雨之时，都可远眺。庭院中有棵木犀树，清香撩人。这里有走廊，有厢房，十分幽静。

移居时，有一仆一妪，并挈其小女来。仆能成衣①，妪能纺绩②，于是芸绣，妪绩，仆则成衣，以供薪水。余素爱客，小酌必行令。芸善不费之烹庖③，瓜蔬鱼虾，一经芸手，便有意外味。

**【注释】**

①成衣：做衣服。

②纺绩：指纺纱织布。

③不费：花销不多。

**【译文】**

移居的时候，带了一个仆人和一个老妇人，还带了他们的小女儿来。仆人能做衣服，老妇人能纺织，于是，芸刺绣，老妇人纺织，仆人则做衣服，以供日常开支。我素来好客，即使小酌也必行酒令。芸擅长花费不多的烹调，瓜果蔬菜及鱼虾一经她的手，便有了意外的风味。

　　同人知余贫，每出杖头钱①，作竟日叙②。余又好洁，地无纤尘，且无拘束，不嫌放纵。

**【注释】**

　①杖头钱：买酒钱。典出《世说新语·任诞》："阮宣子常步行，以百钱挂杖头，至酒店，便独酣畅，虽当世贵盛，不肯诣也。"

　②竟日：从早到晚，整天。

**【译文】**

　　朋友们知道我不富裕，经常请我喝酒，大家终日畅谈。我喜欢整洁，地上没有灰尘，且不受拘束，不嫌放纵。

　　时有杨补凡，名昌绪①，善人物写真②；袁少迂，名沛③，工山水；王星澜，名岩④，工花卉翎毛⑤。爱萧爽楼幽雅，皆携画具来。余则从之学画，写草篆，镌图章，加以润笔⑥，交芸备茶酒供客，终日品诗论画而已。

**【注释】**

　①杨补凡，名昌绪：杨昌绪，字补凡，苏州（今属江苏）人。《扬州画苑录》卷四："善山水，兼长仕女、花卉。"《历代画史汇传》卷二十四："山水于浑厚中而仍遇秀逸，每入诗意，士女仿六如，雅韵有致。"

　②写真：肖像。

　③袁少迂，名沛：袁沛，字少迂，苏州（今属江苏）人。清代书画家、收藏家。

　④王星澜，名岩：王岩，字星澜，苏州（今属江苏）人。《历代画史汇

传》卷二十九："钩染花卉工致。"

⑤翎毛：以鸟兽为题材的画。

⑥润笔：请人作诗文书画的酬劳。

**【译文】**

当时有个叫杨补凡的，名昌绪，善于人物写真；袁少迂，名沛，善于画山水；王星澜，名岩，善于画花鸟。他们喜欢萧爽楼的幽雅，都带着画具过来。我则跟着他们学绘画，写草篆，刻印章，所得的润笔费，交给芸准备茶水酒菜，招待客人，大家整天品诗论画而已。


更有夏淡安、揖山两昆季①，并缪山音、知白两昆季，及蒋韵香、陆橘香、周啸霞、郭小愚、华杏帆、张闲酣诸君子②，如梁上之燕，自去自来。芸则拔钗沽酒③，不动声色，良辰美景，不放轻过。今则天各一方，风流云散，兼之玉碎香埋④，不堪回首矣！


**【注释】**

①昆季：兄弟。

②张闲酣：疑与前文张闲憨为同一人。

③拔钗沽酒：把金钗卖掉为丈夫买酒。典出唐元稹《遣悲怀》诗："顾我无衣搜荩箧，泥他沽酒拔金钗。"

④玉碎香埋：比喻美女亡故。这里指作者的妻子去世。

**【译文】**

更有夏淡安、夏揖山两兄弟和缪山音、缪知白两兄弟，以及蒋韵香、陆橘香、周啸霞、郭小愚、华杏帆、张闲酣诸君子，如同梁上的飞燕一样自来自去。芸则拔钗沽酒，不露声色，良辰美景，从不轻易放过。如今则天各一方，风流云散，加上玉碎香埋，真是不堪回首啊！

萧爽楼有四忌：谈官宦升迁、公廨时事、八股时文、看牌掷色①。有犯必罚酒五斤。有四取：慷慨豪爽、风流蕴藉、落拓不羁、澄静缄默。长夏无事，考对为会。每会八人，每人各携青蚨二百②。先拈阄③，得第一者为主考，关防别座④；第二者为誊录，亦就座；余作举子，各于誊录处取纸一条，盖用印章。主考出五、七言各一句，刻香为限，行立构思⑤，不准交头私语。对就后，投入一匣，方许就座。各人交卷毕，誊录启匣，并录一册，转呈主考，以杜徇私。十六对中取七言三联，五言三联。六联中取第一者，即为后任主考，第二者为誊录。每人有两联不取者，罚钱二十文；取一联者，免罚十文；过限者⑥，倍罚。一场，主考得香钱百文。一日可十场，积钱千文，酒资大畅矣。惟芸议为官卷⑦，准坐而构思。

**【注释】**

①公廨（xiè）：官署，官衙。掷色：一种赌博的方式，掷骰，以骰子点数的大小决定输赢。

②青蚨（fú）：传说以母青蚨或子青蚨的血涂钱，钱用出去还会回来。后遂成为钱的代称。

③拈阄（jiū）：抓阄。

④关防：监视，防范。

⑤行立：行走站立。

⑥过限：超过时间。

⑦官卷：清代科考，高官子弟参加乡试，另外编号，以人数多寡，定额取中。因其试卷均编"官"字号，故名"官卷"。这里指陈芸参加考对可以享受特殊待遇。

**【译文】**

　　萧爽楼有四忌：忌谈官职升迁，忌谈官府时事，忌谈八股时文，忌看牌掷色。有违反者一定要罚酒五斤。有四取：取慷慨豪爽，取风流蕴藉，取落拓不羁，取澄静缄默。长夏闲暇无事，大家以考试对句为会。每会八个人，每人各带二百铜钱。先抓阄，得第一的人为主考，坐在旁边监考；得第二者负责誊录，也就座；其余的人都当举子，各自到誊录处拿一张纸，盖上印章。主考人出五言、七言各一句，燃香计时，大家可以走着站着构思，但不准交头接耳。对句写完后，投到一个匣子里，方可就座。各人交卷之后，誊录者打开匣子，将各人所写对句抄成一卷，转呈主考，以杜绝徇私行为。从十六个对句中取七言句三联，五言句三联。六联中得到第一的，即为下一任的主考，第二名为下一任负责誊录。其中有两联都没被取中者，罚钱二十文；仅取中一联者，少罚十文钱；超过时间的，则加倍处罚。这样一场下来，主考可得一百文钱。一天可以考十场，积攒上千文钱，酒钱就非常充足了。只有芸例外，大家推举她为官卷，准许她坐下来构思。

　　杨补凡为余夫妇写载花小影①，神情确肖②。是夜月色颇佳，兰影上粉墙③，别有幽致。星澜醉后兴发曰："补凡能为君写真，我能为花图影。"余笑曰："花影能如人影否？"星澜取素纸铺于墙④，即就兰影，用墨浓淡图之。日间取视，虽不成画，而花叶萧疏⑤，自有月下之趣。芸甚宝之，各有题咏。

**【注释】**

①小影：小幅画像。
②确肖：非常逼真。
③粉墙：白色的墙。

④素纸：白纸。

⑤萧疏：错落有致。

【译文】

杨补凡曾给我们夫妇画了一幅载花小影，神情逼真。那天夜里月色很好，兰花的影子映在粉墙上，别有幽致。王星澜醉后雅兴萌发，说道："杨补凡给你们写真，我能给你们画花图影。"我笑着说："花影能像人影吗？"王星澜把白纸铺在墙上，对着兰花的影子，用墨或浓或淡，画了起来。到白天拿出来看，虽然不成画，但花叶错落有致，自有月下之趣。芸很珍爱这幅画，大家在上面各有题咏。

　　苏城有南园、北园二处①，菜花黄时②，苦无酒家小饮。携盒而往，对花冷饮，殊无意味。或议就近觅饮者，或议看花归饮者，终不如对花热饮为快。众议未定。芸笑曰："明日但各出杖头钱，我自担炉火来③。"众笑曰："诺。"

【注释】

①南园、北园：南园位置约在今苏州人民路工人文化宫东、十全街南。北园位置约在今苏州拙政园东、东北街北。

②菜花：油菜花。

③炉火：这里指做饭用的炉灶炊具等。

【译文】

苏州城有南园、北园两个地方，油菜花开的时候，苦于当地没有酒家可以饮酒。大家只好带着食盒过去，对着花喝冷酒，很没有意思。有人建议就近寻找饮酒的地方，有人建议看花后回来饮酒，但这终究不如对着花趁热饮酒畅快。大家商议不定。芸笑着说："明天各位只管掏买酒钱，我自己挑着炉火过来。"大家笑着说："好啊。"

众去，余问曰："卿果自往乎？"芸曰："非也。妾见市中卖馄饨者，其担、锅、灶无不备，盍雇之而往？妾先烹调端整①，到彼处再一下锅，茶酒两便。"余曰："酒菜固便矣，茶乏烹具。"芸曰："携一砂罐去。以铁叉串罐柄，去其锅，悬于行灶中②，加柴火煎茶，不亦便乎？"余鼓掌称善。

**【注释】**

①端整：整齐，齐备。

②行灶：可移动的炉灶。

**【译文】**

众人走后，我问道："你真的要亲自挑着炉火前去吗？"芸说："不是的。我看到市面上有卖馄饨的，其担子、锅、灶，无不齐备，为什么不雇他们去呢？我先在家里把菜做好，到那里一下锅就行了，喝茶、饮酒，都很方便。"我说："酒菜固然方便，煮茶却缺少工具。"芸说："带一个砂罐过去。用铁叉串在砂罐把柄上，拿去锅后，把它挂在可移动的炉灶上，加上柴火煎茶，不也是很方便吗？"我鼓掌叫好。

街头有鲍姓者，卖馄饨为业。以百钱雇其担，约以明日午后。鲍欣然允议。

**【译文】**

街上有个姓鲍的人，以卖馄饨为业。就用一百文钱来雇他的馄饨担子，约定明日午后。姓鲍的欣然答应。

明日，看花者至，余告以故，众咸叹服。饭后同往，并带席垫①，至南园，择柳阴下团坐②。先烹茗，饮毕，然后暖酒烹肴。是时，风和日丽，遍地黄金，青衫红袖，越阡度陌③，蝶蜂乱飞，令人不饮自醉。既而酒肴俱熟，坐地大嚼。担者颇不俗，拉与同饮。游人见之，莫不羡为奇想。杯盘狼藉，各已陶然④，或坐或卧，或歌或啸。红日将颓，余思粥，担者即为买米煮之，果腹而归⑤。芸问曰："今日之游乐乎？"众曰："非夫人之力不及此。"大笑而散。

**【注释】**

①席垫：坐席垫子。

②团坐：围坐在一起。

③越阡度陌：在田野间纵横行走。

④陶然：陶醉、愉快的样子。

⑤果腹：吃饱。

**【译文】**

第二天，看花的人都到了，我告诉他们其中的原由，大家都很叹服。饭后一起过去，并且带上坐垫，来到南园，选一处柳荫下团团围坐。先烹茶，喝完之后，再暖酒做菜。当时风和日丽，遍地金黄，青衫红袖，穿行在田间小路上，蝶蜂飞舞，让人不饮自醉。不久，酒菜都准备好了，大家坐在地上大吃起来。姓鲍的人也颇不俗，拉他过来一起饮酒。游人看到后，无不羡慕这个奇思妙想。到杯盘狼藉的时候，大家都已陶醉，有的坐，有的卧，有的歌，有的啸。红日快要落山时，我又想吃粥，姓鲍的就去买米来煮，大家吃饱了才回去。芸问："今日的游玩快乐吗？"众人说："没有夫人的力量，今天就不会玩得这么开心。"众人大笑着散开了。

贫士起居服食以及器皿、房舍，宜省俭而雅洁，省俭之法曰"就事论事"。余爱小饮，不喜多菜。芸为置一梅花盒：用二寸白磁深碟六只，中置一只，外置五只。用灰漆就，其形如梅花。底盖均起凹楞，盖之上有柄如花蒂①。置之案头，如一朵墨梅覆桌。启盖视之，如菜装于花瓣中。一盒六色，二三知己可以随意取食，食完再添。另做矮边圆盘一只，以便放杯箸酒壶之类，随处可摆，移掇亦便②。即食物省俭之一端也。余之小帽领袜③，皆芸自做，衣之破者，移东补西，必整必洁，色取暗淡，以免垢迹。既可出客④，又可家常。此又服饰省俭之一端也。

**【注释】**

①花蒂：花或瓜果跟枝茎相连的部分。

②移掇：移动，收拾。

③小帽：便帽。相对于礼帽、官帽而言。

④出客：外出作客。

**【译文】**

贫寒之士的起居、衣食，以及器皿、房舍等，都应当省俭而雅洁，省俭的方法叫"就事论事"。我爱喝点儿小酒，不喜欢吃很多菜。芸就为我置备了一个梅花盒：二寸大小的白瓷深碟六个，中间放一个，外边摆五个。用灰漆漆好，外形像梅花。底盖都起凹楞，盖上有把手，形如花蒂。放在案头，如同一朵梅花盖在上面。打开来看，好像菜肴放在花瓣中。一个盒子六种颜色，二三知己可以随意吃，吃完再添。另外再做一个矮边圆盘，以便放置杯筷酒壶等，随处可以摆放，移动收拾起来也方便。这是食物省俭的一个办法。我的小帽领袜，都是芸亲手做的。衣服破了，移东补西，一定要齐整、干净，颜色选用暗色的，以免露出污垢的痕迹。这样既可出门作客，又可居家常穿。这又是服饰省俭的一个办法。

初至萧爽楼中，嫌其暗，以白纸糊壁，遂亮。夏月①，楼下去窗，无阑干，觉空洞无遮拦。芸曰："有旧竹帘在，何不以帘代栏？"余曰："如何？"芸曰："用竹数根，黝黑色②，一竖一横，留出走路。截半帘搭在横竹上，垂至地，高与桌齐。中竖短竹四根，用麻线扎定。然后于横竹搭帘处，寻旧黑布条，连横竹裹缝之。既可遮拦饰观，又不费钱。"此"就事论事"之一法也。以此推之，古人所谓竹头、木屑皆有用③，良有以也。

**【注释】**

①夏月：夏天。

②黝（yǒu）黑：深黑色。

③竹头、木屑：废弃的竹根、木头的碎末，比喻可利用的废物。典出《世说新语·政事》："陶公性检厉，勤于事。作荆州时，敕船官悉录锯木屑，不限多少。咸不解此意。后正会，值积雪始晴，听事前除雪后犹湿，于是悉用木屑覆之，都无所妨。官用竹，皆令录厚头，积之如山。后桓宣武伐蜀，装船，悉以作钉。"

**【译文】**

　　刚到萧爽楼的时候，我嫌光线暗，就用白纸糊墙，这才亮堂起来。到了夏天，楼下撤去窗户，没有栏杆，觉得空洞没有遮拦。芸说："有旧的竹帘子，为什么不用它来替代栏杆呢？"我问："怎么个替代法呢？"芸说："找几根竹子，要黑色的，一竖一横，留出走路的空间。截一半竹帘子搭在横竹上，垂到下面，高度与桌面相同。中间竖上四根短竹，用麻线扎紧固定。然后在横竹挂竹帘子的地方，找些旧的黑布条，连横竹一起裹起来缝上。这样既可遮拦做装饰，又不费钱。"这也是"就事论事"的一个方法。由此推之，古人所说的竹头、木屑都有用处，确实有道理。


　　夏月，荷花初开时，晚含而晓放。芸用小纱囊撮茶叶少许①，置花心，明早取出，烹天泉水泡之②，香韵尤绝③。

**【注释】**

①纱囊：纱做的袋子。

②天泉水：指雨水、露水、雪水等。

③香韵：香气，香味。

**【译文】**

夏天，荷花初开的时候，晚间含苞，早上开放。芸用小纱袋包上一些茶叶，放到花心里，第二天早上再取出，烹煮雨水来沏泡，其清香韵味尤为绝妙。

# 卷三　坎坷记愁

**【题解】**

这是全书中写得最为动情的一卷，相信也是读者印象最为深刻的一卷。前面两卷，或写闺房的快乐，或写闲居的雅趣，仿佛置身于风和日丽、阳光明媚的春天，现在则一下进入萧杀凄凉、风雨交加的深秋，无尽的悲伤如寒流一般，迎面扑来。

对作者来说，尽管他努力以积极的态度面对人生，苦中作乐，但现实中的苦难和烦恼，比如生计的窘迫、父母的误会、兄弟的失和，等等，都是他必须面对，而且无法回避的。平静、温馨的家庭生活对一般人来说，再平常不过，但对作者来说，逐渐变成了一种奢望。

特别是妻子芸娘的过早离去，让作者不仅失去人生的伴侣，还失去了重要的精神依托和归宿。一对恩爱的夫妻竟然连清贫、平淡的生活都不能维持，更不用说白头到老了，命运就是这样残酷，就是这样不公平。

从作者的叙述中可以看出，芸娘的早逝一方面与她本人身体素来虚弱有关，另一方面则是由人为因素造成的，生活中逐渐积累起来的恩怨和矛盾加重了她的病情，夺走了她的生命。导致芸娘早逝的人为因素有不少，比如生活的困顿、仆人的私逃等，但最为直接的则是家庭内部的不和。这种不和有利益方面的纷争，有缺少交流产生的误会，当然也有观念方面的冲突。

现代读者阅读这部书，对最后一个方面往往予以强调。这种强调应该说是有其道理的。按照古代的礼法，芸娘确实有一些不守规矩的地方，比如她女扮男装出游，比如她给丈夫写信时对公婆称呼的不敬，比如她和妓女的结交，等等。这些行为在现代人看来，不过是生活小节，只要不违反法律，不伤害他人，别人是没有权力干涉的。

不幸的是芸娘生活在一个礼法森严的时代里，这个时代对人特别是女性有着过多过严的限制。于是冲突便不可避免，对芸娘的行为，不仅家里的长辈难以接受，社会舆论也不能认同，加上有人故意挑拨，冲突逐渐激化，导致了芸娘的被驱逐。

本书固然可以作为控诉封建礼教罪恶的经典文本来解读，不过如果站在旁观者的角度来看，我们也可以思考另外一个问题，在这场家庭悲剧中，芸娘一方有没有值得反思的地方呢？这场悲剧是不是可以避免呢？

要知道芸娘起初和公婆的关系是相当不错的，曾受到他们的喜爱。从作者的叙述来看，家里的长辈也并非是不通情达理之人。大家都是至亲，何以冲突会演变到如此不可收拾的地步呢？作者在叙述这些事情的时候，总有种欲说还休的感觉，是不是背后有什么隐情呢？无论是芸娘还是作者，在处理人际关系方面似乎也存在着缺陷。至少在笔者看来，这方面的因素是值得考虑的。

但不管怎样，一个善良、可爱的女子就这样过早离开了人世。作者在第一卷里越是将芸娘写得可爱，越是将他和芸娘的生活写得美好，她的去世带给读者的震撼也就越强烈。从作者的描写来看，芸娘长得并不是很漂亮，甚至还有一点儿缺陷，比如"两齿微露"，但她让人感到可亲可爱，聪明颖慧，心灵手巧，温柔善良，天真烂漫，在她的身上集中了许多难得的美德。

在中国古代文学作品中，描写女性人物的名篇佳作有不少，但能将人物写得如此真切可信，将性格写得如此丰满鲜明，将人物塑造如此成功的，则并不多见，这是作者对中国文学的重要贡献。

芸娘虽然寿命不长，但通过作者的生花妙笔，她永久地活了下来。在现实生活中，芸娘是他的妻子，但到了《浮生六记》里，芸娘已成为一个跨越时代的文学经典，活在每一个读者的心中。

人生坎坷，何为乎来哉？往往皆自作孽耳，余则非也。多情重诺，爽直不羁，转因之为累。况吾父稼夫公慷慨豪侠，急人之难，成人之事，嫁人之女，抚人之儿，指不胜屈，挥金如土，多为他人。余夫妇居家，偶有需用①，不免典质②。始则移东补西，继则左支右绌③。谚云："处家人情，非钱不行④。"先起小人之议，渐招同室之讥⑤。"女子无才便是德"，真千古至言也。

【注释】

①需用：使用，花费。

②典质：典押，抵押。

③左支右绌（chù）：财力不足，穷于应付。

④处家人情，非钱不行：居家过日子，人情往来，没有钱不行。

⑤同室：一家人。

【译文】

人生的坎坷到底是怎么来的呢？通常都是自己作孽罢了，但我的情况却不是这样。我讲情谊，重然诺，性格直爽，不拘小节，却因此而给自己带来了负累。何况我父亲稼夫公慷慨豪侠，急人之难，成人之事，嫁人之女，抚人之儿，这样的事情数不胜数，挥金如土，多是为了他人。我夫妻居家，偶有需要花钱的地方，不免要典押物品。起初移东补西，继而左支右绌。俗话说："处家人情，非钱不行。"先是有小人的非议，渐渐遭到一家人的嘲讽。"女子无才便是德"，这句话真是千古至理名言啊。

余虽居长而行三，故上下呼芸为"三娘"，后忽呼为"三太太"。始而戏呼，继成习惯，甚至尊卑长幼，皆以"三太太"呼之。此家庭之变机欤①？

**【注释】**

①变机：变化的前兆。

**【译文】**

我虽年长但排行第三，所以家里人都称芸为"三娘"，后来忽然改称她为"三太太"。起初只是玩笑似的称呼，继而成了习惯，甚至不管尊卑长幼，都以"三太太"来称呼她。这难道是家庭发生变故的先兆吗？

乾隆乙巳①，随侍吾父于海宁官舍②。芸于吾家书中附寄小函③。吾父曰："媳妇既能笔墨，汝母家信，付彼司之。"后家庭偶有闲言，吾母疑其述事不当，仍不令代笔。吾父见信非芸手笔，询余曰："汝妇病耶？"余即作札问之，亦不答。久之，吾父怒曰："想汝妇不屑代笔耳！"迨余归④，探知委曲⑤，欲为婉剖⑥，芸急止之曰："宁受责于翁，勿失欢于姑也。"竟不自白⑦。

**【注释】**

①乾隆乙巳：1785 年。

②海宁：今浙江海宁。官舍：官吏办公或居住的房舍。

③小函：短信，便笺。

④迨（dài）：等到。

⑤委曲：事情的经过或真相。

⑥剖：分辩，辩解。

⑦自白：自己辩白。

**【译文】**

乾隆乙巳年，我跟随父亲到海宁官舍。芸经常在家书里附上她写的信。我父亲说：“你媳妇既然能写信，你母亲的家信让她来代笔吧。”后来家里传出一些闲言，我母亲怀疑芸讲述事情不妥当，就不再让她代笔。我父亲看到家信不是芸的笔迹，就问我说：“你媳妇生病了吗？”我便写信询问，也不见芸的回信。日子长了，我父亲就生气地说：“想必是你媳妇不屑于代笔吧！”等我回家之后，弄清了其中的原委，想替芸申辩，芸急忙制止我说：“我宁可受公公的责备，也不愿让婆婆不高兴。”始终不为自己剖白。

庚戌之春①，予又随侍吾父于邗江幕中②。有同事俞孚亭者，挈眷居焉。吾父谓孚亭曰：“一生辛苦，常在客中，欲觅一起居服役之人而不可得③。儿辈果能仰体亲意，当于家乡觅一人来，庶语音相合。”孚亭转述于余，密札致芸，倩媒物色，得姚氏女。芸以成否未定，未即禀知吾母④。其来也，托言邻女之嬉游者⑤，及吾父命余接取至署，芸又听旁人意见，托言吾父素所合意者。吾母见之曰：“此邻女之嬉游者也，何娶之乎？”芸遂并失爱于姑矣。

**【注释】**

①庚戌：1790 年。

②邗江：今江苏扬州邗江区。

③起居服役之人：照料生活起居的仆人。这里指妾。

④禀知：将事情或情况告知尊长。

⑤嬉游：游乐，游玩。

**【译文】**

庚戌年的春天，我又跟随父亲到邗江游幕。其中有个同事叫俞孚亭,带着家眷住在这里。我父亲对俞孚亭说:"一生辛苦,常年客居他乡,想找一个照料生活起居的人却没有找到。孩子们如果真能体谅长辈的心意,应当在家乡帮我找一个人来,这样在语言上也相合。"俞孚亭将此事转告我,我就暗中给芸写信,让她请媒人物色,找到了一个姓姚的女子。芸因事情能否成功还未定下来,没有马上禀告我母亲。当姓姚的女子来的时候,便假说是邻居家的女孩子来游玩,等到我父亲命我把她接到官署,芸又听信旁人的意见,假说这是我父亲向来中意的人。我母亲看到之后说:"这个邻居家的女孩子是过来游玩的,为什么要娶她?"这样,芸连婆婆的欢心也失去了。

　　壬子春①,余馆真州②。吾父病于邗江,余往省③,亦病焉。余弟启堂时亦随侍。芸来书曰:"启堂弟曾向邻妇借贷,倩芸作保。现追索甚急④。"余询启堂,启堂转以嫂氏为多事。余遂批纸尾曰:"父子皆病,无钱可偿。俟启弟归时,自行打算可也。"

**【注释】**

①壬子:1792年。

②真州:今江苏仪征。

③省(xǐng):探视。

④追索:追逼索取。

**【译文】**

　　壬子年的春天,我到真州坐馆。我父亲在邗江生病,我过去探望,结果自己也病了。我弟弟启堂当时也过来服侍父亲。芸来信说:"启堂弟曾向邻居家的妇人借贷,让我做保人。现在人家要债很急。"我问启堂怎么回事,启堂反过来认为是嫂子多事。我随即在信后写道:"我们父子都在生病,无钱偿还。等到启堂弟回去时,他自己想办法就可以了。"

　　未几，病皆愈，余仍往真州。芸覆书来①，吾父拆视之，中述启弟邻项事，且云："令堂以老人之病皆由姚姬而起②。翁病稍痊，宜密嘱姚托言思家③，妾当令其家父母到扬接取。实彼此卸责之计也。"

【注释】

①覆书：回信。

②令堂：对对方母亲的尊称。

③托言：借口。

【译文】

　　不久，我和父亲的病都好了，我仍回真州。芸写信过来，因我不在，我父亲拆开来看，其中说到启堂弟向邻家妇人借贷的事情，并且说："令堂认为老人的病都是由姓姚的女子引起的。老人病好之后，应悄悄吩咐姓姚的女子让她借口想家，我再让她父母到扬州来接她回家。这是彼此卸去责任的好办法。"

　　吾父见书，怒甚，询启堂以邻项事，答言不知。遂札饬余曰①："汝妇背夫借债，谗谤小叔，且称姑曰令堂，翁曰老人，悖谬之甚②！我已专人持札回苏斥逐③。汝若稍有人心，亦当知过。"

【注释】

①札饬（chì）：写信训斥。

②悖谬：荒谬，荒唐。

③斥逐：驱逐，赶走。

【译文】

　　我父亲看了信后非常生气，问启堂弟向邻家妇人借债的事，他却推说不知道。父亲随即写信训斥我说："你媳妇背着丈夫借债，诽谤小叔，况且在信里称婆婆为令堂，称公公为老人，非常荒谬！我已专门派人带信回苏州，把她撵出去。你若是稍有人心，也当知道自己的过错。"

　　余接此札，如闻青天霹雳，即肃书认罪①。觅骑遄归②，恐芸之短见也③。到家述其本末，而家人乃持逐书至，历斥多过，言甚决绝。

**【注释】**

①肃书：恭敬地写信。

②遄（chuán）：快，迅速。

③短见：指寻死自杀之事。

**【译文】**

我接到这封信后，好像听到晴天霹雳，马上向父亲写信认罪。随后找了匹马，急忙返回，担心芸会寻短见。到家刚说完事情的经过，家人也拿着父亲的信来了，信中历数芸的过失，言辞很是决绝。

　　芸泣曰："妾固不合妄言，但阿翁当恕妇女无知耳。"越数日，吾父又有手谕至①，曰："我不为已甚②。汝携妇别居，勿使我见，免我生气足矣。"乃寄芸于外家，而芸以母亡弟出，不愿往依族中。幸友人鲁半舫闻而怜之，招余夫妇往居其家萧爽楼。

**【注释】**

①手谕：尊长亲笔写的指示。

②已甚：过分。

**【译文】**

芸哭着说:"我固然不应当乱说,但公公也应当宽恕女人的无知。"过了几天,父亲又有信来,上面写道:"我不会做得太过。你带着媳妇到别的地方去住,不要让我看见,免得我生气也就行了。"于是准备让芸寄居在娘家,但芸因母亲去世、弟弟在外,不愿依附家族里的其他人。幸亏朋友鲁半舫听到消息后同情我们,喊我们夫妻去住在他家的萧爽楼里。

　　越两载,吾父渐知始末。适余自岭南归①,吾父自至萧爽楼,谓芸曰:"前事我已尽知,汝盍归乎?"余夫妇欣然,仍归故宅,骨肉重圆。岂料又有憨园之孽障耶②!

**【注释】**

①岭南:五岭以南的地区,即今之广东、广西一带。

②孽障:佛教语。由于过去的恶行造成今生的障碍。

**【译文】**

过了两年,我父亲渐渐知道了事情的始末。当时正赶上我从岭南回来,我父亲亲自来到萧爽楼,对芸说:"以前的事情我都已知晓,你何不搬回去住?"我们夫妻欣然答应,仍回到故宅,一家人骨肉团圆。岂料不久又有憨园这个孽障呢!

　　芸素有血疾①,以其弟克昌出亡不返②,母金氏复念子病没,悲伤过甚所致。自识憨园,年余未发,余方幸其得良药。而憨为有力者夺去。以千金作聘,且许养其母,佳人已属沙咤利矣③。余知之而未敢言也。

**【注释】**

①血疾：具有便血、吐血、咳血等出血症状的疾病。

②出亡：出走，流亡。

③沙吒利：唐许尧佐小说《柳氏传》中的人物，系番将，曾抢夺书生韩翊的情人柳氏。

**【译文】**

芸一向患有血疾，这是因为她弟弟克昌外出不归，母亲金氏又思念儿子而病故，悲伤过度引起的。自从认识憨园之后，有一年多未发病，我正庆幸她得到了良药。憨园却被有权势的人夺走了。人家以千金为聘礼，且许诺赡养她的母亲，这样佳人就属于沙吒利一样的人了。我知道了这件事但不敢说。

及芸往探始知之，归而呜咽，谓余曰："初不料憨之薄情乃尔也①！"余曰："卿自情痴耳。此中人何情之有哉？况锦衣玉食者，未必能安于荆钗布裙也。与其后悔，莫若无成。"因抚慰之再三。而芸终以受愚为恨，血疾大发。床席支离②，刀圭无效③，时发时止，骨瘦形销④。不数年而逋负日增⑤，物议日起⑥，老亲又以盟妓一端，憎恶日甚。余则调停中立，已非生人之境矣⑦。

**【注释】**

①薄情：寡情，少情义。

②支离：瘦弱，衰弱。

③刀圭：药物。

④骨瘦形销：形容瘦削到极点。

⑤逋负：怨恨，仇恨。

⑥物议：非议。

⑦生人：让人生存、存活。

**【译文】**

芸等到去探望时才知晓，她回来哭着对我说："真没想到憨园竟然如此薄情！"我答道："这是你自己痴情。像她们这类人哪有什么感情？何况锦衣玉食之人，未必能甘心于荆钗布裙。与其将来后悔，不如今日事情不成。"于是我再三抚慰她。但芸始终为自己受到愚弄而愤恨，结果血疾又发作起来。她身体虚弱得躺在床上，服药也没有什么效果，疾病时发时停，骨瘦体弱。没过几年，旧恨与日俱增，外人的非议也一天天多了起来，父母又因她和娼妓结拜这件事更加厌恶她。我则从中调停，但这些都已让人无法再活下去了。

芸生一女名青君，时年十四，颇知书，且极贤能，质钗典服，幸赖辛劳。子名逢森，时年十二，从师读书。

**【译文】**

芸生有一个女儿叫青君，当时年龄十四岁，读了不少书，而且非常贤惠能干，家里变卖银钗、典当衣物这些事情，都靠她出力。还生有一个儿子叫逢森，当时年龄十二岁，正在跟着老师读书。

余连年无馆，设一书画铺于家门之内，三日所进，不敷一日所出，焦劳困苦①，竭蹶时形②。隆冬无裘，挺身而过。青君亦衣单股栗③，犹强曰"不寒"。因是芸誓不医药。偶能起床，适余有友人周春煦自福郡王幕中归，倩人绣《心经》一部④。芸念绣经可以消灾降福，且利其绣价之丰，竟绣焉。而春煦行色匆匆，不能久待，十日告成。弱者骤劳，致增腰酸头晕之疾。岂知命薄者，佛亦不能发慈悲也！

【注释】

①焦劳：焦虑烦劳。

②竭蹶（jué）：枯竭，匮乏。

③股栗：两腿发抖。

④《心经》：佛经名，全名为《般若波罗蜜多心经》。

【译文】

我一连几年没有坐馆，就在家里开了一个书画铺，但三天的进账还赶不上一天的支出，焦劳困苦，时常限于困顿。隆冬时节没有皮衣，只能挺着身子度过。青君也因衣服单薄而浑身发抖，她还硬说"不冷"。因为这个缘故，芸发誓不再看病买药。这时，她已偶尔能起床走动，正好我有一个叫周春煦的朋友从福郡王那里游幕回来，请人绣一部《心经》。芸考虑到绣《心经》可以消灾降福，而且觉得刺绣的工钱很高，就绣了起来。但周春煦行色匆匆，不能久等，芸用十天时间赶成。身体虚弱之人骤然辛劳，结果又增加了腰酸头晕的毛病。岂知薄命之人，就是佛也不能发慈悲啊！

绣经之后，芸病转增，唤水索汤，上下厌之。有西人赁屋于余画铺之左，放利债为业。时倩余作画，因识之。友人某向渠借五十金①，乞余作保，余以情有难却，允焉，而某竟挟资远遁②。西人惟保是问，时来饶舌③。初以笔墨为抵，渐至无物可偿。岁底，吾父家居，西人索债，咆哮于门。吾父闻之，召余诃责曰④："我辈衣冠之家，何得负此小人之债？"正剖诉间⑤，适芸有自幼同盟姊适锡山华氏⑥，知其病，遣人问讯。堂上误以为憨园之使，因愈怒曰："汝妇不守闺训，结盟娼妓；汝亦不思习上⑦，滥伍小人⑧。若置汝死地，情有不忍，姑宽三日限，速自为计，迟必首汝逆矣⑨。"

## 【注释】

①渠：他。

②遁（dùn）：逃。

③饶舌：唠叨，多嘴。

④诃责：厉声叱责。

⑤剖诉：倾诉。

⑥适：第一"适"为刚好、恰好意；第二"适"为嫁意。

⑦习上：上进。

⑧滥伍：滥交。

⑨首：告发，举报。

## 【译文】

绣经之后，芸的病情加重，唤水要汤，弄得家里其他人都讨厌她。这时，有个西边来的人在我画铺左边租赁房子，以放贷为业。他经常请我作画，大家由此认识。我的一个朋友向他借了五十两银子，请我做保人，我因情面上难以拒绝，就答应了，但这个朋友竟然带着钱逃到远方躲避起来。西人就找我这个保人要债，经常来饶舌。我起初以书画做抵押，渐渐地也没有东西偿还了。到年末的时候，我父亲在家居住，西人讨债，在门口咆哮。我父亲听到后，把我叫过去训斥道："我们是衣冠之家，怎么会拖欠这种小人的债？"我正在申辩，恰好芸有个从小结拜的姐妹嫁给锡山华氏，她得知芸生病，就派人来探望消息。我父亲以为是憨园派来的人，因而更加生气，说道："你媳妇不守闺训，和娼妓结拜；你也不思上进，与小人混在一起。若是将你置于死地，我于情又不忍心。姑且宽限你三天时间，你赶快自己想办法解决，过了时限，我一定告发你。"

芸闻而泣曰："亲怒如此，皆我罪孽。妾死君行，君必不忍；妾留君去，君必不舍。姑密唤华家人来，我强起问之。"

**【译文】**

　芸听到消息，哭道："你父亲如此生气，都是我的罪孽。让我死在这，你离开，你必然不忍心；把我留下，你离开，你必定舍不得。姑且悄悄把华家的人喊来，我强打精神起来问他。"

　　因令青君扶至房外，呼华使问曰："汝主母特遣来耶①？抑便道来耶②？"曰："主母久闻夫人卧病，本欲亲来探望，因从未登门，不敢造次③。临行嘱付：'倘夫人不嫌乡居简亵④，不妨到乡调养，践幼时灯下之言。'"盖芸与同绣日，曾有疾病相扶之誓也。因嘱之曰："烦汝速归，禀知主母，于两日后放舟密来。"

**【注释】**

①主母：奴仆对女主人的尊称。

②抑：还是。

③造次：轻率，鲁莽。

④简亵（xiè）：怠慢，轻慢。

**【译文】**

　于是让女儿青君把她扶到室外，把华家派来的人喊来问道："你是主母特地派来的，还是顺道过来的？"那位华家的人答道："我主母早就听说夫人卧病在床，本想亲自来探望，因从未登过门，不敢造次前来。临走前她吩咐我：'倘若夫人不嫌乡间简陋怠慢，不妨到乡下来调养，履行儿时在灯下说过的话。'"芸当年和华氏一起刺绣的时候，二人曾发过如有疾病互相扶持的誓言。芸嘱咐那位华家的人说："烦劳你赶快回去，禀告你家主母，让她两天后暗中派艘小船过来。"

　　其人既退，谓余曰："华家盟姊①，情逾骨肉②，君若肯至其家，不妨同行。但儿女携之同往既不便，留之累亲又不可。必于两日内安顿之。"

**【注释】**

①盟姊：结拜的姐姐。

②骨肉：至亲。

**【译文】**

那个人走后，芸对我说："我和华家的结拜姐姐，情逾骨肉，你要是肯到她家去，不妨一起同行。只是带着儿女同去不方便，把他们留下来连累双亲也不行。一定得在两天内把两个孩子安顿好。"

时余有表兄王荩臣一子名韫石，愿得青君为媳妇。芸曰："闻王郎懦弱无能，不过守成之子①，而王又无成可守。幸诗礼之家②，且又独子，许之可也。"余谓荩臣曰："吾父与君有渭阳之谊③，欲媳青君，谅无不允。但待长而嫁，势所不能。余夫妇往锡山后，君即禀知堂上④，先为童媳⑤，何如？"荩臣喜曰："谨如命。"逢森亦托友人夏揖山转荐学贸易。

**【注释】**

①守成：守护已有的家业。

②诗礼之家：世代读书习礼的人家。

③渭阳之谊：典出《诗经·秦风·渭阳》："我送舅氏，曰至渭阳。"指甥舅的情谊。渭阳，舅父的代称。

④堂上：对父母的敬称。

⑤童媳：未成年即被领养以备将来做儿媳妇的女孩子。

**【译文】**

当时我有个表兄王荩臣，他的儿子叫韫石，想娶青君为媳妇。芸说:"听说王韫石懦弱无能,不过是个守成的孩子,但王家又没有什么家业可守。幸亏他生在诗礼之家,且又是个独生子,把青君许配给他也可以。"我就对王荩臣说:"我父亲与你有甥舅情谊,你想娶青君做儿媳妇,想来他不会不答应。只是等女儿长大了再出嫁,现在的形势不允许。我夫妇到锡山之后,你就禀告我父母,先将我女儿领去做童养媳,如何?"王荩臣高兴地说:"就按照你说的办。"至于逢森,我也托朋友夏揖山推荐他去学做生意。

安顿已定,华舟适至,时庚申之腊廿五日也①。芸曰:"孑然出门②,不惟招邻里笑,且西人之项无著,恐亦不放,必于明日五鼓悄然而去③。"余曰:"卿病中能冒晓寒耶?"芸曰:"死生有命,无多虑也。"密禀吾父,亦以为然。

**【注释】**

①庚申之腊廿五日:1800 年 1 月 19 日。

②孑然:孤独、孤立的样子。

③五鼓:五更,即天将亮时。

**【译文】**

安顿完毕,华家派来的小船刚好也到了,这天是庚申年的腊月廿五日。芸说:"孤单地离开家,不光招惹邻里笑话,而且那个西人的债还没有着落,恐怕他也不肯放过我们,一定得在明天五更时分悄悄离开。"我问道:"你病中能受得了早上的风寒吗?"芸说:"死生有命,不要再多虑了。"我悄悄禀告父亲,他也同意这样做。

是夜,先将半肩行李挑下船①,令逢森先卧。青君泣于母侧。芸嘱曰:"汝母命苦,兼亦情痴,故遭此颠沛②。幸汝父待我厚,此去可无他虑。两三年内,必当布置重圆。汝至汝家须尽妇道，勿似汝母。汝之翁姑以得汝为幸，必善视汝。所留箱笼什物③，尽付汝带去。汝弟年幼，故未令知，临行时托言就医，数日即归。俟我去远，告知其故，禀闻祖父可也。"旁有旧妪，即前卷中曾赁其家消暑者，愿送至乡。故是时陪侍在侧，拭泪不已。

【注释】

①半肩行李：此语或出自张问陶《庚戌九月三日移居松筠庵》："留得累人身外物，半肩行李半肩书。"指行李不多。

②颠沛：挫折，困顿。

③什物：泛指日常应用的衣物及零碎用品。

【译文】

当天夜里，先把半担行李挑到船上，让逢森先睡。青君坐在母亲身边哭。芸嘱咐道："你母亲命苦，加上痴情，所以才遭受这样的颠沛。幸亏你父亲对我很好，此去不要有什么顾虑。两三年内，必定还要想法团圆。你到了王家之后，一定要恪尽妇道，不要像你母亲这样。你公公、婆婆以有你这样的儿媳妇感到幸运，必然会善待你。我留在箱柜里的东西，都给你带到王家去。你弟弟年幼，所以没让他知道。临走时我就假说外出求医，过些日子回来。等我走远后，你告诉他实情，再去禀告祖父就可以了。"旁边有个老妇人，就是前卷中所说赁她家房屋消夏避暑的那位老妇人，她愿意送我们到乡下。此时她陪在旁边，不停地擦拭着眼泪。

将交五鼓，暖粥共啜之①。芸强颜笑曰②："昔一粥而聚，今一粥而散。若作传奇③，可名《吃粥记》矣。"逢森闻声亦起，呻曰："母何为？"芸曰："将出门就医耳。"逢森曰："起何早？"曰："路远耳。汝与姊相安在家，毋讨祖母嫌。

我与汝父同往，数日即归。"鸡声三唱④，芸含泪扶妪，启后门将出，逢森忽大哭曰："噫! 我母不归矣。"青君恐惊人，急掩其口而慰之。当是时，余两人寸肠已断，不能复作一语，但止以勿哭而已!

**【注释】**

①啜（chuò）：喝，饮。

②强颜：勉强装着高兴的样子。

③传奇：明、清时代将以南曲为主的戏曲样式称为"传奇"，以别于北方杂剧，每本大致为四十出。这里泛指戏曲。

④三唱：这里指鸡叫第三遍，天将要亮了。

**【译文】**

　　将近五更时分，热了些粥大家一起吃。芸强作笑脸说："过去因为一碗粥而欢聚，如今又要为一碗粥而分散。要是写戏的话，可以叫作《吃粥记》了。"逢森听到响动，也起来了，呻吟着说："母亲要干什么去呢?"芸说："准备出门就医。"逢森又问："怎么起得这么早呢?"芸说："因为路途远。你和姐姐安心在家，不要讨祖母的嫌。我和你父亲一起去，过几日就回来。"此时，鸡叫三遍，芸含泪扶着老妇人，准备开后门出去，逢森忽然大哭道："噫，我母亲不回来了!"青君担心惊动别人，急忙捂住他的嘴并安慰他。此时此刻，我们二人寸肠已断，说不出一句话来，只是制止逢森不要哭而已!

　　青君闭门后，芸出巷十数步，已疲不能行。使妪提灯，余背负之而行。将至舟次，几为逻者所执①。幸老妪认芸为病女，余为婿，且得舟子皆华氏工人②，闻声接应，相扶下船。解维后，芸始放声痛哭。是行也，其母子已成永诀矣。

【注释】

①逻者：巡逻的人。执：抓捕，逮捕。

②舟子：船夫。

【译文】

　　青君关上门后，芸刚走出小巷十来步，就已疲惫得走不动。我叫老妇人提着灯，自己背着芸往前走。快到小船停泊的地方时，差一点儿被巡逻的人抓住。幸亏老妇人说芸是她生病的女儿，说我是她女婿，而且船夫都是华家的人，听到声音后过来接应，大家相互扶着上船。解缆开船之后，芸开始放声痛哭。这次出行对他们母子来说，已是生离死别了。

　　华名大成，居无锡之东高山，面山而居，躬耕为业①，人极朴诚。其妻夏氏，即芸之盟姊也。是日午未之交②，始抵其家。华夫人已倚门而待，率两小女至舟，相见甚欢。扶芸登岸，款待殷勤。四邻妇人、孺子哄然入室③，将芸环视。有相问讯者，有相怜惜者，交头接耳，满屋啾啾④。芸谓华夫人曰："今日真如渔父入桃源矣⑤。"华曰："妹莫笑，乡人少所见多所怪耳。"自此相安度岁⑥。

【注释】

①躬耕：亲自耕田种地。

②午未之交：午时、未时交替的时间，相当于现在的下午1点。

③孺子：孩子。哄然：喧闹嘈杂的样子。

④啾啾：嘈杂声。

⑤渔父入桃源：桃源即桃花源，典出东晋陶渊明《桃花源记》。

⑥度岁：过年。

【译文】

　　姓华的名叫大成，住在无锡的东高山，面山而居，以务农为业，为人十分朴实坦诚。他的妻子夏氏，就是芸的结拜姐姐。当天午未之交，我们才抵达他们家。此时华夫人已靠在门口等候，她带着两个小女儿来到船上，彼此相见甚欢。她们扶着芸登岸，殷勤招待。四邻的妇人、孩子们也都闹哄哄地来到华家，把芸围着打量。有互相问候的，有表示同情的，交头接耳，满屋子都是嘈杂的说话声。芸对华夫人说："今天真像是渔夫来到桃花源了。"华夫人答道："妹妹不要笑话，乡下人是少见多怪罢了。"自此我们在这里平安度过了新年。

　　至元宵，仅隔两旬①，而芸渐能起步。是夜观龙灯于打麦场中，神情态度，渐可复元。余乃心安，与之私议曰："我居此非计。欲他适而短于资②，奈何？"芸曰："妾亦筹之矣。君姊丈范惠来现于靖江盐公堂司会计③，十年前曾借君十金，适数不敷④，妾典钗凑之，君忆之耶？"余曰："忘之矣。"芸曰："闻靖江去此不远，君盍一往？"余如其言。

**【注释】**

①旬：旧时以十天为一旬。

②他适：去别的地方。

③靖江：今江苏靖江。盐公堂：古代官府管理盐务的机构。司：主管。会计：财务。

④敷：够，足。

**【译文】**

　　到元宵节的时候，才隔了两旬，芸已渐渐能站起来走路。当天夜里在打麦场里看龙灯，看她的神情气色，都慢慢恢复着。我这才放下心，和她私下里商议说："我们住在这里并非长久之计。想换个地方又缺少资金，怎么办呢？"芸答道："我也在筹划这件事。你姐夫范惠来现在正在靖江盐公堂做会计，十年前他曾借了你十两银子，当时钱不够，我还典当了一个银钗凑钱，你还记得吗？"我说："已经忘了。"芸说："听说靖江离这里不远，你为什么不去一趟呢？"我就按她的话去做。

　　时天颇暖，织绒袍、哔叽短褂犹觉其热①。此辛酉正月十六日也②。是夜宿锡山客旅③，赁被而卧。晨起，趁江阴航船④，一路逆风，继以微雨。夜至江阴江口，春寒彻骨，沽酒御寒，囊为之罄⑤。踌躇终夜⑥，拟卸衬衣质钱而渡。

**【注释】**

①织绒、哔叽：做衣服的布料。

②辛酉正月十六日：1801年2月28日。

③客旅：客舍，旅社。

④江阴：今江苏江阴。

⑤罄（qìng）：空。

⑥踌躇（chóu chú）：思考，反复考虑。

**【译文】**

　　当时天气比较暖和，穿着织绒袍、哔叽马褂还觉得热。这天是辛酉年正月十六日。当天夜里住在锡山旅馆，租了条被子睡下。早晨起来，搭乘到江阴的船，一路上顶风，不久又下起了小雨。夜间到了江阴江口，春寒透骨，于是买酒御寒，结果把口袋里的钱都花光了。整个夜里犹豫不定，准备把衬衣脱下来典些钱以便渡江。

　　十九日，北风更烈，雪势犹浓，不禁惨然泪落。暗计房资、渡费，不敢再饮。正心寒股栗间，忽见一老翁，草鞋，毡笠①，负黄包。入店，以目视余，似相识者。余曰："翁非泰州曹姓耶②？"答曰："然。我非公，死填沟壑矣③。今小女无恙，时诵公德。不意今日相逢，何逗留于此？"

**【注释】**

①毡笠：毡制的笠帽。

②泰州：今江苏泰州。

③填沟壑：死亡的自谦说法。

**【译文】**

到了十九日，北风更猛，雪也越下越大，不禁惨然落泪。暗自计算房钱和渡江的费用，不敢再饮酒了。正在心寒体颤的时候，忽然遇见一个老人，穿着草鞋，戴着斗笠，背着黄包。走进旅店后，他用眼打量我，好像认识的样子。我问道："老人莫非泰州姓曹的？"老人答道："是的。当年要不是您，我早死掉埋在沟里了。如今小女安然无恙，时常念诵您的恩德。没想到今天相逢，您为什么逗留在这里？"

　　盖余幕泰州时，有曹姓，本微贱①，一女有姿色，已许婿家。有势力者放债，谋其女，致涉讼②。余从中调护③，仍归所许。曹即投入公门为隶④，叩首作谢，故识之。余告以投亲遇雪之由。曹曰："明日天晴，我当顺途相送。"出钱沽酒，备极款洽⑤。

**【注释】**

①微贱：卑微低贱，指地位低下。

②涉讼：牵涉进讼事之中，指打官司。

③调护：调解。

④公门：旧称政府官署。隶：衙役。

⑤备极款洽：十分融洽，亲切。

**【译文】**

我在泰州游幕的时候，有个姓曹的，家境贫寒，其女儿颇有姿色，已经许配了人家。但有位有权势的人放债，想谋取他的女儿，结果闹到官府。我从中调解回护，让他女儿仍嫁给原来所许的人家。姓曹的随后进公门当了差役，向我磕头表示感谢，故此认识他。我告诉他自己投亲遇雪的原由。曹姓老人说："明天天晴，我顺路护送您过去。"他出钱买酒，对我很是热情。

二十日，晓钟初动①，即闻江口唤渡声。余惊起，呼曹同济②。曹曰："勿急，宜饱食登舟。"乃代偿房饭钱，拉余出沽。余以连日逗留，急欲赶渡，食不下咽，强啖麻饼两枚③。及登舟，江风如箭，四肢发战。曹曰："闻江阴有人缢于靖④，其妻雇是舟而往，必俟雇者来始渡耳。"枵腹忍寒⑤，午始解缆。至靖，暮烟四合矣⑥。

**【注释】**

①晓钟：报晓的钟声。

②同济：同舟渡江。

③麻饼：一种面食。圆形，烘烤而成，表面撒有芝麻。

④缢（yì）：吊死。

⑤枵（xiāo）腹：空着肚子，指饥饿。

⑥暮烟四合：傍晚的烟雾四处弥漫，即天要黑的意思。

**【译文】**

二十日，晓钟刚响，就听到江口喊人渡江的声音。我惊慌地爬起来，叫曹姓老人一起走。他说："不着急，等吃饱饭再上船。"他替我偿还了房钱、饭钱，拉我出去喝酒。我因连日逗留，急着赶去渡江，吃不下东西，只勉强吃了两个麻饼。登船之后，江风如箭，冷得四肢发颤。曹姓老人说："听说有个江阴人在靖江吊死，他妻子要雇这艘船过去，一定要到雇主过来才能渡江。"忍饥挨饿，冒着严寒，直到中午才解缆开船。到了靖江，已是暮烟四合时分。

　　曹曰："靖有公堂两处，所访者城内耶？城外耶？"余踉跄随其后①，且行且对曰："实不知其内外也。"曹曰："然则且止宿，明日往访耳。"进旅店，鞋袜已为泥淤湿透，索火烘之，草草饮食，疲极酣睡。晨起，袜烧其半。曹又代偿房饭钱。

**【注释】**

①踉跄（liàng qiàng）：走路歪斜不稳。

**【译文】**

　　曹姓老人说："靖江有两处盐公堂，你要找的人是住在城内，还是住在城外呢？"我踉跄着跟在他身后，边走边回答："我实在不知道他是住在城内还是城外。"曹姓老人说："既然这样，我们就停下来住宿，明天再去找吧。"住进旅馆后，发现鞋子、袜子都已被泥水湿透，于是找火来烘烤，草草吃了点儿晚饭，因疲劳不堪，就酣睡起来。第二天早上起来，发现袜子被火烧了一半。曹姓老人又替我付了房钱、饭钱。

　　访至城中，惠来尚未起。闻余至，披衣出，见余状，惊曰："舅何狼狈至此？"余曰："姑勿问，有银乞借二金，先遣送我者。"惠来以番饼二圆授余①，即以赠曹。曹力却，受一圆而去。

**【注释】**

①番饼：又称"洋钱""番银"，旧时对流入我国的外国银元的叫法。

**【译文】**

　　我们找到城里，范惠来还未起床。听说我到了，披着衣服出来，看到我窘迫的样子，他吃惊地问道："舅兄为什么狼狈到这种程度？"我说："你且别问，有银子请你借二两，我先打发送我来的人。"范惠来把两块番银给我，我即刻送给曹姓老人。他坚决拒绝，最后只拿了一块走了。

余乃历述所遭，并言来意。惠来曰："郎舅至戚①，即无宿逋②，亦应竭尽绵力③。无如航海盐船新被盗④，正当盘帐之时⑤，不能挪移丰赠⑥。当勉措番银二十圆，以偿旧欠，何如？"余本无奢望，遂诺之。

【注释】

①至戚：最亲近的亲戚。

②宿逋：旧账，旧债。

③绵力：微薄之力。

④无如：无奈。

⑤盘帐：审核账目。

⑥丰赠：厚赠。

【译文】

我这才把途中遇到的情况告诉范惠来，并说明这次的来意。范惠来说："舅兄是至亲，即使没有过去的旧债，我也应竭尽微薄之力。无奈航海的盐船刚刚被盗，正在盘点清账，不能挪用更多的钱款给你。我会尽力筹措番银二十块，以还旧债，如何？"我本来就没有奢望，于是答应了他。

留住两日，天已晴暖，即作归计。

【译文】

留下来住了两天，天已转晴变暖，便打算回去。

廿五日，仍回华宅。芸曰："君遇雪乎？"余告以所苦。因惨然曰①："雪时，妾以君为抵靖，乃尚逗留江口。幸遇曹老，绝处逢生，亦可谓吉人天相矣②。"

【注释】

①惨然：悲伤的样子。

②吉人天相：行善的人自有上天的帮助。

【译文】

二十五日，我仍回到华氏家中。芸问道："你遇到雪了吗？"我将途中的困苦告诉了她。芸难过地说："下雪的时候，我还以为你已到达靖江，没想到你还在江口逗留。幸亏遇到曹姓老人，绝处逢生，这也算是吉人自有天相了。"

越数日，得青君信，知逢森已为揖山荐引入店。葆臣请命于吾父①，择正月廿四日将伊接去②。儿女之事，粗能了了③，但分离至此，令人终觉惨伤耳④。

【注释】

①请命：请示。

②伊：她。

③了了：解决，完成。

④惨伤：悲伤。

【译文】

过了几天，接到青君的来信，知道逢森已被夏揖山推荐到店里做事。王葆臣向我父亲请示，择定正月二十四日把她接过去。儿女们的事情就这样草草地解决了，但是一家人分离到这种地步，让人总是觉得凄惨悲伤。

二月初，日暖风和。以靖江之项，薄备行装，访故人胡肯堂于邗江盐署①。有贡局众司事公延入局②，代司笔墨，身心稍定。

【注释】

①盐署：古代管理盐务的官署。

②贡局：管理赋税的衙门。司事：管理财务等事务的人。公延：

推荐。

【译文】

二月初，日暖风和。我用在靖江拿到的银两，简单地置办了行装，到邗江盐署去拜访老朋友胡肯堂。贡局诸位管事者推荐我到局里做事，负责笔墨之事，这样身心才稍稍安定下来。

至明年壬戌八月①，接芸书曰："病体全瘳②，惟寄食于非亲非友之家，终觉非久长之策。愿亦来邗，一睹平山之胜③。"余乃赁屋于邗江先春门外④，临河两椽。自至华氏，接芸同行。华夫人赠一小奚奴⑤，曰阿双，帮司炊爨⑥，并订他年结邻之约⑦。

【注释】

①壬戌：1802 年。

②瘳（chōu）：病愈，痊愈。

③平山：在今扬州北城区平山乡。

④先春门：又名"海宁门""大东门"，今城门已废。

⑤奚奴：男仆。

⑥炊爨（cuàn）：烧火做饭。

⑦结邻：结伴做邻居。

【译文】

到第二年，也就是壬戌年八月，我接到芸的来信，上面写道："我的病已痊愈，只是寄食在非亲非故的人家，总是觉得并非长久之计。我也想去邗江，一睹平山的胜景。"我就在邗江先春门外临河的地方租了两间房子。自己又到华家，接芸一起过来。华夫人送给我们一个小男仆，名叫阿双，让他帮忙烧火做饭，并约定将来大家要结邻而居。

时已十月，平山凄冷，期以春游。满望散心调摄①，徐图骨肉重圆。不两月，而贡局司事忽裁十有五人，余系友中之友，遂亦散闲②。芸始犹百计代余筹画，强颜慰藉，未尝稍涉怨尤③。

**【注释】**

①调摄：调养护理。

②散闲：赋闲，即被裁员的意思。

③怨尤：怨恨，责怪。

**【译文】**

当时已是十月，平山一带凄清寒冷，只能等到春天游玩了。满指望在这里散心调养，再筹划与孩子们重新团聚的事情。谁知不到两个月，贡局管事的忽然裁员十五个，我只是朋友的朋友，于是也闲散在家。芸起初还想尽各种办法替我谋划，强装笑脸安慰我，没有一点儿埋怨责怪的意思。

至癸亥仲春①，血疾大发。余欲再至靖江，作将伯之呼②。芸曰："求亲不如求友。"余曰："此言虽是，奈友虽关切，现皆闲处③，自顾不遑④。"芸曰："幸天时已暖，前途可无阻雪之虑。愿君速去速回，勿以病人为念。君或体有不安，妾罪更重矣。"

**【注释】**

①癸亥：1803 年。仲春：春季的第二个月，即农历二月。

②将伯之呼：请求帮助。语出《诗经·小雅·正月》："将伯助予。"毛
传："将，请也；伯，长也。"孔颖达疏："请长者助我。"

③闲处(chǔ)：在家闲居。

④遑(huáng)：闲暇，空闲。

【译文】

到癸亥年仲春，芸的血疾又发作了。我想再到靖江，去找范惠来帮
忙。芸说："求亲不如求友。"我说："这个话虽然有道理，无奈朋友们虽
关切我们，但他们都在家闲着，自顾不暇。"芸说："幸好天气已暖，去靖
江的路上没有雨雪的顾虑。希望你能速去速回，不要挂念我的病。你
倘若身体不安，我的罪孽就更重了。"

时已薪水不继，余佯为雇骡，以安其心，实则囊饼徒步，
且食且行。向东南，两渡叉河，约八九十里，四望无村落。
至更许，但见黄沙漠漠，明星闪闪，得一土地祠，高约五尺
许，环以短墙，植以双柏。因向神叩首，祝曰①："苏州沈某
投亲失路至此，欲假神祠一宿，幸神怜佑。"于是移小石香
炉于旁，以身探之，仅容半体。以风帽反戴掩面，坐半身于
中，出膝于外，闭目静听，微风萧萧而已②。足疲神倦，昏然
睡去。

【注释】

①祝：祷告。

②萧萧：风吹过的声音。

【译文】

当时日常支出已经难以为继，我假装雇匹骡子，让芸安心，实际上则
是袋子里装着饼，徒步而往，边吃边走。向东南两次渡过叉河，走了约
八九十里，四处看看，没有村落。到一更天的时候，只见黄沙漠漠，明星

闪闪，找到一个土地庙，高约五尺，周围有短墙，种了两棵柏树。我于是向神磕头，祈祷道："苏州沈某投亲，在这里迷路，想借神祠住上一宿，请神灵可怜保佑。"我把小石香炉挪到旁边，用身体试探，仅能容下半个身子。我把风帽反戴，遮住脸，半个身子坐在里面，把腿露在外面，闭目静听，微风萧萧而已。两脚疲劳，精神困倦，不久便昏然睡去。

及醒，东方已白，短墙外忽有步语声①。急出探视，盖土人赶集经此也②。问以途，曰："南行十里，即泰兴县城③。穿城向东南十里一土墩④，过八墩即靖江，皆康庄也⑤。"余乃反身，移炉于原位，叩首作谢而行。过泰兴，即有小车可附。申刻抵靖⑥。投刺焉⑦，良久，司阍者曰⑧："范爷因公往常州去矣。"察其辞色⑨，似有推托。余诘之曰："何日可归？"曰："不知也。"余曰："虽一年亦将待之。"阍者会余意，私问曰："公与范爷嫡郎舅耶？"余曰："苟非嫡者，不待其归矣。"阍者曰："公姑待之。"越三日，乃以回靖告，共挪二十五金。

**【注释】**

①步语声：走路说话的声音。

②土人：当地人，本地人。

③泰兴：今江苏泰兴。

④土墩：土堆，当为古代墓葬。

⑤康庄：大道，大路。

⑥申刻：下午3点到5点之间。

⑦投刺：递上名帖。

⑧司阍（hūn）：看门，守门。

⑨辞色：言语态度。

**【译文】**

　　等到醒来时，东方已白，短墙外忽然有走路说话的声音。我急忙出去观看，原来是当地人赶集经过这里。向他们问路，他们说："往南走十里就是泰兴县城。穿过县城向东南，隔十里有一个土墩，走过八个土墩就是靖江，都是大路。"我反身回到土地庙，把小石香炉放回原处，向神灵磕头表示感谢之后才上路。过了泰兴，就有小车可搭载。申刻时分，到了靖江。我递上名帖，过了很长时间，看门人说："范爷因公到常州去了。"看他说话的神情，似乎是故意推托，我便问他："哪天才能回来呢？"他答道："不知道。"我说："即使他去一年我也等他。"看门人明白我的意思，私下问道："你和范爷是嫡亲郎舅吗？"我说："如果不是嫡亲，我就不等他回来了。"看门人说："您且等着。"过了三天，告诉我范惠来回到靖江，我从范惠来那里一共筹措了二十五两银子。

　　雇骡急返。芸正形容惨变①，咻咻涕泣②。见余归，卒然曰③："君知昨午阿双卷逃乎？倩人大索④，今犹不得。失物小事，人系伊母临行再三交托。今若逃归，中有大江之阻，已觉堪虞⑤，倘其父母匿子图诈，将奈之何？且有何颜见我盟姊？"余曰："请勿急，卿虑过深矣。匿子图诈，诈其富有也，我夫妇两肩担一口耳。况携来半载，授衣分食，从未稍加扑责⑥，邻里咸知⑦。此实小奴丧良，乘危窃逃。华家盟姊赠以匪人，彼无颜见卿，卿何反谓无颜见彼耶？今当一面呈县立案，以杜后患可也。"芸闻余言，意似稍释。然自此梦中呓语⑧，时呼"阿双逃矣"，或呼"憨何负我"，病势日以增矣。

**【注释】**

　　①形容：容颜，容貌。惨变：脸色因惊慌、悲痛、病患等情况而有异常的改变。

②咻咻 (xiū)：喘气声。

③卒 (cù) 然：忽然，突然。卒，同"猝"。

④大索：全力搜索。

⑤虞：担忧，忧虑。

⑥扑责：责打。

⑦咸：都。

⑧呓语：梦话。

**【译文】**

　　我雇匹骡子急忙往回赶。芸的脸色变得难看，哭得上气不接下气。见到我回来，她突然说："你知道昨天中午阿双带着东西逃跑的事吗？我请人到处寻找，至今还没找到。丢了东西是小事，人是他母亲临走前再三交代托付的。如今他若是往家逃跑，路上有大江阻挡，已觉得很是担心，倘若他父母把儿子藏匿起来图谋敲诈，那该怎么办呢？而且哪有脸面去见我的盟姐呢？"我说："请别着急，你考虑得过深了。把儿子藏匿起来图谋敲诈，也要敲诈富有的人，我们夫妻俩不过是肩上担着一张嘴。何况带他来了半年，给他衣服穿，给他饭吃，从未训斥打骂，邻里们都知道。这是小奴才丧尽天良，趁人之危偷偷逃跑。华家盟姐把这种人送给我们，她没有脸见你，你怎么反过来说没有脸见她呢？如今应该禀告县衙立案，以杜绝后患就可以了。"芸听了我的话，心情似乎有所放松。但是从此她在说梦话时，经常喊道"阿双逃跑了"，或者喊道"憨园为什么辜负我"，而病情也一天天加重了。

　　余欲延医诊治。芸阻曰："妾病始因弟亡母丧，悲痛过甚，继为情感，后由忿激，而平素又多过虑。满望努力做一好媳妇，而不能得，以至头眩、怔忡诸症毕备①。所谓病入膏肓，良医束手，请勿为无益之费。忆妾唱随二十三年②，蒙君错爱，百凡体恤③，不以顽劣见弃。知己如君，得婿如此，妾已此生无憾。若布衣暖，菜饭饱，一室雍雍④，优游泉石⑤，如沧浪亭、萧爽楼之处境，真成烟火神仙矣。神仙几世才能修到，我辈何人，敢望神仙耶？强而求之，致干造物之忌，即有情魔之扰。总因君太多情，妾生薄命耳！"

【注释】

①怔忡（zhēng chōng）：一种具有心跳剧烈症状的疾病。

②唱随："夫唱妇随"的省略语，比喻夫妇和睦相处。

③百凡：一切。

④雍雍：和谐，融洽。

⑤优游：闲暇自得的样子。泉石：泉水和山石，泛指山水。

【译文】

我想去请医生诊治。芸阻止道："我的病起初是因为弟弟外出、母亲去世，悲伤过度造成的，继而是因为情感，后来则是由激愤所致，平时又考虑得太多。满心希望努力做一个好媳妇，但终于没有做成，以致头眩、怔忡等各种疾病都有了。人们通常说病入膏肓，良医束手，请不要再花无益的钱了。回想我跟着你过了二十三年，蒙你的错爱，百般体恤，不因我顽劣而抛弃。有你这样的知己，得到你这样的夫婿，我这辈子已没有什么遗憾了。像穿着布衣暖和，菜饭吃饱，一家人和睦相处，到泉石间游玩，如沧浪亭、萧爽楼等处，真成了烟火神仙。神仙几辈子才能修到，我们是什么人，怎敢奢望神仙之身呢？强行索求，以致引起上天的嫉妒，就有了情魔的干扰。总之是因为你太多情，我生来薄命啊！"

因又呜咽而言曰："人生百年，终归一死。今中道相离①，忽焉长别，不能终奉箕帚②，目睹逢森娶妇，此心实觉耿耿③。"言已，泪落如豆。余勉强慰之曰："卿病八年，恹恹欲绝者屡矣④，今何忽作断肠语耶⑤？"芸曰："连日梦我父母放舟来接，闭目即飘然上下⑥，如行云雾中，殆魂离而躯壳存乎？"余曰："此神不收舍，服以补剂⑦，静心调养，自能安痊⑧。"

**【注释】**

①中道：中途，半路。

②奉箕帚：持箕帚打扫，指做妻子的意思。

③耿耿：牵挂，挂怀。

④恹恹（yān）：气息微弱。

⑤断肠：极度悲伤。

⑥飘然：形容飘摇的样子。

⑦补剂：滋补身体的药剂。

⑧安痊：痊愈。

**【译文】**

接着又呜咽着说道："人生百年，终归一死。如今我们中途相离，忽然永别，我不能终身服侍你，不能亲眼看到逢森娶媳妇，心里着实觉得难以释怀。"说完，泪落如豆。我强忍悲伤安慰她说："你患病八年，虚弱欲绝也已有好多次了。今天为什么突然要说这些断肠话呢？"芸说："连着几天梦见我父母派船来接，闭上眼睛便觉得自己飘上飘下，如同行进在云雾中，这大概是魂魄已离开只剩下躯壳了吧？"我说："这是神不守舍，服些补药，静心调养，自能安然痊愈。"

芸又唏嘘曰①："妾若稍有生机一线，断不敢惊君听闻。今冥路已近②，苟再不言，言无日矣。君之不得亲心③，流离颠沛，皆由妾故。妾死则亲心自可挽回，君亦可免牵挂。堂上春秋高矣④，妾死，君宜早归。如无力携妾骸骨归，不妨暂厝于此⑤，待君将来可耳。愿君另续德容兼备者⑥，以奉双亲，抚我遗子，妾亦瞑目矣！"言至此，痛肠欲裂，不觉惨然大恸。余曰:"卿果中道相舍,断无再续之理,况'曾经沧海难为水,除却巫山不是云'耳⑦。"

**【注释】**

①唏嘘(xī xū):悲叹声。

②冥路:死期的意思。

③亲心:父母的心。

④春秋:年龄。

⑤厝(cuò):安置。

⑥德容:品德与容貌。

⑦曾经沧海难为水,除却巫山不是云:语出唐元稹《离思》诗。

**【译文】**

芸又唏嘘道:"我若是还有一线生机,断不敢用这些话来惊吓你。如今冥路已近,如果再不说的话,就没有时间了。你得不到双亲的欢心,流离颠沛,都是因为我的缘故。我死后,双亲的心自能挽回,你也可以免去牵挂。双亲岁数已高,我死之后,你应该早些回去。如果没有力量把我的骸骨带回去,不妨暂时在此停枢,等你将来再解决就可以了。希望你另续一个德容兼备的人,侍奉双亲,抚养遗子,我就死也瞑目了!"说到这里,芸痛肠欲裂,不禁放声大哭。我说:"你要真是中途相舍的话,我断没有再续弦的道理,何况古人说'曾经沧海难为水,除却巫山不是云'。"

芸乃执余手而更欲有言,仅断续叠言"来世"二字。忽发喘,口噤①,两目瞪视,千呼万唤,已不能言,痛泪两行,涔涔流溢②。既而喘渐微,泪渐干,一灵缥缈③,竟尔长逝。时嘉庆癸亥三月三十日也④。当是时,孤灯一盏,举目无亲,两手空拳,寸心欲碎。绵绵此恨⑤,曷其有极!

**【注释】**

①口噤：嘴巴紧闭。

②涔涔（cén）：泪流不止的样子。

③缥缈（piāo miǎo）：若有若无，隐隐约约。

④嘉庆癸亥三月三十日：1803 年 5 月 20 日。

⑤绵绵：连续不断的样子。

**【译文】**

芸便抓着我的手，想再说些什么，却仅能断断续续地重复着"来世"两个字。突然她急促地喘息起来，嘴巴紧闭，两眼瞪着我，任凭千呼万唤，已不能说话，两行清泪，从她的眼角不断地流出来。既而喘息声渐渐微弱下来，泪水渐渐干枯，魂灵飘然离去，至此竟成永别。这一天是嘉庆癸亥年三月三十日。此时只有孤灯一盏，我举目无亲，两手空拳，寸心欲碎。绵绵此恨，哪里会有个尽头！

　　承吾友胡肯堂以十金为助，余尽室中所有，变卖一空，亲为成殓①。呜呼！芸一女流，具男子之襟怀才识。归吾门后，余日奔走衣食，中馈缺乏②，芸能纤悉不介意③。及余家居，惟以文字相辩析而已。卒之疾病颠连④，赍恨以没⑤，谁致之耶？余有负闺中良友，又何可胜道哉？奉劝世间夫妇，固不可彼此相仇，亦不可过于情笃。语云"恩爱夫妻不到头"，如余者，可作前车之鉴也！

**【注释】**

①成殓：入殓。

②中馈：指妇女在家操持的膳食等事。

③纤悉：精细，细致。

④颠连：困顿。

⑤赍（jī）：怀着，带着。

**【译文】**

承蒙我的朋友胡肯堂资助了十两银子，我又把室内所有的东西变卖一空，亲自为芸料理丧事。哎！芸只是一个女流之辈，却具有男子的胸怀和才识。自从嫁到我家之后，我每天为衣食奔走，生活困顿，芸一点儿都不介意。我在家居住的时候，二人只是以文字相辩析而已。最后生病颠连，含恨而去，这都是谁造成的呢？我有负闺中良友的地方，又哪能说得完呢？奉劝人世间的夫妇，固然不可彼此反目为仇，但也不可过于情深义厚。俗话说"恩爱夫妻不到头"，像我这样的，可作为前车之鉴啊！

回煞之期①，俗传是日魂必随煞而归，故房中铺设一如生前，且须铺生前旧衣于床上，置旧鞋于床下，以待魂归瞻顾②。吴下相传谓之"收眼光"。延羽士作法③，先召于床而后遣之，谓之"接眚"④。邗江俗例，设酒肴于死者之室。一家尽出，谓之"避眚"。以故有因避被窃者。

**【注释】**

①回煞：旧时人们认为人死后若干天内，魂魄会回到原来的家里。煞，魂灵，魂魄。

②瞻顾：观看。

③延：请。羽士：道士。

④眚（shěng）：灾难，灾祸。

**【译文】**

到了回煞的日子，民间相传，这一天死者的魂魄必定会随煞返家，故此，房中的陈设都要像死者生前一样，而且要在床上铺些死者生前的旧衣服，把旧鞋子放到床下，以等待死者的魂魄光顾。吴地人相传把这叫作"收眼光"。请道士作法，先把魂魄招到床上，然后再打发走，这叫作"接眚"。邗江的民间风俗是在死者生前居住的房间里摆上酒菜，一家人都出去，这叫作"避眚"。因为这个缘故，还有因避眚导致家中被窃的事情。

芸娘眚期，房东因同居而出避，邻家嘱余亦设眚远避。余冀魄归一见，姑漫应之。同乡张禹门谏余曰："因邪入邪，宜信其有，勿尝试也。"余曰："所以不避而待之者，正信其有也。"张曰："回煞犯煞①，不利生人②。夫人即或魂归，业已阴阳有间，窃恐欲见者无形可接，应避者反犯其锋耳。"时余痴心不昧③，强对曰："死生有命。君果关切，伴我何如？"张曰："我当于门外守之，君有异见，一呼即入可也。"

【注释】

①犯煞：旧时说法，冲撞、冒犯凶神邪气，不吉利。

②生人：生者，活着的人。

③不昧：不改，不忘。

【译文】

芸的眚期到了，房东因和我们同居而到外面回避去了，邻居吩咐我也要在摆好酒菜后远避。我希望在芸的魂灵回来时见上一面，姑且随口答应着。同乡张禹门劝我道："因邪入邪，应该相信真有此事，你就不要尝试了。"我说："我不回避而在这里等着的原因，正是相信其有啊。"张禹门说："回煞犯煞，这对活着的人不吉利。夫人即便是灵魂回来，但阴阳两隔，我担心的是想看到的却什么都看不到，该回避的反而没有办法回避。"当时我痴心不改，坚持对他说："死生有命。您要是真的关心我，留在这里陪我如何？"张禹门说："我在门外守着，你要是发现什么异常，喊一声我就进来了。"

余乃张灯入室。见铺设宛然①，而音容已杳，不禁心伤泪涌。又恐泪眼模糊，失所欲见，忍泪睁目，坐床而待。抚其所遗旧服，香泽犹存②，不觉柔肠寸断，冥然昏去③。转念待魂而来，何遽睡耶④？开目四视，见席上双烛，青焰荧荧⑤，缩光如豆，毛骨悚然，通体寒栗。因摩两手擦额，细瞩之，双焰渐起，高至尺许，纸裱顶格⑥，几被所焚。

**【注释】**

①宛然：真切，清楚。

②香泽：香气，香味。

③冥然：迷迷糊糊的样子。

④遽（jù）：急忙，匆忙。

⑤荧荧：灯光闪烁的样子。

⑥顶格：天花板。

**【译文】**

我便点上灯走到室内。看到屋里的陈设同芸生前一样，但她的音容笑貌却再也见不到了，不禁伤心落泪。又担心泪眼模糊，无法看到想见的，只得忍泪睁眼，坐在床上等着。抚摸着她留下来的旧衣服，香味犹存，不禁感到柔肠寸断，迷迷糊糊地昏睡过去。转念一想，我在这里等待魂魄归来，怎么能这么快睡着？睁开眼睛，四处打量，只见桌子上的两根蜡烛，荧荧地闪着青光，光亮小得如豆粒般大小，一下感到毛骨悚然，浑身发抖。于是用两手擦了擦额头，仔细地盯着蜡烛，只见其光亮逐渐升起，高约一尺，用纸裱糊的天花板差点儿被火烧到。

余正得藉光四顾间，光忽又缩如前，此时心春股栗。欲呼守者进观，而转念柔魂弱魄，恐为盛阳所逼，悄呼芸名而祝之。满室寂然①，一无所见。既而烛焰复明，不复腾起矣。出告禹门，服余胆壮，不知余实一时情痴耳。

**【注释】**

①寂然：沉静无声的样子。

**【译文】**

我正借着光亮四处观望，光亮突然又缩到原来的大小，此时我心里怦怦直跳，浑身颤抖。想喊在外面守着的张禹门进来看，但又想到柔魂弱魄，担心她被阳气逼迫，只好悄悄地喊着芸的名字为她祈祷。整个房间内寂静无声，一无所见。既而蜡烛又亮了起来，但已不再腾跃。我出去把自己所见到的告诉了张禹门，他佩服我胆子大，但他哪里知道我不过是一时情痴罢了。

　　芸没后，忆和靖"妻梅子鹤"语①，自号"梅逸"。权葬芸于扬州西门外之金桂山②，俗呼"郝家宝塔"。买一棺之地，从遗言寄于此。携木主还乡③，吾母亦为悲悼，青君、逢森归来，痛哭成服④。启堂进言曰："严君怒犹未息⑤，兄宜仍往扬州，俟严君归里，婉言劝解，再当专札相招⑥。"

**【注释】**

①和靖"妻梅子鹤"：林逋（967—1028），字君复，卒谥和靖先生，钱塘（今浙江杭州）人。曾隐居西湖孤山，种梅养鹤，终生不仕不娶，自称"以梅为妻，以鹤为子"。

②权：暂且。金桂山：又称"金匮山""金龟山"，在今扬州邗江北路与平山堂西路交界处。今已不存。

③木主：木制的牌位，上书死者姓名，以供祭祀。

④成服：穿上丧服。

⑤严君：父亲。

⑥专札：专门写信。

【译文】

　　芸去世后，我想到和靖有"妻梅子鹤"的话，就自号"梅逸"。暂且将芸葬在扬州西门外的金桂山，俗称"郝家宝塔"。买了一块停棺的地方，按照芸的遗言将其骸骨寄放在这里。带着她的牌位回家，我母亲也感到悲伤，青君、逢森回来，听到消息都痛哭起来，穿上丧服守孝。启堂劝我道："父亲的怒气还没有平息，哥哥应当还到扬州去，等父亲回家，我婉言劝解，然后再专门去信喊你回来。"

　　余遂拜母，别子女，痛哭一场，复至扬州，卖画度日。因得常哭于芸娘之墓。影单形只，备极凄凉。其偶经故居，伤心惨目①。重阳日②，邻冢皆黄③，芸墓独青。守坟者曰："此好穴场④，故地气旺也。"余暗祝曰："秋风已紧，身尚衣单，卿若有灵，佑我图得一馆，度此残年⑤，以待家乡信息。"

【注释】

①惨目：惨不忍睹。

②重阳：传统节日，农历九月初九日。旧时这一天有登高的风俗。

③冢（zhǒng）：坟墓。

④穴场：墓穴。

⑤残年：年终。

【译文】

　　我于是拜别母亲，和子女们告别，痛哭一场之后，又来到扬州，靠卖画度日。由此能经常在芸的坟墓上哭诉。我影单形只，十分凄凉。偶尔从故居经过，伤心落泪。到了重阳节，邻近的坟墓都是黄色，只有芸的坟墓是绿色。守坟人说："这是块好坟地，因此地气旺。"我暗暗祈祷道："秋风已紧，我身上的衣服还很单薄，你若是有灵的话，保佑我找到一个馆坐，度过这个残年，以等待来自家乡的音信。"

　　未几①，江都幕客章驭庵先生欲回浙江葬亲②，倩余代庖三月③，得备御寒之具。封篆出署④，张禹门招寓其家。张亦失馆，度岁艰难⑤。商于余，即以余资二十金倾囊借之，且告曰："此本留为亡荆扶柩之费⑥，一俟得有乡音，偿我可也。"是年即寓张度岁，晨占夕卜⑦，乡音殊杳。

**【注释】**

①未几：不久，很快。

②江都：今江苏扬州。幕客：幕宾。

③代庖（páo）：指代人做事。

④封篆：停止办公。旧时官印多用篆文，官署于岁末年初停止办公，不用印，故名。

⑤度岁：过年。

⑥亡荆：死去的妻子。扶柩：护送灵柩。

⑦晨占夕卜：日思夜算。

**【译文】**

　　不久，在江都游幕的章驭庵先生要回浙江葬亲，请我代他料理事务三个月，由此得以置办御寒的用品。代理期满，离开官署，张禹门邀请我住到他家里。张禹门此时也失馆在家，年关难过。他和我商量，我就把仅存的二十两银子都借给了他，并且告诉他说："这原是留着为亡妻迁柩的费用，等到家里有消息来，再还我就可以了。"这一年我在张禹门家过年，早晚盼望消息，但家里一直杳无音信。

　　至甲子三月①，接青君信，知吾父有病。即欲归苏，又恐触旧忿。正趑趄观望间②，复接青君信，始痛悉吾父业已辞世。刺骨痛心③，呼天莫及。无暇他计，即星夜驰归，触首灵前④，哀号流血。

【注释】

①甲子：1804 年。

②趑趄（zī jū）：犹豫不决，拿不定主意。

③刺骨：痛彻入骨。

④触首：磕头，叩首。

【译文】

到甲子年三月，我接到青君的来信，得知我父亲患病。本想回苏州，但是又担心触动旧怨。正在犹豫观望的时候，又接到青君写来的信，悲痛地获悉我父亲已辞世的消息。刺骨痛心，呼喊青天也来不及。没时间再作其他打算，随即连夜赶回，我在父亲灵前磕头，哀号啼血。

呜呼！吾父一生辛苦，奔走于外。生余不肖，既少承欢膝下①，又未侍药床前，不孝之罪，何可逭哉②！吾母见余哭，曰："汝何此日始归耶？"余曰："儿之归，幸得青君孙女信也。"吾母目余弟妇，遂嘿然③。

【注释】

①承欢：侍奉父母。

②逭（huàn）：逃避。

③嘿（mò）然：沉默，默不作声。嘿，同"默"。

【译文】

哎！我父亲一生辛苦，在外面奔波。生下我这个不肖子，既没有侍奉在他身边，又没有在其床前端药，不孝的罪名哪能逃得掉！我母亲看到我痛哭，问道："你怎么今天才回来？"我说："我回来，是幸亏得到您青君孙女的信函。"我母亲用眼看了看弟媳妇，就默不作声了。

余入幕守灵至七，终无一人以家事告，以丧事商者。余自问人子之道已缺，故亦无颜询问。

**【译文】**

我在灵棚里守灵直到七七，始终没有一个人告诉我家里的事情，也没人为丧事和我商量。我自愧做儿子缺少孝道，所以也就没脸去询问。

一日，忽有向余索逋者登门饶舌。余出应曰："欠债不还，固应催索。然吾父骨肉未寒，乘凶追呼，未免太甚！"中有一人私谓余曰："我等皆有人招之使来，公且出避。当向招我者索偿也。"余曰："我欠我偿，公等速退！"皆唯唯而去①。

**【注释】**

①唯唯：恭敬应诺。

**【译文】**

一天，忽然有几个人向我索要旧债，登门饶舌。我出去应答道："欠债不还，固然应当催索。然而我父亲尸骨未寒，乘人丧事来追讨，未免太过分了！"其中一个人私下对我说："我们都是被人喊过来的，你暂且出去躲避一下。我们向喊我们来的人讨债。"我说："我欠的债我偿还，你们赶快回去。"他们都答应着离开了。

余因呼启堂谕之曰："兄虽不肖，并未作恶不端。若言出嗣降服①，从未得过纤毫嗣产②。此次奔丧归来，本人子之道，岂为争产故耶？大丈夫贵乎自立，我既一身归，仍以一身去耳。"言已，返身入幕，不觉大恸③。叩辞吾母，走告青君，行将出走深山，求赤松子于世外矣④。

【注释】

①出嗣降服：子为父母应服三年之丧，而出继者如为亲生父母服丧，则降三年为一年之服。出嗣，过继给他人为子。旧制，丧服降低一等为降服。

②纤毫：丝毫。嗣产：遗产。

③大恸（tòng）：极度悲伤。

④赤松子：传说中的神仙，据说是神农时的雨师。

【译文】

我于是把启堂喊出来，对他说："你兄长虽然不肖，但也并未作恶多端。如果说是过继降服，我从来没有得到过一点点财产。这次奔丧回来，本是为了尽为人之子的孝道，岂是为了争夺遗产的缘故呢？大丈夫贵乎自立，我既然一个人回来，仍旧一个人离开。"说完，我返身回到灵棚里，不禁痛哭失声。我向母亲磕头辞别，又去告知青君，准备离家出走到深山里，在尘世之外跟着赤松子修仙学道。

青君正劝阻间，友人夏南薰字淡安、夏逢泰字揖山两昆季寻踪而至。抗声谏余曰①："家庭若此，固堪动忿。但足下父死而母尚存，妻丧而子未立，乃竟飘然出世，于心安乎？"余曰："然则如之何？"淡安曰："奉屈暂居寒舍②，闻石琢堂殿撰有告假回籍之信③，盍俟其归而往谒之？其必有以位置君也。"余曰："凶丧未满百日④，兄等有老亲在堂，恐多未便。"揖山曰："愚兄弟之相邀，亦家君意也⑤。足下如执以为不便，西邻有禅寺，方丈僧与余交最善，足下设榻于寺中，何如？"余诺之。

**【注释】**

①抗声：大声，高声。

②寒舍：对自己居所的谦称。

③殿撰：明清时对状元的通称。

④凶丧：丧事。

⑤家君：家父。

**【译文】**

　　青君正在劝阻的时候，朋友夏南薰字淡安、夏逢泰字揖山两兄弟寻踪来到家里。他们大声规劝我说："家里闹到这般地步，确实让人生气。但你父亲虽死，母亲还活着，妻子死了，儿子还未成年，你竟然要飘然出世，于心能安吗？"我问道："那又该怎么办呢？"夏淡安说："建议你暂且屈居寒舍，听说石琢堂状元有要请假回老家的消息，你何不等他回来后去拜访他？他必定能给你安排个职位。"我说："丧期未满一百天，你们还有父母在家，我去住恐怕多有不便。"夏揖山说："我们兄弟俩邀请你，也是老父亲的意思。你如果坚持认为不方便，我家西边有个禅寺，其方丈和我关系最好，你先在寺庙里住下来，怎么样？"我答应了。

　　青君曰："祖父所遗房产，不下三四千金，既已分毫不取，岂自己行囊亦舍去耶？我往取之，径送禅寺父亲处可也。"因是于行囊之外，转得吾父所遗图书、砚台、笔筒数件。

**【译文】**

　　青君说："祖父留下的房产，不少于三四千两银子，既然分毫不取，岂能连自己的行装也舍弃了？我去拿过来，直接送到禅寺里父亲的住处就是了。"因为这个缘故，我在自己的行装之外，还得到了父亲遗留下来的图书、砚台、笔墨等数件物品。

寺僧安置予于大悲阁。阁南向，向东设神像。隔西首一间，设月窗①，紧对佛龛。本为作佛事者斋食之地，余即设榻其中。临门有关圣提刀立像②，极威武。院中有银杏一株，大三抱，荫覆满阁，夜静风声如吼。

【注释】

①月窗：用以透光的窗户。

②关圣：关羽。关羽于明朝万历时被封为"三界伏魔大帝神威远镇天尊关圣帝君"。

【译文】

禅寺的僧人把我安置在大悲阁里。大悲阁朝南，在东边安放了一尊神像。西边隔出一间房子，开了个小窗户，正对着佛龛。是作佛事的人用斋饭的地方，我就把床放在里面。门边有个关帝提刀站立的塑像，极其威武。院子里有棵银杏树，有三人合抱那么粗，树荫覆盖整个大悲阁，夜深人静的时候，风吹如吼。

揖山常携酒果来对酌，曰："足下一人独处，夜深不寐，得无畏怖耶①？"余曰："仆一生坦直，胸无秽念②，何怖之有？"

【注释】

①畏怖：害怕恐惧。

②秽念：恶念，坏想法。

【译文】

夏揖山经常带着酒菜瓜果过来小酌，他问道："你一人孤身住在这里，夜深睡不着的时候，不会觉得害怕吧？"我答道："我一生坦诚直率，胸无杂念，有什么可害怕的？"

居未几，大雨倾盆，连宵达旦三十余天。时虑银杏折枝，压梁倾屋，赖神默佑①，竟得无恙。而外之墙坍屋倒者，不可胜计，近处田禾俱被漂没②。余则日与僧人作画，不见不闻。

**【注释】**

①默佑：暗中保佑。

②漂没：冲没，淹没。

**【译文】**

住下来没几天，大雨倾盆，没日没夜地下了三十多天。当时担心银杏树枝折断，会压塌房梁，所幸神灵保佑，最后安然无恙。但外面墙塌房倒，不计其数，近处田里的庄稼都被水冲走了。我则每天和僧人画画，对外面发生的事情不见不闻。

七月初，天始霁①。揖山尊人号莼芗②，有交易赴崇明③，偕余往，代笔书券，得二十金。归，值吾父将安葬，启堂命逢森向余曰："叔因葬事乏用④，欲助一二十金。"余拟倾囊与之，揖山不允，分帮其半。余即携青君先至墓所，葬既毕，仍返大悲阁。

**【注释】**

①霁（jì）：雨后转晴。

②尊人：对父亲的尊称。

③崇明：今上海崇明。

④乏用：缺欠，手头紧。

**【译文】**

到七月初，天开始转晴。夏揖山的父亲，号莼芗，要去崇明做生意，带我一起去，我都他代笔记账，由此得了二十两银子酬金。回来的时候，正赶上我父亲要下葬，启堂让逢森对我说："叔叔下葬费用不够，想让您帮着出一二十两银子。"我准备把口袋里的钱都给他，夏揖山不答应，只让我拿出其中一半。我便带着青君先到墓地，等父亲下葬后，仍回到大悲阁去住。

九月杪①，揖山有田在东海永泰沙②，又偕余往收其息。盘桓两月，归已残冬③，移寓其家雪鸿草堂度岁。真异姓骨肉也！

**【注释】**

①杪（miǎo）：月份的末尾。

②东海：在今江苏启东东海镇。永泰沙：在今江苏启东久隆镇，乾隆四十六年（1781）新涨出。

③残冬：晚冬，冬季将尽之时。

**【译文】**

到了九月末，夏揖山在东海永泰沙有片田地，他又带我一起去收田租。在那里停留了两个月，回来的时候已是残冬，我移居到他家的雪鸿草堂过年。夏氏兄弟真是异姓骨肉啊！

乙丑七月①，琢堂始自都门回籍②。琢堂名韫玉，字执如，琢堂其号也。与余为总角交③，乾隆庚戌殿元④，出为四川重庆守⑤。白莲教之乱⑥，三年戎马⑦，极著劳绩⑧。及归，相见甚欢。旋于重九日挈眷重赴四川重庆之任，邀余同往。

**【注释】**

①乙丑：1805年。

②都门：京都，都城。

③总角：指幼年、儿时。

④乾隆庚戌：1790 年。殿元：状元。

⑤重庆守：重庆知府。

⑥白莲教：民间宗教。原为佛教的一支，元代后派别林立，信徒众多，元明清时期曾多次发动叛乱。

⑦戎马：战争。

⑧劳绩：功劳，功绩。

**【译文】**

直到乙丑年七月，石琢堂才从京城回到老家。石琢堂名韫玉，字执如，琢堂是他的号。他和我是小时候的朋友，乾隆庚戌年考中状元，后来出任四川重庆太守。白莲教造反期间，他三年戎马，立下很多功劳。他回来之后，我们相见甚欢。很快，他就在重阳节那天带着眷属，去四川重庆赴任，邀请我一起前往。


余即叩别吾母于九妹倩陆尚吾家①，盖先君故居已属他人矣。吾母嘱曰："汝弟不足恃②，汝行须努力。重振家声③，全望汝也。"逢森送余至半途，忽泪落不已。因嘱勿送而返。


**【注释】**

①叩别：拜别，告别。妹倩：妹夫，妹婿。

②恃：依赖，依靠。

③家声：家庭声誉。

**【译文】**

我便去九妹婿陆尚吾的家中叩别母亲，此时我父亲的故居已经属于他人了。我母亲嘱咐我道："你弟弟不能依靠，你一定要努力。重振家声，都指望你了。"逢森送我走到半路，忽然不停地流泪。我于是吩咐他不要再送，让他回去。

　　舟出京口①，琢堂有旧交王惕夫孝廉在淮扬盐署②，绕道往晤。余与偕往，又得一顾芸娘之墓。返舟由长江溯流而上，一路游览名胜。至湖北之荆州，得升潼关观察之信③，遂留余与其嗣君敦夫、眷属等暂寓荆州④，琢堂轻骑减从⑤，至重庆度岁，遂由成都历栈道之任⑥。

**【注释】**

①京口：今江苏镇江。

②孝廉：明清时期对举人的称呼。

③潼关：今陕西潼关。观察：道员。

④嗣君：儿子。

⑤轻骑：轻装骑马。

⑥栈道：在山势险峻处傍山架木而成的窄路。

**【译文】**

　　船离开京口，石琢堂有个旧交王惕夫孝廉在淮扬盐署供职，就绕道去拜访他。我也一起过去，又得机会去看看芸的坟墓。船回来后从长江逆流而上，一路上游览名胜。到了湖北荆州，石琢堂得到升任潼关观察的消息，于是把我和他的儿子敦夫及其他眷属留下，暂时住在荆州，琢堂本人则轻骑减从，到重庆过年，再由成都过栈道去赴任。

　　丙寅二月①，川眷始由水路往，至樊城登陆②。途长费短，车重人多，毙马折轮，备尝辛苦。抵潼关甫三月③，琢堂又升山左廉访④。清风两袖，眷属不能偕行，暂借潼川书院作寓⑤。十月秒，始支山左廉俸⑥，专人接眷。附有青君之书，骇悉逢森于四月间夭亡。始忆前之送余堕泪者，盖父子永诀也。

**【注释】**

①丙寅：1806 年。

②樊城：今湖北襄阳樊城区。

③甫：才，刚刚。

④山左：今山东。廉访：按察使。

⑤潼川书院：潼川草堂书院，初名关西书院，雍正五年（1727）创建。初址潼关帅府街，后迁于麒麟山下，改名为潼川书院。潼川，今四川三台。

⑥廉俸：清代官吏于正俸外，另给养廉银以资补贴，合称为"廉俸"。

**【译文】**

丙寅年二月，石琢堂的家眷才开始从水路过去，至樊城登陆。路途遥远，费用不足，车重人多，马死轮断，一路上备尝艰辛。到了潼关才三个月，石琢堂又升任山东廉访。他两袖清风，财力不够，家眷不能一起走，就暂住在潼川书院。十月底，石琢堂领到山东的俸银，才派人来接家眷。来人捎来青君的来信，我惊讶地得知逢森已于四月间死去。这才想起先前他送我时流泪的情景，这竟是我们父子的永别。

呜呼！芸仅一子，不得延其嗣续耶①！琢堂闻之，亦为之浩叹②。赠余一妾，重入春梦。从此扰扰攘攘③，又不知梦醒何时耳。

**【注释】**

①嗣续：子孙。

②浩叹：叹息，叹气。

③扰扰攘攘：纷乱的样子。

**【译文】**

哎！芸只生了一个儿子，不能延续子嗣了！石琢堂听到这个消息，也为我感叹不已。他送给我一个小妾，让我重入春梦。从此扰扰攘攘，又不知道梦会在什么时候醒来。

# 卷四　浪游记快

**【题解】**

　　长年奔波在外的游幕生活尽管让作者不时产生孤寂和漂泊之感，但它也同样是一笔宝贵的人生财富。作者由此得以走遍大江南北，饱览各处的风景名胜。"余游幕三十年来，天下所未到者，蜀中、黔中与滇南耳"，作者在说这句话时，一定是充满自豪感的。即便是在旅游业发达、交通更为便捷的今天，有资格这样说的人也并不是很多。

　　本卷通过作者独到的视角，为读者展示了一幅幅色彩各异、独具特色的优美画卷。虽然现在我们可以更容易地在作者描述过的这些地方驻足流连，但在喧闹、嘈杂、拥挤的游客人流中，我们已经找不到二百多年前的那种感觉了。时代在进步，但它也同时抹杀了许多诗情画意，让现代人变得更为麻木和庸俗。

　　作者非常喜欢远足，不管是生活顺利还是身处逆境，不管是一人独行还是结伴同游，总是兴致盎然，不放过流连山水、欣赏美景的好机会。即便是在生活困顿、向朋友求助的旅途中，还不忘记忙里偷闲，特意到虞山一游。这种兴致在其游幕的三十多年间，一直十分难得地保持着，可谓兴致勃勃，乐此不疲。他还把自己多年浪游的经历记录了下来，这种来自内心的快乐感染着读者。

　　作者固然喜欢游山玩水，但并不是所有的名胜都能得到他的赞赏。他眼光独到，甚至有些苛刻。在他看来，滕王阁"犹吾苏府学之尊经阁移于胥门之大马头"，狮子林则"竟同乱堆煤渣，积以苔藓，穿以蚁穴，全无山林气势"。

即便是西湖这样的地方，他也有许多不满意的地方，认为"湖心亭、六一泉诸景，各有妙处，不能尽述，然皆不脱脂粉气，反不如小静室之幽僻，雅近天然"。对于近在家乡的虎丘，他的批评也毫不留情，指出一些地方"半藉人工，且为脂粉所污，已失山林本相"。

这种批评可谓酷评，但并非故意和世人唱反调，刻意标新立异。平心静气想一想，作者所言还是颇有见地的。总的来说，作者喜欢那种有着幽情雅趣的自然景致，不喜欢过分雕琢的人工堆砌。这种独到的审美眼光一方面与作者的性格有关，正如他本人所说的："余凡事喜独出己见，不屑随人是非。"另一方面则来自他丰富的阅历和深厚的修养。

作者是位画家，精于盆景和园林设计，因此他对风景名胜的欣赏不流于一般的喜欢或不喜欢，而是能准确地道出其中的得失，给人启发良多。作者并不反对人工构造的景致，他反对的是没有章法、缺少精巧构思的东西。

从文中的叙述来看，让作者流恋忘返、评价甚高的往往并不是那些名山大川，而是一些名不见经传的小地方，比如幽僻的上沙村、精雅的西山小静室、荒废的无隐庵、新生的东海永泰沙、人工之奇绝的王氏园，等等。即便是在今天，到过这些地方的人也不多。尽管没有什么名气，但它们都别有幽趣。作者善于发现那些未经开发的景致，在人迹罕至的地方寻找真正的风景。

作者文笔相当老到，表现力强，叙述有致，要言不烦，常常寥寥几笔，就将一处名胜的特点十分传神地勾勒出来，如在眼前，给人印象至深。没有深厚的文学功力是做不到这一点的，将《浮生六记》与晚明的小品文比起来，无论是立意还是文笔，一点儿都不逊色。

余游幕三十年来①，天下所未到者，蜀中、黔中与滇南耳②。惜乎轮蹄征逐③，处处随人，山水怡情，云烟过眼，不过领略其大概，不能探僻寻幽也。余凡事喜独出己见，不屑随人是非，即论诗品画，莫不存"人珍我弃、人弃我取"之意。故名胜所在，贵乎心得，有名胜而不觉其佳者，有非名胜而自以为妙者。聊以平生所历者记之。

**【注释】**

①游幕：从事幕府幕友的事务，即读书人辅佐官衙做事。

②蜀中、黔中、滇南：泛指四川、贵州、云南等地。

③轮蹄征逐：车马往来。

**【译文】**

我在各地游幕三十年来，天下没有去过的地方，仅四川、贵州和云南等少数几处。可惜车马往来匆匆，处处都是跟随着别人，山水怡人性情，云烟眼前经过，不过都是领略其大概而已，自然也就不能探僻寻幽了。凡事我喜欢发表自己的见解，不屑于跟着别人的意见走，即便论诗品画，也都有"人珍我弃、人弃我取"的用意在。所以谈论名胜，贵在有个人的心得体会，有的是名胜并不觉得它好，有的不是名胜自己却觉得不错。姑且把我生平所游历的地方记录下来。

余年十五时，吾父稼夫公馆于山阴赵明府幕中①。有赵省斋先生名传者，杭之宿儒也②。赵明府延教其子，吾父命余亦拜投门下。

**【注释】**

①山阴：今浙江绍兴。明府：县令。

②宿儒：年高博学的读书人。

**【译文】**

我十五岁时，父亲稼夫公在山阴赵明府的幕中供职。有位赵省斋先生，名传，是杭州的宿儒。赵明府请他教自己的孩子，我父亲命我也拜在先生门下。

　　暇日出游，得至吼山①。离城约十余里，不通陆路。近山见一石洞，上有片石，横裂欲堕，即从其下荡舟入②。豁然空其中③，四面皆峭壁，俗名之曰"水园"。临流建石阁五椽，对面石壁有"观鱼跃"三字。水深不测，相传有巨鳞潜伏④，余投饵试之，仅见不盈尺者出而唼食焉⑤。阁后有道通旱园，拳石乱叠⑥，有横阔如掌者，有柱石平其顶而上加大石者，凿痕犹在，一无可取。游览既毕，宴于水阁，命从者放爆竹，轰然一响，万山齐应，如闻霹雳声。此幼时快游之始。惜乎兰亭、禹陵未能一到⑦，至今以为憾。

**【注释】**

①吼山：在今浙江绍兴皋埠镇境内。

②荡舟：划船。

③豁（huò）然：开阔的样子。

④巨鳞：大鱼。

⑤唼（shà）食：吞食。

⑥拳石：小石块。

⑦兰亭：在今浙江绍兴西南兰渚山。禹陵：即大禹陵，在今浙江绍兴越城区禹陵乡禹陵村。

**【译文】**

　　闲暇的时候外出游玩，有机会到吼山。吼山离城约十多里，不通陆路。离山近处见到一个石洞，上边有块石头，横着裂开，好像要掉下来，我们就从它下面荡舟而入。里面豁然空旷，四周都是峭壁，通常叫它为"水园"。临水建了五间石阁，对面石壁上有"观鱼跃"三个字。水深不测，相传有大鱼潜伏其中，我投些鱼饵试探，仅见一些不满一尺的鱼儿出来吃食。石阁后面有条道通往旱园，拳石乱矗，有横阔如手掌的，有根柱石顶端被弄平，上边加了块大石头，凿痕还在，没有什么可取之处。游览之后，大家在水阁里宴饮。又命随从们放爆竹，爆竹轰然一响，万山齐声应和，如同听到了霹雳声。这是我小时候畅快游览的开始。可惜兰亭、禹陵这些地方未能一游，至今仍感到遗憾。

　　至山阴之明年，先生以亲老不远游①，设帐于家②，余遂从至杭，西湖之胜因得畅游。结构之妙，予以龙井为最③，小有天园次之④。石取天竺之飞来峰⑤，城隍山之瑞石古洞⑥。水取玉泉⑦，以水清多鱼，有活泼趣也。大约至不堪者，葛岭之玛瑙寺⑧。其余湖心亭、六一泉诸景⑨，各有妙处，不能尽述，然皆不脱脂粉气⑩，反不如小静室之幽僻，雅近天然。

**【注释】**

①亲老：父母年老。

②设帐：建教馆教授学生。

③龙井：在今浙江杭州西湖西南风篁岭上，井在龙井寺内。以泉闻名，与玉泉、虎跑泉并称杭州三大名泉。

④小有天园：杭州著名园林。在今浙江杭州南屏山麓、净慈寺旁，"小有天园"之名为乾隆皇帝南巡杭州时所赐。

⑤天竺：即天竺山，在今浙江杭州西湖西南，有上天竺、中天竺、下天竺之分，各有一座寺庙，合称"天竺三寺"，皆杭州名刹。飞来峰：又名"灵鹫峰"，高168米，在今杭州灵隐寺前。

⑥城隍山：又名"吴山"，在今浙江杭州钱塘江北岸，西湖东南。由多个小山组成，多古树清泉、名人遗迹。瑞石古洞：又名"紫阳洞""雪风洞"，在今杭州紫阳山。

⑦玉泉：在今杭州西湖西杭州植物园内，因泉水晶莹如玉而得名。

⑧葛岭：在今杭州西湖北宝石山西，海拔166米。相传东晋时道士葛洪曾在此修道，故名。玛瑙寺：原名"玛瑙宝胜院"，因位于孤山玛瑙坡而得名，始建于五代，历代屡有兴废，现存建筑为清同治间重建。

⑨湖心亭：又名"振鹭亭"，在今杭州西湖中央。六一泉：在今浙江杭州孤山南，苏轼命名，以纪念欧阳修，欧阳修自号"六一居士"。

⑩脂粉气：比喻娇艳造作的风格。

## 【译文】

到山阴的第二年，先生因双亲年事已高，不远游，就在家设帐，我于是跟着他到杭州去，西湖的胜景由此得以畅游。若论西湖各处风景结构之妙，我认为龙井第一，小有天园次之。石我取天竺山的飞来峰、城隍山的瑞石古洞。水我取玉泉，因为它水清鱼多，有活泼的情趣。说到最不堪的，是葛岭的玛瑙寺。其余湖心亭、六一泉等风景，各有其妙处，不能尽述，但是都不脱脂粉之气，反倒不如小静室的幽僻，清雅近于天然。


苏小墓在西泠桥侧①。土人指示，初仅半丘黄土而已。乾隆庚子②，圣驾南巡③，曾一询及。甲辰春④，复举南巡盛典，则苏小墓已石筑其坟，作八角形，上立一碑，大书曰："钱唐苏小小之墓"。从此吊古骚人不须徘徊探访矣。余思古来烈魄贞魂湮没不传者⑤，固不可胜数，即传而不久者，亦不为少，小小一名妓耳，自南齐至今⑥，尽人而知之，此殆灵气所钟，为湖山点缀耶？


## 【注释】

①苏小：即苏小小，南齐时钱塘名妓。西泠（líng）桥：在今杭州西湖孤山西段。

②乾隆庚子：1780 年。

③圣驾：皇帝的车驾。这里代指乾隆皇帝。

④甲辰：1784 年。

⑤湮（yān）没：埋没。

⑥南齐：南朝诸朝之一。萧道成篡宋称帝，国号齐，建都建康（今江苏南京），据有今长江流域之地，史称"南齐"。后为萧衍所篡。

【译文】

苏小小的墓在西泠桥的旁边。经当地人指点才看到，起初不过是半丘黄土而已。乾隆庚子年，圣上南巡，曾问及此事。到甲辰年春天，圣上又举行南巡盛典，此时苏小小墓已用石头砌坟，呈八角形，上面立了块石碑，用大字写道："钱塘苏小小之墓"。从此，吊古的骚人们不必再到处探访了。我想自古以来烈魄忠魂埋没不传的，数不胜数，传而不久的，也不算少，苏小小不过一个名妓罢了，从南齐到现在，尽人皆知，这大概是灵气所钟，为湖山做点缀吧？

　　桥北数武，有崇文书院①，余曾与同学赵缉之投考其中。时值长夏，起极早，出钱塘门②，过昭庆寺③，上断桥④，坐石栏上。旭日将升⑤，朝霞映于柳外，尽态极妍⑥；白莲香里，清风徐来，令人心骨皆清。步至书院，题犹未出也。

【注释】

①崇文书院：在今杭州栖霞岭南，为明万历间徽商所建。

②钱塘门：杭州古城门之一，建于南宋。

③昭庆寺：在今杭州宝石山东，南临西湖，建于五代时，今已废。

④断桥：在今杭州西湖白堤东端。

⑤旭日：初升的太阳。

⑥尽态极妍（yán）：形容娇艳的美姿达到极点。妍，美。

**【译文】**

桥北不远，有座崇文书院，我曾和同学赵缉之到这里投考。当时正是夏天，我们起床很早，出了钱塘门，过了昭庆寺，上断桥，坐在石栏杆上。旭日将要升起，朝霞映在柳外，无不展现着美丽的形态；白莲香里，清风徐来，令人心骨都感到清爽。走到书院，题目还没有出好。

午后缴卷，偕缉之纳凉于紫云洞①。大可容数十人，石窍上透日光②。有人设短几矮凳，卖酒于此。解衣小酌，尝鹿脯③，甚妙。佐以鲜菱、雪藕④，微酣出洞。缉之曰："上有朝阳台，颇高旷，盍往一游？"余亦兴发，奋勇登其巅，觉西湖如镜，杭城如丸，钱塘江如带，极目可数百里。此生平第一大观也。

**【注释】**

①紫云洞：在今杭州栖霞岭上，是该地最大的天然洞穴，洞厅宽敞，清凉如秋，洞内供奉西方三生佛龛。

②石窍：石洞。

③鹿脯：鹿肉干。

④鲜菱：新鲜菱角。雪藕：嫩藕。

**【译文】**

午后交卷，和赵缉之一起到紫云洞纳凉。这里大小可容纳几十人，石洞上透进日光。有人放几个短几矮凳，在这里卖酒。脱下外衣，坐下来小酌，品尝鹿肉干，感觉非常好。再吃些鲜菱角、嫩藕，醉醺醺走出洞。赵缉之说："上面有个朝阳台，颇为高旷，我们何不去一游？"我也兴致大发，奋勇登上顶端，看到西湖如镜，杭州城如丸，钱塘江如带，极目可以看到数百里之外。这是生平第一大观。

坐良久，阳乌将落，相携下山，南屏晚钟动矣①。韬光、云栖②，路远未到，其红门局之梅花③，姑姑庙之铁树，不过尔尔。紫阳洞予以为必可观，而访寻得之，洞口仅容一指，涓涓流水而已。相传中有洞天④，恨不能抉门而入⑤。

**【注释】**

①南屏：即南屏山，在今杭州西湖南岸。

②韬光：在今杭州灵隐寺西北巢枸坞，有韬光寺等建筑。云栖：在今杭州五云山，云栖竹径为杭州著名景点。

③红门局：在今浙江杭州定安路附近。

④洞天：神仙居住的地方。

⑤抉门：开门。

**【译文】**

坐了很长时间，太阳快要落山，我们这才相互搀扶着下山，此时南屏的晚钟已经敲响。韬光、云栖两处，因为路远未到，其他如红门局的梅花，姑姑庙的铁树，不过如此。紫阳洞我以为一定值得一看，寻访到那里，发现洞口仅能容下一个手指，从里面流出涓涓细水。相传里面有神仙居住的洞府，恨不能打开门进去。

清明日，先生春祭扫墓，挈余同游。墓在东岳①，是乡多竹，坟丁掘未出土之毛笋②，形如梨而尖，作羹供客。余甘之，尽其两碗。先生曰："噫！是虽味美而克心血，宜多食肉以解之。"余素不贪屠门之嚼③，至是饭量且因笋而减，归途觉烦躁，唇舌几裂。过石屋洞④，不甚可观。水乐洞峭壁多藤萝，入洞如斗室⑤，有泉流甚急，其声琅琅。池广仅三尺，深五寸许，不溢亦不竭。余俯流就饮，烦躁顿解。洞外二小亭，坐其中可听泉声。衲子请观万年缸⑥。缸在香积厨⑦，形甚巨，以竹引泉灌其内，听其满溢，年久结苔厚尺许，冬日不冰，故不损也。

**【注释】**

①东岳：在今浙江杭州北高峰。

②坟丁：看坟的人。毛笋：竹笋。这里指的是春笋。

③屠门之嚼：吃肉。

④石屋洞：在今杭州南高峰烟霞岭，与水乐洞、烟霞洞并称"烟霞三洞"。

⑤斗室：狭小的房屋。

⑥衲子：僧人。万年缸：水乐洞旁点石庵内的一个巨缸，嵌于石中，因日久天长，与石融为一体。

⑦香积厨：寺僧斋堂。

**【译文】**

到了清明节，先生春祭扫墓，带我一起游玩。墓在东岳，这里有很多竹子，守墓人挖了一些未钻出地面的毛笋，形状像梨但比梨尖，用它做菜供客。我喜欢吃，吃了两碗。先生说："噫！这东西虽然味道美却克心血，要多吃些肉来化解它。"我向来不喜欢吃肉，从此饭量因这些竹笋减少了，回去的路上觉得烦躁，嘴唇都要干裂了。路过石屋洞，没有什么可看的。水乐洞峭壁上有很多藤萝，进入洞内，只有一间小房子那么大，泉水流得很急，其声琅琅。水池仅三尺大，深五寸左右，不满也不干。我俯下身对着泉水喝，烦躁顿时消除。洞外有两个小亭子，坐在其中可以聆听泉水声。僧人请我们看万年缸。缸在香积厨里，外形很大，用竹子把泉水引到里面，让它流满，年份久了，里面结有厚达一尺左右的水苔，冬天不结冰，所以也不会坏。

辛丑秋八月①，吾父病疟返里②，寒索火，热索冰，余谏不听，竟转伤寒③，病势日重。余侍奉汤药，昼夜不交睫者几一月④。吾妇芸娘亦大病，恹恹在床⑤。心境恶劣，莫可名状。吾父呼余嘱之曰："我病恐不起，汝守数本书，终非糊口计。我托汝于盟弟蒋思斋，仍继吾业可耳。"越日，思斋来，即于榻前命拜为师。未几，得名医徐观莲先生诊治，父病渐痊，芸亦得徐力起床，而余则从此习幕矣⑥。此非快事，何记于此？曰：此抛书浪游之始，故记之。

**【注释】**

①辛丑：1781 年。

②疟：即疟疾，一种反复发作时冷时热的急性传染病。

③伤寒：因风寒侵入体内引发的一种疾病。

④交睫：上下睫毛合在一块，指睡觉。

⑤恹恹(yān)：精神萎靡的样子。

⑥习幕：做幕僚，师爷。

**【译文】**

辛丑年秋八月，我父亲身患疟疾，回到家里，冷了要火，热了要冰，我劝他不要这样他不听，结果转成了伤寒，病势一天比一天重。我端汤喂药，日夜不合眼几乎有一个月。我媳妇芸娘也生了重病，虚弱地躺在床上。我当时心情之恶劣，难以用语言描述。我父亲把我喊到跟前叮嘱道："我这一病恐怕起不来了，你守着几本书，终究不是糊口的办法。我把你托付给盟弟蒋思斋，你仍继承我的事业就可以了。"第二天，蒋思斋来我家，父亲就在床前命我拜他为师。不久，得到名医徐观莲先生的诊治，父亲的病渐渐痊愈，芸也得到徐先生的医治可以起床了，我则从此学习游幕。此不是快乐的事情，为什么要记在这里？可以这样回答：这是我抛书浪游的开始，姑且记下来。

思斋先生名襄。是年冬，即相随习幕于奉贤官舍①。有同习幕者，顾姓名金鉴，字鸿干，号紫霞，亦苏州人也。为人慷慨刚毅，直谅不阿②。长余一岁，呼之为兄③。鸿干即毅然呼余为弟③，倾心相友④。此余第一知己交也。惜以二十二岁卒，余即落落寡交⑤。今年且四十有六矣，茫茫沧海，不知此生再遇知己如鸿干者否？

【注释】

①奉贤：今上海奉贤区。

②直谅不阿：正直，坦诚。

③毅然：毫不犹豫的样子。

④倾心：尽心，诚心。相友：相互交好。

⑤落落：孤独，不合群。

【译文】

蒋思斋先生名襄。这年冬天，我就跟随他在奉贤官舍学习游幕。有位一起学习游幕的同学，姓顾，名金鉴，字鸿干，号紫霞，也是苏州人。他为人慷慨刚毅，正直不阿。比我大一岁，我喊他为兄长。鸿干就毅然喊我为弟，我们倾心交往。这是我第一个知己朋友。可惜他二十二岁就去世了，我从此落落寡交。今年我就四十六岁了，茫茫沧海，不知道此生还能再遇到像鸿干这样的知己吗？

忆与鸿干订交，襟怀高旷①，时兴山居之想。重九日，余与鸿干俱在苏，有前辈王小侠与吾父稼夫公唤女伶演剧②，宴客吾家。余患其扰，先一日约鸿干赴寒山登高③，借访他日结庐之地④，芸为整理小酒榼⑤。

**【注释】**

①高旷：高远旷达。

②女伶：女艺人，女演员。

③寒山：即寒山寺，又名"枫桥寺"，在今苏州城西阊门外枫桥附近，始建于南朝。

④结庐：建房，盖房。

⑤酒榼（kē）：酒具。

**【译文】**

回想当初与鸿干交往的时候，胸怀高旷，经常产生山居的想法。重九日，我和鸿干都在苏州。有位叫王小侠的前辈和我父亲稼夫公喊女伶演戏，在我家宴请宾客。我不愿受打扰，就提前一天和鸿干约定去寒山登高，乘机寻访将来结庐的地方，芸帮我整理好酒具。

越日，天将晓，鸿干已登门相邀。遂携榼出胥门①，入面肆②，各饱食。渡胥江，步至横塘枣市桥③，雇一叶扁舟，到山，日犹未午。舟子颇循良④，令其粲米煮饭⑤。余两人上岸，先至中峰寺⑥。寺在支硎古刹之南⑦，循道而上。寺藏深树，山门寂静，地僻僧闲，见余两人不衫不履⑧，不甚接待，余等志不在此，未深入。归舟，饭已熟。饭毕，舟子携榼相随，嘱其子守船，由寒山至高义园之白云精舍⑨。轩临峭壁，下凿小池，围以石栏，一泓秋水，崖悬薜荔，墙积莓苔。坐轩下，惟闻落叶萧萧，悄无人迹。

**【注释】**

①胥门：在今苏州城西万年桥南。

②面肆：面馆。

③横塘：在今苏州西南。枣市桥：跨胥江，已废，今重建，更名为

"蟠龙桥"。

④循良：本分善良。

⑤籴（dí）：买。

⑥中峰寺：在今苏州观音山。

⑦支硎（xíng）：支硎山，又名"报恩山""南峰山"，在今苏州西。

⑧不衫不履：衣鞋不整的样子，形容洒脱而不事修饰，不拘小节。

⑨高义园：在今苏州天平山南麓，始建于唐代，后为宋范仲淹祠堂。

　　白云精舍：即白云古刹，在高义园西，始建于唐代。

【译文】

　　第二天，天快亮的时候，鸿干已经登门喊我了。我们于是带着酒具从胥门出去，到面馆里，各自吃饱。渡过胥江，走到横塘枣市桥，雇了一只小船。抵达寒山的时候，还没到中午。船夫颇为本分善良，就让他买米煮饭。我们两个人上岸，先到中峰寺。寺庙在支硎古刹的南面，顺着山路上去。寺庙隐藏在树林里，山门寂静，地点偏僻，僧人闲散，看到我们两个衣衫不整，就不怎么搭理。我们的目的不在此，也就没有进去。回到船上，米饭已熟。吃完饭，船夫带着酒具跟随我们，吩咐他儿子看着船，我们从寒山走到高义园的白云精舍。轩室挨着峭壁，下面开凿了一个小池子，用石栏干围着，里面一泓秋水，崖壁上挂着薜荔，墙上长满莓苔。我们坐在轩室里，只听到落叶萧萧，悄无人迹。

　　出门有一亭，嘱舟子坐此相候。余两人从石罅中入①，名"一线天"。循级盘旋，直造其巅，曰"上白云"。有庵已坍颓②，存一危楼，仅可远眺。

【注释】

①罅（xià）：裂缝，缝隙。

②坍颓：倒塌。

**【译文】**

出门有一个亭子，我吩咐船夫坐在这里等着。我们二人从石缝里进去，这里名叫"一线天"。顺着台阶盘旋而上，一直登上顶端，此处叫"上白云"。上面有座庵，已经倒塌，残存一座危楼，仅能登上远眺。

小憩片刻①，即相扶而下。舟子曰："登高忘携酒榼矣。"鸿干曰："我等之游，欲觅偕隐地耳②，非专为登高也。"舟子曰："离此南行二三里，有上沙村，多人家，有隙地③。我有表戚范姓居是村，盍往一游？"余喜曰："此明末徐俟斋先生隐居处也④。有园，闻极幽雅，从未一游。"于是舟子导往⑤。

**【注释】**

①小憩：短暂休息。

②偕隐：一起隐居。

③隙地：空地。

④徐俟斋：即徐枋（1622—1694），字昭法，号俟斋，吴县（今江苏苏州）人。工诗善画。

⑤导往：引导前往。

**【译文】**

休息了片刻，我们就相互搀扶着下了山。船夫说："你们登高时忘记带酒具了。"鸿干说："我们游玩，是想寻找一起隐居的地方，不是专门为了登高。"船夫说："从这里往南走二三里，有个上沙村，有不少人家，有空地。我有个姓范的表亲住在那个村里，何不过去一游？"我高兴地说："这里是明末徐俟斋先生隐居的地方。有座园子听说很幽雅，从没有游玩过。"于是船夫领着我们过去。

村在两山夹道中。园依山而无石，老树多极纡回盘郁之势①，亭榭窗栏，尽从朴素，竹篱茆舍②，不愧隐者之居。中有皂荚亭③，树大可两抱。余所历园亭，此为第一。

**【注释】**

①纡回盘郁：曲折回旋、盘曲优美的样子。

②茆（máo）舍：茅草屋。茆，同"茅"。

③皂荚：一种落叶乔木。多刺，夏开黄色蝶形小花，结实成荚，长扁如刀，煎汁可洗濯衣服，荚果及种子皆可作药。

**【译文】**

上沙村在两山夹道中。园子依山但没有石头，老树多呈曲折盘旋之势，亭榭窗栏都很朴素，竹篱草舍，不愧是隐者居住的地方。园中有座皂荚亭，树木粗大得可让两个人合抱。我所见过的园亭中，以这个地方最好。

园左有山，俗呼"鸡笼山"①，山峰直竖，上加大石，如杭城之瑞石古洞，而不及其玲珑②。旁一青石如榻，鸿干卧其上曰："此处仰观峰岭，俯视园亭，既旷且幽，可以开樽矣。"因拉舟子同饮，或歌或啸，大畅胸怀。

**【注释】**

①鸡笼山：在今苏州西北郊。

②玲珑：细致精巧。

**【译文】**

园子左边有座山，俗呼为"鸡笼山"，山峰直立，上面有块大石，好像杭州城的瑞石古洞，但不如它玲珑精致。旁边有块青石像床一样，鸿干躺在上面说："从这里仰观峰岭，俯视园亭，既开阔又清幽，可以开怀畅饮了。"于是拉着船夫一起饮酒，大家或歌或啸，非常痛快。

　　土人知余等觅地而来，误以为堪舆<sup>①</sup>，以某处有好风水相告。鸿干曰："但期合意，不论风水。"岂意竟成谶语<sup>②</sup>。酒瓶既罄，各采野菊插满两鬓。

**【注释】**

①堪舆：看风水。

②谶（chèn）语：预言，预兆。

**【译文】**

　　当地人知道我们是寻地而来，误以为我们来看风水，以某处有好风水相告。鸿干回答道："但求合意，不管风水。"岂料此话最后成为谶语。酒瓶里的酒喝干了，大家各自采摘些野菊花，插满了双鬓而归。

　　归舟，日已将没。更许抵家，客犹未散。芸私告余曰："女伶中有兰官者，端庄可取<sup>①</sup>。"余假传母命，呼之入内，握其腕而睨之<sup>②</sup>，果丰颐白腻<sup>③</sup>。余顾芸曰："美则美矣，终嫌名不称实。"芸曰："肥者有福相。"余曰："马嵬之祸，玉环之福安在<sup>④</sup>？"芸以他辞遣之出，谓余曰："今日君又大醉耶？"余乃历述所游，芸亦神往者久之。

**【注释】**

①端庄：端正庄重。

②睨（nì）：斜着眼睛看。

③丰颐：丰满。

④马嵬（wéi）之祸，玉环之福安在：玉环，即杨贵妃，深受唐玄宗宠爱。安史之乱间，在四川马嵬被士兵缢死。

**【译文】**

　　坐船回来的时候，太阳快要落山。我一更时分回到家里，客人还没有散。芸私下告诉我说:"女伶中有个叫兰官的,长相端庄可取。"我假传母亲的话,把她喊进内室,握着她的手腕打量一番,果然丰满白皙。我看着芸说:"漂亮还算漂亮,终究觉得名不副实。"芸答道:"胖人有福相。"我说:"马嵬之祸,杨玉环的福在哪里呢?"芸找个借口把兰官打发出去,对我说:"今天你又喝得大醉吗?"我把自己游玩的经过详细讲给她听,芸也为之神往了很长时间。

癸卯春①,余从思斋先生就维扬之聘②,始见金、焦面目③。金山宜远观,焦山宜近视。惜余往来其间,未尝登眺④。

**【注释】**

①癸卯:1783 年。

②维扬:今江苏扬州。

③金:即金山,在今江苏镇江西北,长江南岸。焦:即焦山,在今江苏镇江东长江中,因东汉末年焦光曾隐居于此,故名。

④登眺:登临眺望。

**【译文】**

癸卯年春天,我跟随思斋先生到扬州供职,这才见到金山、焦山的真面目。金山适合远观,焦山适合近看。可惜我往来其间,都没有登上去看看。

渡江而北,渔洋所谓"绿杨城郭是扬州"一语①,已活现矣。

**【注释】**

①渔洋:即王士祯(1634—1711),号渔洋山人,新城(今山东桓台)人。绿杨城郭是扬州:语出王士祯《浣溪沙·红桥》:"北郭清溪一

带流，红桥风物眼中秋，绿杨城郭是扬州。"

**【译文】**

渡江北上，王渔洋所说的"绿杨城郭是扬州"一语，已生动地展现在眼前。

平山堂离城约三四里①，行其途有八九里，虽全是人功，而奇思幻想，点缀天然②，即阆苑瑶池、琼楼玉宇③，谅不过此。其妙处在十余家之园亭合而为一，联络至山，气势俱贯。其最难位置处，出城入景，有一里许紧沿城郭④。夫城缀于旷远重山间，方可入画，园林有此，蠢笨绝伦。而观其或亭或台，或墙或石，或竹或树，半隐半露间，使游人不觉其触目⑤。此非胸有丘壑者断难下手。

**【注释】**

①平山堂：在今扬州西北大明寺内。始建于北宋。

②天然：自然生成的。

③阆苑瑶池：神仙居住的地方。

④城郭：城墙。

⑤触目：扎眼，刺眼。

**【译文】**

平山堂离扬州城约三四里，走过去路途有八九里，一路风景虽全是人工所成，但奇思幻想，点缀天然，就是阆苑瑶池、琼楼玉宇，估计也不过如此。其妙处在于十多家的园亭合而为一，与山联为一体，气势贯通。其中最难处理的地方，是出城入景，有一里多长紧靠着城墙。城市分布在旷远的重山之间，才可以入画，园林处在这样的位置，真是蠢笨之极。但是看其亭子、楼台、墙壁、石头、竹子、树木，都在半隐半露之间，让游人不觉得刺眼。这如果不是胸有丘壑是很难着手的。

　　城尽，以虹园为首①，折而向北，有石梁曰"虹桥"②，不知园以桥名乎？桥以园名乎？荡舟过，曰"长堤春柳"③，此景不缀城脚而缀于此，更见布置之妙。再折而西，垒土立庙，曰"小金山"④。有此一挡，便觉气势紧凑，亦非俗笔。闻此地本沙土，屡筑不成，用木排若干，层叠加土，费数万金乃成。若非商家，乌能如是？

**【注释】**

①虹园：即倚虹园，又叫大洪园。清代扬州名园之一，为洪氏盐商所建，乾隆皇帝为该园赐名。

②虹桥：在今扬州瘦西湖上。

③长堤春柳：虹桥至徐园前，有一长堤。东为湖水，西为花圃，路边三步一桃，五步一柳，此景人称"长堤春柳"。

④小金山：原名"长春岭"，本为扬州瘦西湖中的一个小岛。后清中叶为打通瘦西湖至大明寺水上通道，在瘦西湖西北开挖莲花埂新河，挖河之土堆成小山，这就是今天的小金山。

**【译文】**

　　到了城市尽头，首先是虹园，转而向北，有座桥叫"虹桥"，不知是园子以桥为名，还是桥以园子为名？乘船经过，有个地方叫"长堤春柳"，此景不点缀在城脚而放在这里，更可见布置的妙处。再转向西，垒土建庙，叫"小金山"。有这么一挡，便觉得气势紧凑，也不是俗笔。听说这个地方本是沙土，屡建不成，后来用了一些木排，一层木一层土，花费几万两银子才建成，如果不是富商，哪能做到这些？

　　过此有胜概楼①，年年观竞渡于此②。河面较宽，南北跨一莲花桥③。桥门通八面，桥面设五亭，扬人呼为"四盘一暖锅"。此思穷力竭之为，不甚可取。桥南有莲心寺④。寺中突起喇嘛白塔⑤，金顶缨络⑥，高矗云霄，殿角红墙，松柏掩映，钟磬时闻，此天下园亭所未有者。过桥见三层高阁，画栋飞檐，五采绚烂，叠以太湖石，围以白石栏，名曰"五云多处"⑦，如作文中间之大结构也。过此名"蜀冈朝旭"⑧，平坦无奇，且属附会。将及山，河面渐束⑨，堆土植竹树，作四五曲。似已山穷水尽，而忽豁然开朗，平山之万松林已列于前矣。

**【注释】**

①胜概楼：在今扬州瘦西湖莲花桥西。

②竞渡：赛舟，划船比赛。

③莲花桥：又称"五亭桥"，在今扬州瘦西湖上。

④莲心寺：即莲性寺，在瘦西湖西南。原名"法海寺"，又名"白塔寺"。始建于隋，重建于元代至元年间，清康熙四十四年（1705），康熙皇帝南巡，赐名"莲性寺"。

⑤喇嘛白塔：建于清乾隆年间。砖石结构，形制仿北京北海喇嘛塔。

⑥缨络（yīng luò）：由珠玉串成的装饰品。

⑦五云多处：清李斗《扬州画舫录》卷十五："熙春台在新河曲处，与莲花桥相对，白石为砌，围以石栏，中为露台。第一层横可跃马，纵可方轨，分中左右三阶皆城。第二层建方阁，上下三层。下一层额曰'熙春台'，联云：'碧瓦朱甍照城郭（杜甫），浅黄轻绿映楼台（刘禹锡）。'柱壁画云气，屏上画牡丹万朵。上一层旧额曰'小李将军画本'，王虚舟书，今额曰'五云多处。'"

⑧蜀冈：在今扬州西北。

⑨束：收缩，变窄。

**【译文】**

过了这里有座胜概楼，人们每年在这里观看龙舟竞渡。河面较为宽绰，南北向横跨着一座莲花桥。桥门通往八方，桥面上建有五个亭子，扬州人称其为"四盘一暖锅"。这是竭尽心思设计的，没有多少可取之处。桥南有座莲心寺。寺中耸立着一座喇嘛教的白塔，金顶缨络，高耸云霄，殿角红墙，松柏掩映，不时听到钟磬之声。这是天下其他园亭所没有的。过桥看到一座三层高楼，飞檐画栋，五彩绚烂，山用太湖石垒成，四周是白玉石的栏杆，名叫"五云多处"，这如同写文章的大结构。过了这个地方名叫"蜀冈朝旭"，平坦无奇，属于牵强附会。快到山前，河面逐渐窄了起来，岸边堆土种上竹子，转了四五个弯。好像已经山穷水尽，却忽觉豁然开朗，平山的万松林已在眼前。

"平山堂"为欧阳文忠公所书①。所谓淮东第五泉②，真者在假山石洞中，不过一井耳，味与天泉同。其荷亭中之六孔铁井栏者，乃系假设，水不堪饮。九峰园另在南门幽静处③，别饶天趣，余以为诸园之冠。康山未到④，不识如何。此皆言其大概，其工巧处、精美处，不能尽述，大约宜以艳妆美人目之⑤，不可作浣纱溪上观也⑥。余适恭逢南巡盛典，各工告竣，敬演接驾点缀，因得畅其大观，亦人生难遇者也。

**【注释】**

①欧阳文忠公：即欧阳修，因其死后谥号"文忠"，故名。

②淮东第五泉：扬州大明寺有一水井，井上建环亭，由清人王澍书"天下第五泉"五字。

③九峰园：在今扬州莲花池公园，园内有太湖九峰，乾隆巡游扬州时，御书"九峰园"额。

④康山：即康山草堂，为扬州盐商江春的府第。

⑤艳妆：浓妆。

⑥浣纱溪：在浙江绍兴，因西施曾在此地浣纱而得名。这里代指不

施粉黛的西施。

**【译文】**

"平山堂"三个字是欧阳文忠公所写。通常所说的淮东第五泉，真泉就在假山的石洞里，不过是一口井罢了，味道和雨水差不多。其荷亭里的六孔铁井栏，是假托的，水很难喝。九峰园另在南门的幽静之处，别具天趣；我认为它是这里各个园子中最好的。康山草堂我没有去，不知道情况如何。这些都是说个大概，扬州各处风景工巧精美的地方，难以一一说出来。大概适合把它视作浓妆艳抹的美人，而不能看成浣纱溪不施粉黛的西施。我恰好赶上南巡盛典，各处工程告竣，演练接驾的布置安排，因而得以大饱眼福，这也是人生中难得的机遇。

甲辰之春<sup>①</sup>，余随侍吾父于吴江何明府幕中，与山阴章蘋江、武林章映牧、苕溪顾蔼泉诸公同事<sup>②</sup>，恭办南斗圩行宫<sup>③</sup>，得第二次瞻仰天颜<sup>④</sup>。一日，天将晚矣，忽动归兴。有办差小快船，双舻两桨，于太湖飞棹疾驰，吴俗呼为"出水鬈头"<sup>⑤</sup>，转瞬已至吴门桥<sup>⑥</sup>。即跨鹤腾空，无此神爽。抵家，晚餐未熟也。吾乡素尚繁华，至此日之争奇夺胜，较昔尤奢。灯彩眩眸<sup>⑦</sup>，笙歌聒耳<sup>⑧</sup>，古人所谓"画栋雕甍""珠帘绣幕""玉阑干""锦步障"，不啻过之<sup>⑨</sup>。余为友人东拉西扯，助其插花结彩，闲则呼朋引类，剧饮狂歌，畅怀游览。少年豪兴，不倦不疲。苟生于盛世而仍居僻壤<sup>⑩</sup>，安得此游观哉？

**【注释】**

①甲辰：1784 年。

②苕溪：古地名。旧吴兴县（今浙江湖州）的别称。

③行宫：旧时京城外供帝王出行时居住的宫室。

④天颜：皇帝的容貌。

⑤辔（pèi）头：马笼头，这里借指牲口。

⑥吴门桥：在今苏州城南盘门口。

⑦眩眸：让人眼花缭乱。

⑧聒耳：声音嘈杂刺耳。

⑨啻（chì）：但，只，仅。

⑩僻壤：偏僻荒远之地。

【译文】

　　甲辰年的春天，我跟随父亲在吴江何明府的幕中供职，和山阴的章蘋江、武林的章映牧、苕溪的顾霭泉等诸位先生同事，一起料理南斗圩的行宫事宜，得以第二次瞻仰圣颜。一天，天快黑了，忽然起了回家的念头。正好有只办理差事的小快船，双橹两桨，我乘上船在太湖上飞速快行，吴地俗语称其为"出水辔头"，转眼间已经到了吴门桥。即便是跨鹤在空中飞行，也没有这样快。到家之时，晚饭还没有做好。我家乡的人向来喜欢繁华，到南巡这一天大家争奇斗胜，比过去更为奢华。彩灯令人眼花缭乱，笙歌萦绕在耳边。古人所说的"画栋雕甍""珠帘绣幕""玉阑干""锦步障"等，也都不过如此。我被朋友们东拉西扯，帮他们插花结彩，闲暇的时候呼朋引类，大家在一起畅饮狂歌，到各处尽情游览。少年豪兴，不倦不疲。如果生在盛世却住在偏僻荒远之地，哪能够看到这些呢？

　　是年，何明府因事被议，吾父即就海宁王明府之聘①。嘉兴有刘惠阶者，长斋佞佛②，来拜吾父。其家在烟雨楼侧③，一阁临河，曰"水月居"，其诵经处也，洁静如僧舍。烟雨楼在镜湖之中④，四岸皆绿杨，惜无多竹。有平台可远眺，渔舟星列，漠漠平波，似宜月夜。衲子备素斋甚佳⑤。

**【注释】**

①海宁：今浙江海宁。

②长斋：长年吃素。佞佛：信奉佛教。

③烟雨楼：在今浙江嘉兴南湖湖心岛。始建于五代，楼名由诗人杜牧《江南春》"南朝四百八十寺，多少楼台烟雨中"而来。

④镜湖：当即今浙江嘉兴南湖。

⑤衲子：僧人。

**【译文】**

这一年，何明府因事被免官，我父亲就接受海宁王明府的聘请。嘉兴有个叫刘蕙阶的，吃斋信佛，来拜访我父亲。他的家就在烟雨楼的旁边，其中一座楼临河，叫"水月居"，这是他念经的地方，整洁幽静得像僧人的住处。烟雨楼在镜湖的中央，四边岸上都是绿杨，可惜竹子不多。有座平台可以远望，只见渔船如繁星般散布各处，水面平静，笼着一层薄雾，这更适合月夜下观赏。僧人准备的素斋味道很好。

　　至海宁，与白门史心月、山阴俞午桥同事①。心月一子名烛衡，澄静缄默②，彬彬儒雅，与余莫逆③。此生平第二知心交也。惜萍水相逢，聚首无多日耳。

**【注释】**

①白门：今江苏南京。

②澄静：沉静。

③莫逆：意气相投，交往密切友好。

**【译文】**

到了海宁，和白门的史心月、山阴的俞午桥同事，史心月有一个儿子叫烛衡，澄静缄默，彬彬有礼，颇为儒雅，他和我关系很好。这是我平生第二个知己。可惜萍水相逢，大家相聚的时间不多。

　　游陈氏安澜园①。地占百亩，重楼复阁，夹道回廊。池甚广，桥作六曲形。石满藤萝，凿痕全掩。古木千章②，皆有参天之势；鸟啼花落，如入深山。此人功而归于天然者。余所历平地之假石园亭，此为第一。曾于桂花楼中张宴，诸味尽为花气所夺，维酱姜味不变③。姜桂之性④，老而愈辣，以喻忠节之臣，洵不虚也⑤。

**【注释】**

①安澜园：原名"遂初园""隅园"，在今海宁盐官镇西北。乾隆南巡时，曾以此处为行馆，并赐名"安澜园"。

②千章：千株大树。形容大树之多。

③维：同"唯"，只有。

④姜桂：生姜、肉桂。

⑤洵（xún）：确实，诚然。

**【译文】**

　　曾游览陈氏的安澜园。园子占地百亩，重楼复阁，夹道回廊。园子里有座水池较大，桥呈六曲形。石头上爬满藤萝，雕凿的痕迹都被遮盖住了。园子里有很多古树，都有参天的气势；鸟啼花落，如同进入深山。这是人工所成却归于天然。我平生所见平地上的假石园亭，这是第一。曾在桂花楼里举行宴会，饭菜的味道都被花气掩盖了，只有酱姜的味道不变。姜桂的特性是越老越辣，拿它来比喻忠节之臣，确实不虚此名。

　　出南门，即大海，一日两潮，如万丈银堤破海而过。船有迎潮者，潮至，反棹相向。于船头设一木招①，状如长柄大刀。招一捺②，潮即分破，船即随招而入，俄顷始浮起，拨转船头，随潮而去，顷刻百里。塘上有塔院③，中秋夜曾随吾父观潮于此。循塘东约三十里，名"尖山"④，一峰突起，扑

入海中。山顶有阁，匾曰"海阔天空"。一望无际，但见怒
涛接天而已。

**【注释】**

①木招：木牌，木幡。

②捺：按。

③塔院：建有佛塔的院落。

④尖山：在今浙江海宁黄湾镇，是观潮胜地。

**【译文】**

出了南门，就是大海，一天两次涨潮，潮水如同万丈银堤，破海而
过。迎着海潮的船舶，潮水来的时候，船桨反过来面对着它。在船头设
一个木招，形如长柄大刀。把木招一按，潮头即被分开，船随着木招进
入。过了一会儿才漂浮起来，拨转船头，随着潮水而驶去，顷刻间能行
至上百里。塘上有座塔院，中秋夜的时候，我曾随我父亲在这里观潮。
顺着水塘往东约三十里，有座山叫"尖山"，一峰突起，如同扑到海里。
山顶上有座楼阁，匾额上写道"海阔天空"。从上面远眺，一望无际，只
是看到怒涛接天而已。

　　余年二十有五，应徽州绩溪克明府之召①，由武林下江
山船②，过富春山③，登子陵钓台④。台在山腰，一峰突起，离
水十余丈。岂汉时之水竟与峰齐耶？月夜泊界口⑤，有巡检
署⑥，"山高月小，水落石出"⑦，此景宛然。黄山仅见其脚，
惜未一瞻面目。

**【注释】**

①徽州：即徽州府，下辖绩溪、歙县、黟县、休宁、婺源、祁门六县。
　绩溪：今安徽绩溪。

②江山船：又名"江山九姓船"。浙东游船的通称呼，或说为明清时期的妓船。

③富春山：又名"严陵山"，在今浙江桐庐西。相传汉严子陵曾耕钓于此。

④子陵钓台：在今浙江桐庐县城南富春山麓，为富春江主要景点，据说严子陵隐居垂钓于此。

⑤界口：交界处。

⑥巡检署：地方负责治安的机构。

⑦山高月小，水落石出：语出苏轼《后赤壁赋》："江流有声，断岸千尺；山高月小，水落石出。"

【译文】

　　我二十五岁的时候，接受徽州绩溪克明府的聘请，从杭州坐江山船出发，路过富春山，登上子陵钓台。子陵钓台在山腰上，一峰突起，离水有十多丈。莫非汉代时的水位竟然与山峰一样高？月夜下，船只停泊在界口，那里有个巡检署，"山高月小，水落石出"，苏轼笔下的景色仿佛就在眼前。黄山仅能看到山脚，可惜未能瞻仰其真面目。

　　绩溪城处于万山之中，弹丸小邑，民情淳朴。近城有石镜山①，由山弯中，曲折一里许，悬崖急湍，湿翠欲滴②。渐高至山腰，有一方石亭，四面皆陡壁。亭左石削如屏，青色光润，可鉴人形，俗传能照前生。黄巢至此③，照为猿猴形，纵火焚之，故不复现。

【注释】

①石镜山：又称"石照山"，在今安徽绩溪华阳镇东。

②湿翠：翠绿，青翠。

③黄巢（？—884）：唐末起义军首领。

## 【译文】

　　绩溪城处在群山之中，弹丸之地，民俗淳朴。离城不远有座石镜山，顺着山往里拐，曲折行进一里左右，悬崖飞瀑，湿翠欲滴。逐渐登上高处，走到山腰，有一座方石亭，四面都是陡峭的石壁。亭子左边石削如屏，青色光润，可以照见人影。据民间传说可以照见自己的前生。黄巢曾到这里，照见自己是猿猴的形貌，就放火烧了它，故此就不能再照前世了。

　　离城十里有火云洞天。石纹盘结①，凹凸巉岩②，如黄鹤山樵笔意③，而杂乱无章。洞石皆深绛色④。傍有一庵，甚幽静，盐商程虚谷曾招游设宴于此。席中有肉馒头⑤，小沙弥眈眈旁视⑥，授以四枚。临行以番银二圆为酬，山僧不识，推不受。告以一枚可易青钱七百余文⑦，僧以近无易处，仍不受。乃攒凑青蚨六百文付之⑧，始欣然作谢。

## 【注释】

　　①盘结：旋绕，盘绕。

　　②巉（chán）岩：陡而隆起的岩石。

　　③黄鹤山樵：王蒙（1308—1385），字叔明，号黄鹤山樵，吴兴人。善画山水。

　　④深绛色：深红色。

　　⑤肉馒头：一种带肉馅的包子。

　　⑥小沙弥：小和尚。眈眈：两眼注视的样子。

　　⑦青钱：青铜钱。

　　⑧青蚨（fú）：传说以母青蚨或子青蚨的血涂钱，钱用出去还会回来。后遂成为钱的代称。

## 【译文】

离城十里有座火云洞天。那里石纹盘结，巉岩错落，如同黄鹤山樵笔下的山水画，但显得杂乱无章。洞里的石头都是深红色。旁边有座庙，很是幽静，盐商程虚谷曾在这里招游设宴。宴席上有肉馒头，小沙弥在旁边虎视眈眈，就给了他四枚。临走的时候给了两块番银酬谢，僧人不认识番银，推辞不要。告诉他一块番银可以换青铜钱七百多文，僧人因近处没有兑换的地方，还是不要。于是大家一起凑了六百文钱给他，他这才欣然称谢。

他日，余邀同人携榼再往。老僧嘱曰："曩者小徒不知食何物而腹泻<sup>①</sup>，今勿再与。"可知藜藿之腹不受肉味<sup>②</sup>，良可叹也。余谓同人曰："作和尚者，必居此等僻地，终身不见不闻，或可修真养静。若吾乡之虎丘山，终日目所见者妖童艳妓<sup>③</sup>，耳所听者弦索笙歌，鼻所闻者佳肴美酒，安得身如枯木，心如死灰哉？"

**【注释】**

①曩（nǎng）者：先前，过去。

②藜藿：两种野菜。这里指粗劣的饭菜。

③妖童：娈童，出卖色相的男童。

**【译文】**

过了一些日子，我邀请同仁带着酒具再去。老和尚吩咐我说："过去小徒不知道吃了什么东西，结果腹泻，今天不要再给他了。"可见吃野菜的肚子，受不了肉味，真是让人感叹。我对同仁说："当和尚，一定要住在这种偏僻的地方，终身不见不闻，或许可以修真养静。若是像我家乡的虎丘山，整天眼里看到的是妖童艳妓，耳中听到的是弦索笙歌，鼻子闻到的是佳肴美酒，哪能身如枯木，心如死灰呢？"

又去城三十里，名曰"仁里"<sup>①</sup>，有花果会。十二年一举，每举各出盆花为赛②。余在绩溪，适逢其会，欣然欲往，苦无轿马，乃教以断竹为杠，缚椅为轿，雇人肩之而去。同游者惟同事许策廷，见者无不讶笑③。至其地，有庙，不知供何神。庙前旷处高搭戏台，画梁方柱，极其巍焕④，近视则纸扎彩画，抹以油漆者。锣声忽至，四人抬对烛，大如断柱；八人抬一猪，大若牯牛⑤，盖公养十二年，始宰以献神。策廷笑曰："猪固寿长，神亦齿利。我若为神，乌能享此。"余曰："亦足见其愚诚也。"入庙，殿廊轩院所设花果盆玩，并不剪枝拗节，尽以苍老古怪为佳，大半皆黄山松。既而开场演剧，人如潮涌而至，余与策廷遂避去。未两载，余与同事不合，拂衣归里⑥。

**【注释】**

①仁里：在今安徽绩溪瀛洲乡。

②盆花：盆栽或以盆装饰种在盆里的花卉。

③讶笑：又惊讶，又感到好笑。

④巍焕：高大，壮观。

⑤牯（gǔ）牛：母牛或阉割过的公牛。这里泛指牛。

⑥拂衣：挥动衣服，表示情绪激动或愤激。

**【译文】**

离城三十里，有个地方叫"仁里"，那里有花果会。每十二年举办一次，大家各自拿出盆中所养之花进行比赛。我在绩溪的时候，正赶上花果会，欣然去看，但苦于没有轿子、马匹，于是让人用断竹为杠子，绑张椅子为轿子，雇人抬着过去。同去游览的只有同事许策廷，人们看到我，无不惊讶发笑。到了这里，看到有座庙，不知道供奉的是什么神。庙前空旷处搭了一座戏台，画梁方柱，非常粗大，到近处看原来是纸扎彩画，在外面抹上油漆。锣声忽然传来，四个人抬着一对蜡烛，粗得像根断柱；八个人抬着一头猪，大的像头牛，据说是大家公养十二年，才宰杀了来献神。许策廷笑道："猪固然寿命长，神仙也是牙齿锋利。我若是神仙，哪能享受得了。"我说："由此也可见本地人的愚昧和虔诚。"到了庙里，殿廊轩院所摆设的花果盆玩，并不剪枝去节，都是以苍老古怪为佳，大半是黄山松。既而开场演戏，人们如潮水般蜂拥而至，我和许策廷随即避开。不到两年，我因和同事合不来，拂袖而去，回到家乡。

余自绩溪之游，见热闹场中卑鄙之状不堪入目①，因易儒为贾。余有姑丈袁万九，在盘溪之仙人塘作酿酒生涯②，余与施心耕附资合伙。袁酒本海贩，不一载，值台湾林爽文之乱③，海道阻隔，货积本折，不得已，仍为冯妇④。

**【注释】**

①热闹场：官场。

②盘溪：在今浙江缙云舒洪镇。

③林爽文（1757—1788）：平和（今属福建）人。乾隆五十一年（1786）在台湾率众起义，后失败就义。

④仍为冯妇：指重操旧业。冯妇，古代打虎勇士。

**【译文】**

我从绩溪游幕之后，看到官场中种种不堪入目的卑鄙行径，于是易儒为商。我有个姑父叫袁万九，在盘溪仙人塘做酿酒生意，我和施心耕就出钱入伙。袁万九的酒本是从海路贩卖，不到一年，赶上台湾林爽文叛乱，海路中断，货物积压，本钱亏损，没有办法，只得重操旧业。

馆江北四年，一无快游可记。迨居萧爽楼，正作烟火神仙①，有表妹倩徐秀峰自粤东归，见余闲居②，慨然曰："足下待露而爨，笔耕而炊，终非久计。盍偕我作岭南游？当不仅

获蝇头利也③。"芸亦劝余曰:"乘此老亲尚健,子尚壮年,
与其商柴计米而寻欢,不如一劳而永逸。"余乃商诸交游者,
集资作本。芸亦自办绣货及岭南所无之苏酒、醉蟹等物④。
禀知堂上,于小春十日⑤,偕秀峰由东坝出芜湖口⑥。

**【注释】**

①烟火:指尘世、凡间。

②闲居:赋闲。

③蝇头利:微利,小利。

④醉蟹:一种用活蟹及酒等佐料制作的风味小吃。

⑤小春:农历十月。

⑥东坝:在今江苏南京高淳区。芜湖:今安徽芜湖。

**【译文】**

到江北坐馆四年,没有什么快游可记。后来住到萧爽楼,正在做烟
火神仙,有个叫徐秀峰的表妹女婿从粤东回来,看到我在家闲居,慨然
说道:"你靠天吃饭,靠笔耕生活,终究不是长久之计。何不和我一起到
岭南游幕? 得到的应当不只是蝇头小利。"芸也劝我说:"趁着双亲还健
在,你还在壮年,与其每天计算柴米来寻欢,不如一劳永逸。"我于是和
朋友们商量,大家集资给我做本钱。芸也亲自置办了一些绣货以及岭南
没有的苏酒、醉蟹等物品。禀告父母之后,于十月十日,和徐秀峰一起
从东坝出芜湖口。

　　长江初历,大畅襟怀。每晚舟泊后,必小酌船头。见捕
鱼者罾幂不满三尺①,孔大约有四寸,铁箍四角,似取易沉。
余笑曰:"圣人之教,虽曰'罟不用数'②,而如此之大孔小罾,
焉能有获?"秀峰曰:"此专为网鲚鱼设也③。"见其系以长
绠④,忽起忽落,似探鱼之有无。未几,急挽出水,已有鲚鱼枷

罾孔而起矣。余始喟然曰⑤:"可知一己之见,未可测其奥妙。"

**【注释】**

①罾幂(zēng mì):渔网。

②罟(gǔ)不用数(cù):典出《孟子·梁惠王上》:"数罟不入洿池,鱼鳖不可胜食也。"罟,渔网。数,密集、细密。

③鳊(biān):同"鯿",即鲂鱼,又名"武昌鱼"。身体侧扁,头尖,尾小,鳞细,生活在淡水中。

④绠(gěng):长绳子。

⑤喟(kuì)然:叹息的样子。

**【译文】**

　　第一次游览长江,感到非常畅快。每天晚上船只停泊之后,必定在船头小酌。看到捕鱼人所用的渔网不到三尺大,网眼却大约有四寸,用铁箍定了四个角,看着轻但拿起来重。我笑道:"圣人设教,虽然说'罟不用数',但像这样孔大网小,哪能有什么收获?"秀峰答道:"这是专门为捕鳊鱼设计的。"只见这种网用长绳系着,忽起忽落,好像在试探是否有鱼。不一会儿,急忙拉出水面,已经有鳊鱼卡在网孔上了。我这才感叹道:"由此可知我不过是一己之见,并不能了解其中的奥妙。"

　　一日,见江心中一峰突起,四无依倚①。秀峰曰:"此小孤山也②。"霜林中,殿阁参差。乘风径过,惜未一游。

**【注释】**

①依倚:依靠,依傍。

②小孤山:又名"髻山""小姑山",在今安徽宿松县城东南长江中。

**【译文】**

　　一天,看到江心中一座奇峰突起,四周并无凭依。秀峰说:"这是小孤山。"只见霜林中,殿阁错落。船只乘风而过,可惜未能上去游览。

至滕王阁①,犹吾苏府学之尊经阁移于胥门之大马头②,王子安序中所云不足信也③。即于阁下换高尾昂首船,名"三板子",由赣关至南安登陆④。值余三十诞辰,秀峰备面为寿。越日,过大庾岭⑤,山巅一亭,匾曰"举头日近",言其高也。山头分为二,两边峭壁,中留一道如石巷。口列两碑,一曰"急流勇退",一曰"得意不可再往"。山顶有梅将军祠,未考为何朝人。所谓岭上梅花,并无一树,意者以梅将军得名梅岭耶。余所带送礼盆梅,至此将交腊月⑥,已花落而叶青矣。

## 【注释】

①滕王阁:在今江西南昌西北,赣江东岸,与湖北黄鹤楼、湖南岳阳楼并称"江南三大名楼"。

②府学:古代府、州、县皆设学,府一级所办的为府学。尊经阁:在今苏州中学内,始建于北宋,为府学藏书之所。今已废。胥门:在今苏州城西万年桥南,作东西向,春秋吴国建造都城时所辟古门之一,以遥对姑胥山而得名。马头:码头。

③王子安序:即王勃《滕王阁序》。王子安,即王勃(650—676),字子安,绛州龙门(今山西河津)人。唐代诗人。

④赣关:在今江西赣县,明清时期当地征收关税的机构。南安:在今江西大余南安镇。

⑤大庾岭:又称"庾岭""台岭""梅岭""东峤山",位于江西、广东交界处,五岭之一。

⑥腊月:农历十二月。

**【译文】**

　　到了滕王阁，发现这里好像是把苏州府学的尊经阁移到胥门的大码头上，王子安《滕王阁序》里所说的不足为信。我们在滕王阁换乘一种高尾昂首的船，叫"三板子"，由赣关到南安登陆。当时正赶上我三十岁生日，秀峰准备了寿面为我庆贺。第二天，经过大庾岭，山顶上有座亭子，匾额上写道"举头日近"，意思是说山峰很高。山头分为两个，两边是峭壁，中间留一条小道，像石巷一样。道口立着两块石碑，一块写着"急流勇退"，一块写着"得意不可再往"。山顶上有座梅将军祠，未能考证出是什么朝代的人。所谓的岭上梅花，并没有见到一棵梅树，推测可能是梅将军的缘故才得名梅岭的吧。我所携带送礼的盆梅，到了这里将近腊月，已经花落叶青了。

　　过岭出口，山川风物便觉顿殊。岭西一山，石窍玲珑①，已忘其名，舆夫曰②："中有仙人床榻。"匆匆竟过，以未得游为怅。至南雄③，雇老龙船。过佛山镇④，见人家墙顶多列盆花，叶如冬青，花如牡丹，有大红、粉白、粉红三种，盖山茶花也⑤。

**【注释】**

　　①石窍：石洞。
　　②舆夫：轿夫。
　　③南雄：今广东南雄。
　　④佛山：今广东佛山。
　　⑤山茶：一种灌木或乔木。叶光滑常绿，花红色或白色。

**【译文】**

　　过了大庾岭出关口，沿途看到的山川风物，感到明显和先前不一样。岭西有座山，石洞精巧玲珑，已忘了它的名字，轿夫说："洞中有仙人的床榻。"匆匆经过，未能游览，心里感到很遗憾。到了南雄，雇了只老龙船。经过佛山镇，看到人家墙顶多摆设盆花，叶子如冬青，花朵如牡丹，有大红、粉白、粉红三种，大概是山茶花吧。

　　腊月望，始抵省城，寓靖海门内①，赁王姓临街楼屋三椽。秀峰货物皆销与当道②，余亦随其开单拜客。即有配礼者，络绎取货，不旬日而余物已尽。除夕，蚊声如雷。岁朝贺节，有棉袍、纱套者。不惟气候迥别，即土著人物③，同一五官而神情迥异。

【注释】

①靖海门：在今广州越秀区，为旧城城门，今已废。

②当道：官员。

③土著：本地，本土。

【译文】

　　腊月十五，我们才抵达省城，住在靖海门内，租了一个姓王的三间临街楼房。秀峰的货物都卖给了官府的人，我也跟着他开单拜客。随即有配礼的，络绎不绝地来取货，不到十天货物就已经卖完了。除夕的时候，这里蚊声如雷。春节贺岁，有穿着棉袍、纱套的。不光气候和内地迥然不同，即便是当地居民，同样长有五官但神情明显不同。

　　正月既望①，有署中同乡三友拉余游河观妓，名曰"打水围"，妓名"老举"。于是同出靖海门，下小艇，如剖分之半蛋而加篷焉。先至沙面②，妓船名"花艇"，皆对头分排，中留水巷，以通小艇往来。每帮约一二十号，横木绑定，以防海风。两船之间，钉以木桩，套以藤圈，以便随潮长落。鸨儿呼为"梳头婆"，头用银丝为架，高约四寸许，空其中而蟠发于外③，以长耳挖插一朵花于鬓④，身披元青短袄⑤，著元青长裤，管拖脚背，腰束汗巾⑥，或红或绿，赤足撒鞋⑦，式如梨园旦脚⑧。

【注释】

①既望：农历的每月十六。

②沙面：曾称"拾翠洲"，在广州西南，因系珠江冲积而成的沙洲，故名。

③蟠（pán）：盘曲，盘结。

④长耳挖：即长耳挖簪，为女性头饰，兼能挖耳。清林苏门《邗江三百吟·长耳挖》："此即俗名一丈青也。金银不一，妇女头上斜插之。"

⑤元青：即玄青，深黑色。

⑥汗巾：腰带。

⑦撒鞋：拖鞋。

⑧旦脚：即旦角。

【译文】

正月十六，在官府供职的三位同乡好友拉着我去游河观妓，当地人称为"打水围"，妓女叫"老举"。于是大家一起出了靖海门，下到小船上，这种小船像分开的半个鸡蛋，上面加了一个船篷。我们先到沙面，妓女的船叫"花艇"，都是两两相对排列，中间留着水巷，以便小船往来。每帮约一二十只船，用横木绑牢固，以防海风。两船之间钉上木桩，套上藤圈，以便随着潮水涨落。老鸨被称作"梳头婆"，头上用银丝为架，高约四寸，中间留空，头发盘到外面，用长耳挖簪在鬓角插一朵花，身披深黑色短袄，下穿深黑色长裤，裤管拖到脚背上，腰间系一条汗巾，或红或绿，光脚穿着拖鞋，样式像梨园的旦脚。

登其艇，即躬身笑迎，搴帏入舱①。旁列椅杌②，中设大炕，一门通艄后。妇呼有客，即闻履声杂沓而出③，有挽髻者，有盘辫者，傅粉如粉墙，搽脂如榴火④，或红袄绿裤，或绿袄红裤，有著短袜而撮绣花蝴蝶履者，有赤足而套银脚镯者，或蹲于炕，或倚于门，双瞳闪闪，一言不发。

**【注释】**

①搴（qiān）：撩起，掀起。

②杌（wù）：凳子。

③杂沓：杂乱，纷乱。

④榴火：石榴花的火红的颜色。

**【译文】**

登上小船，她即躬身笑迎，掀开帘子让客人进入船舱。舱内旁边摆着椅凳，中间放一张大床，有个门通往船后。老鸨一喊有客人，就听到有纷乱的脚步声出来。有挽着发髻的，有盘着辫子的，香粉涂得厚如墙壁，胭脂抹得像石榴花那么红。有的红袄绿裤，有的绿袄红裤，有穿着短袜拖着绣花蝴蝶鞋的，有光脚套着银脚镯的，或蹲在床上，或靠在门边，两眼闪动着，一言不发。

余顾秀峰曰："此何为者也？"秀峰曰："目成之后，招之始相就耳。"余试招之，果即欢容至前①，袖出槟榔为敬②。入口大嚼，涩不可耐，急吐之，以纸擦唇，其吐如血。合艇皆大笑。

**【注释】**

①欢容：笑容。

②槟榔：一种常绿乔木的果实。古代风俗，以槟榔为男女相悦的

信物。

**【译文】**

我回过头问秀峰："她们这是要干什么呢？"秀峰答道："用眼看中之后，喊她她就会过来相就。"我试着喊了一个，果然满脸笑容地来到我跟前，拿出槟榔以表敬意。我把槟榔放到嘴里大嚼，感到苦涩难忍，急忙吐了出来，用纸擦拭嘴唇，吐出的东西像血一样红。全船的人都大笑起来。

又至军工厂，妆束亦相等，惟长幼皆能琵琶而已。与之言，对曰"咪"。"咪"者，"何"也。余曰："少不入广者，以其销魂耳，若此野妆蛮语，谁为动心哉？"一友曰："潮帮妆束如仙，可往一游。"至其帮，排舟亦如沙面。有著名鸨儿素娘者，妆束如花鼓妇①。其粉头衣皆长领②，颈套项锁，前发齐眉，后发垂肩，中挽一鬏似丫髻③，裹足者著裙，不裹足者短袜，亦著蝴蝶履，长拖裤管，语音可辨。而余终嫌为异服，兴趣索然④。

**【注释】**

①花鼓：一种以边打小鼓边歌舞方式演出的民间小戏，如凤阳花鼓、山东花鼓、山西花鼓等。

②粉头：妓女。

③鬏（jiū）：女性头发盘成的结。丫髻：梳在头两边的发髻。

④索然：没有兴趣的样子，乏味。

**【译文】**

我们又来到军工厂，这里妓女们的装束和刚才见到的相同，只是不管长幼都能弹琵琶而已。和她们说话，她们答道"咪"。"咪"就是什么的意思。我说："少不入广，是因为销魂的缘故，像这样的野妆蛮语，谁会为她们动心呢？"一个朋友说："潮帮的装束像神仙一样，可以过去一游。"到了潮帮，小船的排列也同沙面一样。有个有名的老鸨叫素娘，装扮得像唱花鼓的妇人。她手下的妓女都穿着长领衣服，脖子上带着项锁，前面的头发齐眉，后面的头发垂肩，中间绾着一个丫字形的发髻，裹脚的穿着裙子，不裹脚的穿着短袜，也穿蝴蝶鞋，拖着长裤管，语音可以听明白一些。我始终嫌她们穿着异服，没什么兴趣。

　　秀峰曰："靖海门对渡有扬帮，皆吴妆。君往，必有合意者。"一友曰："所谓扬帮者，仅一鸨儿，呼曰'邵寡妇'，携一媳曰大姑，系来自扬州，余皆湖广、江西人也①。"

**【注释】**
①湖广：湖北、湖南。
**【译文】**
　　秀峰说："靖海门对面有扬帮，都是吴地的装束。你去，必定有合意的。"一个朋友说："所谓的扬帮，仅一个人称'邵寡妇'的老鸨带着一个叫大姑的媳妇是来自扬州，其他的都是湖广、江西人。"

　　因至扬帮，对面两排仅十余艇。其中人物皆云鬟雾鬓，脂粉薄施，阔袖长裙，语音了了①。所谓邵寡妇者，殷勤相接。遂有一友另唤酒船，大者曰"恒艚"②，小者曰"沙姑艇"，作东道相邀，请余择妓。余择一雏年者，身材状貌③，有类余妇芸娘，而足极尖细，名喜儿。秀峰唤一妓名翠姑。余皆各有旧交。放艇中流，开怀畅饮。至更许，余恐不能自持，坚欲回寓，而城已下钥久矣④。盖海疆之城⑤，日落即闭，余不知也。

【注释】

①了了：清楚，明白。

②艛（lóu）：一种有楼的大船。

③状貌：外貌，容貌。

④下钥：下锁，锁闭。

⑤海疆：临海的疆界。

【译文】

于是来到扬帮，对面两排仅有十来只船。里面的人都云鬟雾鬓，脂粉薄施，阔袖长裙，语音能听明白。人们所说的那位邵寡妇殷勤地迎接我们。有个朋友另叫了一只酒船，大的叫"恒艛"，小的叫"沙姑艇"，他做东请客，请我选一个妓女。我选了一个年龄小的，身材形貌有些像我的媳妇芸娘，她的脚非常尖细，名叫喜儿。秀峰喊了一个妓女名叫翠姑。其他的人各有旧交。放船到河中间，开怀畅饮。到一更时分，我担心自己不能自持，坚决要求回寓所，但城门已经关闭很久了。海疆之城，日落就关门，但我不知道这些。

及终席①，有卧而吃鸦片烟者，有拥妓而调笑者。伻头各送衾枕至②，行将连床开铺。余暗询喜儿："汝本艇可卧否？"对曰："有寮可居，未知有客否也。"寮者，船顶之楼。余曰："姑往探之。"招小艇渡至邵船，但见合帮灯火，相对如长廊，寮适无客。鸨儿笑迎曰："我知今日贵客来，故留寮以相待也。"余笑曰："姥真荷叶下仙人哉。"

【注释】

①终席：宴席结束。

②伻（bēng）头：仆人。

**【译文】**

　　酒席结束的时候，有躺在那里吃鸦片烟的，有搂着妓女调笑的。仆人分别把被子枕头送来，准备铺床。我悄悄地问喜儿："你自己的船可以住宿吗？"她答道："有寮可以住，只是不知道是否有客人。"所谓寮，就是船顶的阁楼。我说："姑且去看看。"喊了只小船，划到邵氏的船边，只见合帮灯火排列在两边，如同长廊，寮内正好没有客人。老鸨笑着迎接道："我就知道今天有贵客来，特意留下寮来等着呢。"我笑道："您老人家真是荷叶下的仙人啊。"

　　遂有伻头移烛相引，由舱后梯而登。宛如斗室，旁一长榻，几案俱备。揭帘再进，即在头舱之顶，床亦旁设，中间方窗，嵌以玻璃，不火而光满一室，盖对船之灯光也。衾帐镜奁，颇极华美。

**【译文】**

　　随即有个仆人拿着蜡烛带路，从舱后面的梯子登上去。里面像一间小房子，旁边一张床，几案都有。揭开帘子再往里走，即在头舱的顶上，床也放在旁边，中间有一个方形窗户，镶嵌着玻璃，即使不点灯，满室内也很亮堂，这是对面船上的灯光照来的。里面的衾帐镜奁，都很华美。

　　喜儿曰："从台可以望月。"即在梯门之上，叠开一窗，蛇行而出，即后梢之顶也。三面皆设短栏，一轮明月，水阔天空。纵横如乱叶浮水者，酒船也；闪烁如繁星列天者，酒船之灯也。更有小艇梳织往来，笙歌弦索之声，杂以长潮之沸①，令人情为之移。余曰："少不入广，当在斯矣。"惜余妇芸娘不能偕游至此。回顾喜儿，月下依稀相似，因挽之下台，息烛而卧。天将晓，秀峰等已哄然至，余披衣起迎，皆

责以昨晚之逃。余曰："无他，恐公等掀衾揭帐耳。"遂同
归寓。

【注释】

①长潮：涨潮。

【译文】

喜儿说："从台上可以望见月亮。"梯门上面，开了一扇窗户，我们从里面像蛇一样出来，爬到船稍的顶部。这里三面都设有短栏杆，一轮明月，水阔天空。那些纵横像乱叶漂在水面的，是酒船；那些闪烁如天上繁星的，是酒船的灯光。更有小船穿梭往来，笙歌弦索之音，夹杂着涨潮的声响，让人情动神移。我说："少不入广，应当在这里了。"可惜我媳妇芸娘不能一起到这里游览。回头看喜儿，在月光下依稀相似，于是挽着她走下平台，熄灭蜡烛睡觉。天快亮的时候，秀峰等人哄然来到，我披上衣服起来迎接，他们都指责我昨天晚上逃跑。我说："没有什么，担心你们掀被揭帐罢了。"于是大家一起回了城内的寓所。

越数日，偕秀峰游海珠寺①。寺在水中，围墙若城，四周离水五尺许。有洞，设大炮以防海寇。潮长潮落，随水浮沉，不觉炮门之或高或下，亦物理之不可测者②。十三洋行在幽兰门之西③，结构与洋画同④。对渡名"花地"⑤，花木甚繁，广州卖花处也。余自以为无花不识，至此仅识十之六七，询其名，有《群芳谱》所未载者⑥，或土音之不同欤？

【注释】

①海珠寺：又名"慈度寺"，在今广州人民大厦至省总工会一带。原在海珠岛上，后岛与陆地相连，今已废。

②物理：事物的道理，规律。

③十三洋行：清代官方特许在广州设立的对外贸易商行。幽兰门：又
　　称"油栏门"，在今广州海珠南路。

④洋画：西洋人画的画。

⑤花地：在今广州芳村区花地湾。

⑥《群芳谱》：全名《二如亭群芳谱》。明王象晋著，记载各类植物
　　四百多种。

## 【译文】

　　过了几天，我和秀峰一起游览海珠寺。海珠寺在水中，周围都是墙，像座城，四周离水有五尺左右。中间有洞，架设大炮以防海盗。潮涨潮落，随着水沉浮，感觉不到炮口的升高或下降，这也是物理的不可测之处。十三洋行在幽兰门的西面，房屋结构和洋画所画的相同。对岸叫"花地"，花木非常茂盛，是广州卖花的地方。我自认为没有不认识的花，到这里才认识十分之六七，问其名字，有的连《群芳谱》都没有记载，或许是土音发音不同的缘故吧？


　　海幢寺规模极大①，山门内植榕树②，大可十余抱，阴浓如盖，秋冬不凋。柱槛窗栏，皆以铁梨木为之③。有菩提树④，其叶似柿，浸水去皮，肉筋细如蝉翼纱，可裱小册写经⑤。


## 【注释】

①海幢寺：在今广州海珠区同福中路和南华中路之间。明末时在南
　　汉千秋寺原址建成，清初扩建，为广州四大丛林之冠。

②榕树：一种南方常见树种。绿荫甚广，常用作行道树、观赏盆
　　栽等。

③铁梨木：又名"愈疮木"，因其硬度大而得名。有极高的经济价
　　值、药用价值。

④菩提树：一种落叶乔木。叶为广三角形，结圆形果实，可做念佛

珠，一般供观赏、纳凉用。

⑤写经：抄写佛经。

【译文】

海幢寺规模很大，山门内种的榕树，大的有十多抱，树荫浓密如盖，秋冬的时节也不凋谢。其柱槛窗栏，都是用铁梨木做的。有种菩提树，树叶像柿子，泡在水里去皮，它的肉筋细得像蝉翼纱，可以装裱成小册子抄写佛经。

归途访喜儿于花艇，适翠、喜二妓俱无客。茶罢欲行，挽留再三。余所属意在寮①，而其媳大姑已有酒客在上。因谓邵鸨儿曰："若可同往寓中，则不妨一叙。"邵曰："可。"秀峰先归，嘱从者整理酒肴。余携翠、喜至寓。正谈笑间，适郡署王懋老不期而来②，挽之同饮。

【注释】

①属意：留意，中意。

②郡署：广州官署。不期：没有约定。

【译文】

回来的路上我们到花艇去找喜儿，恰好翠姑、喜儿两人都没接客。我们喝完茶要走，她们再三挽留。我中意的地方是寮，但邵寡妇的媳妇大姑已有酒客在上面。于是对邵老鸨说："若是可以一起到我们寓所，则不妨一叙。"邵氏说："可以。"秀峰便先回去，嘱咐随从准备酒菜。我带着翠姑、喜儿回寓所。正在谈笑的时候，恰好郡署的王懋老不请自到，我让他留下来一起饮酒。

酒将沾唇，忽闻楼下人声嘈杂，似有上楼之势。盖房东一侄素无赖①，知余招妓，故引人图诈耳。秀峰怨曰："此皆三白一时高兴，不合我亦从之。"余曰："事已至此，应速思退兵之计，非斗口时也②。"憩老曰："我当先下说之。"

【译文】

酒正要沾唇，忽然听到楼下人声嘈杂，似乎有要上楼的架势。原来房东有个侄子平素无赖，得知我招妓，故意带人图谋敲诈。秀峰埋怨道："这都是三白一时高兴，我不该也跟着他。"我说："事已至此，应该快点儿想退兵之计，现在不是斗嘴的时候。"憩老说："我先下去劝说他们。"

余念唤仆速雇两轿，先脱两妓，再图出城之策。闻憩老说之不退，亦不上楼。两轿已备，余仆手足颇捷，令其向前开路，秀峰挽翠姑继之，余挽喜儿于后，一哄而下①。秀峰、翠姑得仆力，已出门去。喜儿为横手所拿②，余急起腿，中其臂，手一松而喜儿脱去。余亦乘势脱身出。余仆犹守于门，以防追抢。急问之曰："见喜儿否？"仆曰："翠姑已乘轿去，喜娘但见其出，未见其乘轿也。"余急燃炬③，见空轿犹在路旁。

**【译文】**

　　我随即喊仆人赶快雇两顶轿子，让两个妓女先逃走，然后再想出城的办法。听说懋老劝不退他们，他们也没有上楼。此时两顶轿子已准备好，我的仆人手脚颇为敏捷，就让他在前边开路，秀峰手挽翠姑跟着，我挽着喜儿走在后面，大家一哄而下。秀峰、翠姑得到仆人的帮助，已经出门走了。喜儿却被其中的一个无赖抓住，我急忙抬起腿，踢中那人的手臂，那人手一松，喜儿逃脱，我也乘势脱身而出。我的仆人还守在门口，以防他们追抢。我急忙问他："你看见喜儿了吗？"仆人答道："翠姑已乘轿子离开，喜娘只见出来，还没见她乘轿。"我急忙点上火炬，看见空轿还在路边等着。

　　急追至靖海门，见秀峰侍翠轿而立。又问之，对曰："或应投东，而反奔西矣。"急反身①，过寓十余家，闻暗处有唤余者，烛之，喜儿也。遂纳之轿，肩而行。秀峰亦奔至，曰："幽兰门有水窦可出②，已托人贿之启钥③。翠姑去矣，喜儿速往。"余曰："君速回寓退兵，翠、喜交我。"

**【注释】**

①反身：转身。

②窦（dòu）：孔，洞。

③启钥：开锁。

**【译文】**

　　我急忙追到靖海门，只见秀峰站在翠姑的轿子旁。又问他，他答道："也许应该往东走，反而奔往西面了。"我急忙返身，走过我住的寓所十多家，听到暗处有人喊我，用烛光一照，正是喜儿。于是把她送到轿子里，差轿夫担轿而行。秀峰也赶了过来，说："幽兰门有个水洞可以出去，我已托人行贿开锁。翠姑已经走了，喜儿赶快过去。"我说："你快点儿回寓所退兵，翠姑、喜儿交给我。”

　　至水窦边，果已启钥，翠先在。余遂左掖喜，右挽翠，折腰鹤步①，踉跄出窦②。天适微雨，路滑如油。至河干沙面，笙歌正盛③。小艇有识翠姑者，招呼登舟。始见喜儿，首如飞蓬④，钗环俱无有。余曰：“被抢去耶？”喜儿笑曰：“闻此皆赤金⑤，阿母物也。妾于下楼时已除去，藏于囊中。若被抢去，累君赔偿耶。”余闻言，心甚德之，令其重整钗环，勿告阿母，托言寓所人杂，故仍归舟耳。翠姑如言告母，并曰：“酒菜已饱，备粥可也。”

【注释】

①折腰鹤步：弯着腰，像鹤一样踮着脚。

②踉跄：走路不稳，跌跌撞撞。

③笙歌：奏乐唱歌。

④飞蓬：乱草。

⑤赤金：纯金。

【译文】

　　来到水洞边，果然已经开了锁，翠姑先到这里。我左边夹着喜儿，右边挽着翠姑，弯腰鹤步，踉跄着出了水洞。当时天正下着小雨，路面光滑像涂了油。到了河岸沙面，那里笙歌正盛。小艇上有认识翠姑的，便招呼我们上了船。我这才看到喜儿的头发像乱草一样，钗环都没有了。我问道：“它们都被抢去了吗？”喜儿笑着说：“听说这些都是纯金做的，是阿母的物品。我在下楼的时候都已摘下来，藏在包里。若是被抢走的话，要连累你赔偿啊。”我听了她的话，心里很是感激，让她重新整理钗环，不要告诉阿母，只借口说寓所人杂，所以仍旧回到船上。翠姑按照我教的话禀告阿母，并且说：“酒菜已饱，准备些粥就可以了。”

　　时寮上酒客已去，邵鸨儿命翠亦陪余登寮。见两对绣鞋，泥污已透。三人共粥，聊以充饥。剪烛絮谈①，始悉翠籍湖南，喜亦豫产，本姓欧阳，父亡母醮②，为恶叔所卖。翠姑告以迎新送旧之苦：心不欢必强笑，酒不胜必强饮，身不快必强陪，喉不爽必强歌。更有乖张其性者③，稍不合意，即掷酒翻案，大声辱骂，假母不察，反言接待不周，又有恶客彻夜蹂躏，不堪其扰。喜儿年轻初到，母犹惜之。不觉泪随言落，喜儿亦嘿然涕泣④。余乃挽喜入怀，抚慰之。嘱翠姑卧于外榻，盖因秀峰交也。

## 【注释】

①絮谈：闲聊。

②醮（jiào）：再嫁，改嫁。

③乖张：乖僻，怪癖。

④嘿（mò）然：默然，不作声。嘿，同"默"。

## 【译文】

　　这时，寮上的酒客已经离开，邵鸨儿让翠姑也陪着我来到寮里。只见两双绣鞋都已被泥污湿透。三人一起喝粥，聊以充饥。饭后剪烛闲聊，才知道翠姑是湖南人，喜儿也是河南人，本姓欧阳，父亲去世，母亲改嫁，被恶叔卖掉。翠姑向我诉说迎新送旧的痛苦：心里不高兴也一定要强作笑脸，酒量不行也一定要硬喝，身体不舒服也一定要强陪，喉咙不爽也一定要硬唱。更有性格乖僻的人，稍微不合意，就扔了酒杯，掀翻桌子，大声辱骂，假母不了解，反而说自己接待不周，又有恶客彻夜蹂躏，不堪其扰。喜儿年轻初到，假母还怜惜她。翠姑不禁泪随言落，喜儿也静静地哭泣。我把喜儿拥入怀里，安慰她。嘱咐翠姑睡在外面的床上，因为她是秀峰交往的人。

　　自此，或十日，或五日，必遣人来招。喜或自放小艇，亲至河干迎接①。余每去，必偕秀峰，不邀他客，不另放艇。一夕之欢，番银四圆而已。秀峰今翠明红，俗谓之"跳槽"②，甚至一招两妓。余则惟喜儿一人。偶独往，或小酌于平台，或清谈于寮内，不令唱歌，不强多饮，温存体恤，一艇怡然，邻妓皆羡之。有空闲无客者，知余在寮，必来相访。合帮之妓，无一不识，每上其艇，呼余声不绝。余亦左顾右盼，应接不暇，此虽挥霍万金所不能致者。

**【注释】**

①河干：河边，岸边。

②跳槽：喜新厌旧，另结新欢。

**【译文】**

　　从此，或是十日，或是五日，扬帮必定派人来叫我们。喜儿有时自己坐着小船，亲自到河边来迎接我。我每次去，必定和秀峰一起，不请其他客人，也不另外坐船。一晚上的欢会，不过四块番银而已。秀峰今翠明红，俗话叫做"跳槽"，甚至一次叫上两个妓女。我则只叫喜儿一人。偶然独自前往，或者在平台上小酌，或者在寮内清谈，不让喜儿唱歌，也不强迫她喝酒，温存体恤，全船人都很高兴，邻船的妓女都很羡慕。有空闲没有客人的，知道我在寮内，必定来拜访。全帮的妓女，没有一个不认识我，每次上船的时候，和我打招呼的声音不断。我也左顾右盼，应接不暇，这即便是挥霍万金都买不来的。

　　余四月在彼处，共费百余金，得尝荔枝鲜果，亦生平快事。后鸨儿欲索五百金强余纳喜，余患其扰，遂图归计。秀峰迷恋于此，因劝其购一妾，仍由原路返吴。

**【译文】**

　　我在这个地方呆了四个月，共花费一百多两银子，得以品尝荔枝鲜果，这也是生平快事。后来老鸨想要五百两银子，强迫我娶喜儿为妾，我担心她骚扰，于是打算回家。秀峰对这里很迷恋，就劝他买一个妾，我们仍从原路返回吴地。

　　明年，秀峰再往，吾父不准偕游，遂就青浦杨明府之聘①。及秀峰归，述及喜儿因余不往，几寻短见。噫！"半年一觉扬帮梦，赢得花船薄倖名"矣②。

**【注释】**

　　①青浦：今上海青浦区。明府：对县令的称呼。
　　②半年一觉扬帮梦，赢得花船薄倖名：化用杜牧《遣怀》诗句"十年一觉扬州梦，赢得青楼薄倖名"。薄倖，负心，薄情。

**【译文】**

　　第二年，秀峰又去广东，我父亲不准我和他一起去，于是接受青浦杨明府的聘请。秀峰回来后，告诉我喜儿因我不去，几乎要寻短见。噫！我这是"半年一觉扬帮梦，赢得花船薄倖名"啊。

　　余自粤东归来，馆青浦两载，无快游可述。未几，芸、憨相遇，物议沸腾①，芸以愤激致病。余与程墨安设一书画铺于家门之侧，聊佐汤药之需②。

**【注释】**

　　①物议：非议，批评。
　　②汤药：用水煎服的中药。

**【译文】**

我从粤东回来后，在青浦坐馆两年，没有什么快游可讲。不久，芸娘和憨园相遇，引起很多非议，芸也因激愤生病。我和程墨安在家门旁开了一个书画铺，聊以供汤药之需。

中秋后二日，有吴云客偕毛忆香、王星烂邀余游西山小静室①，余适腕底无闲②，嘱其先往。吴曰："子能出城，明午当在山前水踏桥之来鹤庵相候。"余诺之。

**【注释】**

①西山：又名"洞庭西山"，在今苏州西南四十多公里处的太湖中，为太湖第一大岛。

②腕底：手头。

**【译文】**

中秋后两天，吴云客和毛忆香、王星烂一起邀请我到西山小静室去游玩，我正好手里有事，就告诉他们先去。吴云客说："你要是能出城的话，我们明天中午在山前水踏桥的来鹤庵等着你。"我答应了。

越日，留程守铺，余独步出阊门①，至山前，过水踏桥，循田塍而西②，见一庵南向，门带清流。剥啄问之③，应曰："客何来？"余告之。笑曰："此得云也，客不见匾额乎？来鹤已过矣。"余曰："自桥至此，未见有庵。"其人回指曰："客不见土墙中森森多竹者④，即是也。"

**【注释】**

①阊门：苏州城西门。

②塍（chéng）：田间土埂。

③剥啄：敲门。

④森森：林木茂密的样子。

【译文】

第二天，让程墨安留下来看守店铺，我独自步行，出阊门，到山前，过水踏桥，顺着田埂往西走，看到一座朝南的寺庙，门口有一条小溪。我敲门问路，里面答应道："客人从哪里来？"我告诉了他。里面笑道："这里是得云庵，客官没看到匾额上写着吗？来鹤庵已经走过了。"我说："从桥上走到这里，没有看到有庵。"那人用手往回指着说："客官不见土墙里有很多竹子吗，那里就是。"

余乃返至墙下，小门深闭。门隙窥之①，短篱曲径，绿竹猗猗②，寂不闻人语声。叩之，亦无应者。一人过，曰："墙穴有石③，敲门具也。"余试连击，果有小沙弥出应。余即循径入，过小石桥，向西一折，始见山门。悬黑漆额，粉书"来鹤"二字，后有长跋，不暇细观。入门经韦驮殿④，上下光洁，纤尘不染，知为好静室⑤。

【注释】

①门隙：门缝。

②猗猗（yī）：茂盛、茂密的样子。

③墙穴：墙洞。

④韦驮：佛教护法神。

⑤好静室：当为前文所说的"小静室"。

【译文】

我于是往回走到墙下，看到有个小门紧闭着。从门缝往里看，短篱曲径，绿竹猗猗，非常安静，听不到有人的声音。敲了敲门，也没有回应。有个人从旁边经过，告诉我说："墙洞里有块石头，这是敲门的工具。"我试着用石头连敲几下，果然有个小沙弥出来应答。我就顺着小路，过了一座小石桥，往西一转，才看到山门。上面挂着一块黑漆匾额，写着"来鹤"两个字，后面还有比较长的跋文，我也来不及细看。进门经过韦驮殿，看到这里上下光洁，纤尘不染，知道这就是小静室。

　　忽见左廊又一小沙弥奉壶出，余大声呼问，即闻室内星烂笑曰："何如？我谓三白决不失信也。"旋见云客出迎，曰："候君早膳，何来之迟？"一僧继其后，向余稽首①，问知为竹逸和尚。入其室，仅小屋三椽，额曰"桂轩"，庭中双桂盛开。星烂、忆香群起嚷曰："来迟罚三杯。"席上荤素精洁②，酒则黄白俱备。余问曰："公等游几处矣？"云客曰："昨来已晚，今晨仅到得云河亭耳。"欢饮良久。饭毕，仍自得云河亭共游八九处，至华山而止③。各有佳处，不能尽述。华山之顶有莲花峰④，以时欲暮，期以后游。桂花之盛，至此为最。就花下饮清茗一瓯，即乘山舆⑤，径回来鹤。

【注释】

①稽（qǐ）首：僧侣所行常礼，一般见面时用。

②精洁：精致整洁。

③华山：在今苏州支硎山西，为天池山的后山。

④莲花峰：华山主峰，海拔169米。山顶巨石兀立，高达数丈，形似莲花瓣，故名。

⑤山舆：山轿。

【译文】

　　忽然看到左边走廊上有个小沙弥捧着茶壶出来，我大声喊着问他，就听到室内星烂笑着说："怎么样？我说三白决不会失信吧。"随即看到云客出来迎接，说道："等你一起吃早餐，怎么来得这么迟？"一位寺僧在他后面，向我行稽首礼，一问才知道是竹逸和尚。进了小静室，仅有小屋三间，匾额上写着"桂轩"两个字，庭院里两棵桂树正在盛开。星烂、忆香站起来嚷道："来晚了罚酒三杯。"酒席上不管荤菜、素菜，都很精洁，酒则黄酒、白酒都准备了。我问道："你们游玩了几个地方？"云客说："昨天来的时候已经晚了，今天早上仅到得云河亭而已。"大家畅饮了很长时间。吃完饭后，仍从得云河亭开始，游览了八九个地方，走到华山才停下来。各处风景自有佳处，不能一一说出来。华山顶上有座莲花峰，因当时天快黑了，准备以后再游。桂花的繁盛，以这里为最。在花下饮了一杯清茶，就坐着山轿，直接回来鹤庵。

　　桂轩之东，另有临洁小阁，已杯盘罗列。竹逸寡言静坐而好客善饮。始则折桂催花①，继则每人一令，二鼓始罢。余曰："今夜月色甚佳，即此酣卧，未免有负清光②。何处得高旷地，一玩月色，庶不虚此良夜也！"竹逸曰："放鹤亭可登也③。"云客曰："星烂抱得琴来，未闻绝调，到彼一弹何如？"乃偕往。但见木犀香里④，一路霜林，月下长空，万籁俱寂。星烂弹《梅花三弄》⑤，飘飘欲仙。忆香亦兴发，袖出铁笛，呜呜而吹之。云客曰："今夜石湖看月者⑥，谁能如吾辈之乐哉？"盖吾苏八月十八日石湖行春桥下有看串月胜会⑦，游船排挤，彻夜笙歌，名虽看月，实则挟妓哄饮而已。未几，月落霜寒，兴阑归卧。

**【注释】**

①折桂催花：一种类似击鼓传花的酒令。

②清光：皎洁的月光。

③放鹤亭：在华山莲花峰旁的山巅上，相传建亭时，有一群鹤从西湖放鹤亭飞来，栖息宿夜，故名。

④木犀：即桂花。

⑤《梅花三弄》：又名《梅花引》《玉妃引》，中国古代表现梅花的
　名曲。

⑥石湖：在今苏州西南。

⑦行春桥：跨石湖北渚，为半圆拱薄墩九孔连拱长桥，初建于宋。串
　月胜会：每逢农历八月十八，相传可见行春桥每个桥洞中各有一
　个月亮映在水中，其影如串。

**【译文】**

　　桂轩的东边，另有一座临洁小阁，里面已经杯盘罗列。竹逸和尚静
静坐着，不怎么说话，但他好客，善饮。我们起初折桂催花，后来每人
行一酒令，直到二更时分才结束。我说："今天夜里月色相当好，就这样
酣睡，未免辜负清光。到哪里找块空旷的高地，玩赏月色，这样才不虚
度良夜啊！"竹逸说："可以登上放鹤亭赏月。"云客说："星烂抱着琴来，
还没有听到绝调，到那里弹一曲如何？"于是大家一起过去。只见木
犀花飘香，一路霜林，月下长空，万籁俱寂。星烂弹奏《梅花三弄》，让
人有飘飘欲仙之感。忆香也兴致大发，从袖里拿出铁笛，呜呜地吹了
起来。云客说："今夜在石湖看月的人，有谁能像我们这样快乐呢？"我
家乡苏州八月十八日在石湖行春桥下有看串月的盛会，每年此时，游船密
集地排在一起，彻夜笙歌，虽说是看月，实际上不过挟妓饮酒凑热闹而
已。不久，月落霜寒，大家兴致已尽，回去睡觉了。

　　明晨，云客谓众曰："此地有无隐庵①，极幽僻，君等有
到过者否？"咸对曰："无论未到，并未尝闻也。"竹逸曰：
"无隐四面皆山，其地甚僻，僧不能久居。向年曾一至，已坍
废。自尺木彭居士重修后②，未尝往焉，今犹依稀识之。如
欲往游，请为前导。"忆香曰："枵腹去耶③？"竹逸笑曰："已
备素面矣，再令道人携酒盒相从也。"面毕，步行而往。过

高义园④，云客欲往白云精舍⑤。入门就坐，一僧徐步出，向云客拱手曰："违教两月⑥，城中有何新闻？抚军在辕否⑦？"忆香忽起曰："秃。"拂袖径出。余与星烂忍笑随之，云客、竹逸酬答数语，亦辞出。

【注释】

①无隐庵：又名"无隐禅院"。在今苏州天平山西南的天马山麓。始建于明代崇祯年间，今已不存。

②尺木彭居士：彭绍升（1740—1796），字允初，号尺木，法名"际清"，苏州（今属江苏）人。

③枵（xiāo）腹：空着肚子。

④高义园：在天平山南麓。始建于唐宝历年间，后为宋范仲淹祠堂。

⑤白云精舍：在高义园西。始建于唐宝历二年（826），初名"白云庵"，以白云泉得名。北宋庆历四年（1044）改为"白云禅寺"，亦名"天平寺"。元末毁，明洪武年间重建。现有寺宇为晚清重建。

⑥违教：谦辞。没有请教，意思是没见面。

⑦抚军：巡抚。辕：官署，衙署。

【译文】

第二天早上，云客对大家说："这里有座无隐庵，极为幽僻，你们有谁去过？"大家答道："不要说没有去过，连听都没有听说过。"竹逸说："无隐庵的四面都是山，地方非常偏僻，连僧人都不能久住。往年曾去过一次，寺庙已经倒塌荒废。自从尺木彭居士重修之后，还没有去过，如今仍能依稀认识路。如果大家想去游玩，我在前面带路。"忆香问："空着肚子去吗？"竹逸笑着答道："已经准备素面了，再让道人带着酒菜盒子在后面跟着。"吃完素面，大家一起步行前往。过了高义园，云客想去白云精舍。到了精舍，进门坐下，一位僧人慢慢走出来，向云客拱手问道："有两个月没有当面请教了，苏州城内有什么新闻？抚军还在官衙里吗？"忆香忽然站起来说："秃。"拂袖而出。我和星烂忍着笑跟在他后面，云客、竹逸寒暄了几句话，也告辞出来。

　　高义园即范文正公墓①，白云精舍在其旁。一轩面壁，上悬藤萝，下凿一潭，广丈许，一泓清碧②，有金鳞游泳其中③，名曰"钵盂泉"④。竹炉茶灶，位置极幽。轩后于万绿丛中，可瞰范园之概。惜衲子俗，不堪久坐耳。是时由上沙村过鸡笼山，即余与鸿干登高处也。风物依然，鸿干已死，不胜今昔之感。

**【注释】**

①范文正公：范仲淹（989—1052），字希文，谥文正，吴县（今江苏苏州）人。北宋政治家、文学家。

②一泓：一汪水。

③金鳞：鱼。

④钵盂泉：又名"白云泉"，与怪石、红枫并称"天平山三绝"。

**【译文】**

　　高义园就是范文正公的墓地，白云精舍在其旁边。其中有座房子面朝石壁，上面悬挂着藤萝，下面开凿了一个水潭，有一丈见方，一泓清碧，小鱼在其中游动。此处名叫"钵盂泉"。竹炉茶灶，所在的位置极为幽僻。站在轩后的万绿丛中，可以俯瞰范园的全景。可惜僧人俗气，不堪久坐。此时从上沙村过鸡笼山，就是我和鸿干登高的地方。如今风物依然，鸿干已死，让人有不胜今昔的感叹。

　　正惆怅间，忽流泉阻路不得进。有三五村童掘菌子于乱草中①，探头而笑，似讶多人之至此者。询以无隐路，对曰："前途水大不可行，请返数武，南有小径，度岭可达。"

从其言，度岭南行里许，渐觉竹树丛杂，四山环绕，径满绿茵，已无人迹。竹逸徘徊四顾曰："似在斯，而径不可辨，奈何？"余乃蹲身细瞩，于千竿竹中隐隐见乱石墙舍，径拨丛竹间，横穿入觅之，始得一门，曰"无隐禅院，某年月日南园老人彭某重修"②，众喜曰："非君则武陵源矣③。"

【注释】

①菌子：蘑菇。

②彭某：即彭绍升。

③武陵源：又名"桃源"，典出陶渊明《桃花源记》。原是陶渊明理想之所，后用以比喻世外乐土或避世隐居的地方。

【译文】

　　正在惆怅的时候，忽然有条湍急的溪流挡着去路，无法前行。附近有三五个村童在乱草中挖菌子，他们探头看着我们发笑，似乎惊讶有这么多人来到这里。向他们询问去无隐庵的路，他们答道："前面水大不能走，请返回几步，向南有条小路，翻过山岭就可以到达。"我们按照村童说的，翻过山岭向南走了一里多地，渐渐觉得竹树丛杂，四面群山环绕，路上都是绿荫，没有人来过的痕迹。竹逸徘徊着往四面看，说道："好像在这里，但路已无法辨认，怎么办呢？"我蹲下身来细细观察，在竹林里隐隐约约看到有乱石墙舍，拨开竹丛，从里面穿过去寻找，这才看到一个小门，上面写着"无隐禅院，某年月日南园老人彭某重修"，大家都高兴地说："如果不是你，今天这里成了武陵源啦。"

　　山门紧闭，敲良久，无应者。忽旁开一门，呀然有声①，一鹑衣少年出②，面有菜色③，足无完履④。问曰："客何为者？"竹逸稽首曰："慕此幽静，特来瞻仰⑤。"少年曰："如此穷山，僧散无人接待，请觅他游。"言已，闭门欲进。云客急止之，许以启门放游，必当酬谢。少年笑曰："茶叶俱无，恐慢客耳，岂望酬耶？"

**【注释】**

①呀然：开门的声音。

②鹑（chún）衣：衣服破旧。

③菜色：营养不良的样子。

④履（lǚ）：鞋。

⑤瞻仰：仰望，观看，有尊重恭敬之意。

**【译文】**

　　山门紧闭，敲了很长时间，都没有人回应。忽然旁边呀然作响，开了一个小门，有个衣着破旧的少年出来，面有菜色，脚下的鞋也是破的。他问道："客人有什么事呢？"竹逸和尚稽首："找到这个幽僻的地方，特来瞻仰。"少年答道："这么穷的地方，僧人都已散去，无人接待，请另寻他处游览。"说完，想关门进去。云客急忙阻止他，许诺如果开门放我们进来游玩，必定付给酬金。那位少年笑道："茶叶都没有，担心怠慢了客人，哪还想什么酬谢呢？"

　　山门一启，即见佛面①，金光与绿阴相映。庭阶石础②，苔积如绣，殿后台级如墙，石栏绕之。循台而西，有石形如馒头，高二丈许，细竹环其趾。再西折北，由斜廊蹑级而登，客堂三楹③，紧对大石。石下凿一小月池，清泉一派，荇藻交横④。堂东即正殿，殿左西向为僧房厨灶，殿后临峭壁，树杂阴浓，仰不见天。星烂力疲，就池边小憩，余从之。

**【注释】**

①佛面：佛像面目。这里指真实情况。

②石础：基石。

③客堂：接待宾客的房间。

④荇（xìng）藻：水草。

**【译文】**

　　山门一开，就见到了里面的真实情况，金光和绿荫相辉映。院子里石基上满是绿苔，像刺绣一样，殿后的台阶像墙壁，顶上有石栏杆环绕。顺着台子往西，有块石头形状像馒头，高两丈左右，下面有细竹环绕。再往西向北转，从一个斜廊登上台阶，有客堂三间，正对着大石头。石下开凿了一个月形的小水池，清泉流动，水草交错。客堂东边就是正殿，殿左朝西是僧房厨灶，殿后挨着峭壁，树杂浓荫，抬头都看不到天。星烂感到疲劳，靠在池边休息，我也跟着他靠在池边休息。

　　将启盒小酌，忽闻忆香音在树杪①，呼曰："三白速来，此间有妙境②！"仰而视之，不见其人，因与星烂循声觅之。由东厢出一小门，折北，有石磴如梯，约数十级，于竹坞中瞥见一楼。又梯而上，八窗洞然③，额曰"飞云阁"④。四山抱列如城，缺西南一角，遥见一水浸天，风帆隐隐，即太湖也。倚窗俯视，风动竹梢，如翻麦浪。忆香曰："何如？"余曰："此妙境也。"忽又闻云客于楼西呼曰："忆香速来，此地更有妙境！"因又下楼，折而西，十余级，忽豁然开朗，平坦如台。度其地，已在殿后峭壁之上，残砖缺础尚存，盖亦昔日之殿基也。周望环山，较阁更畅。忆香对太湖长啸一声，则群山齐应。

**【注释】**

①树杪：树梢。

②妙境：神奇美妙的风景。

③洞然：敞开的样子。

④飞云阁：在今无锡太湖鼋头渚风景区内。

【译文】

正要打开食盒小酌，忽然听到忆香的声音从树梢上传来，喊道："三白快来，这里有妙境！"抬头观看，见不到人，于是和星烂顺着声音寻找。从东厢房的一个小门出去，往北转，有处石阶像梯子一样，约有十来级，在竹坞里看到有座楼。又顺着梯子上去，只见八扇窗子开着，匾额上写着"飞云阁"。四面群山环抱，如身处城中一样，只是西南缺少一角，从这里远远望去，水天相连，隐隐约约看到一些小船，即是太湖。靠着窗户俯视，风吹竹梢，像麦浪翻滚。忆香问道："怎么样？"我说："这里确实是妙境！"忽然又听到云客在楼西喊道："忆香快来，这里更有妙境！"于是又下楼，往西转，登上十来个台阶，顿时豁然开朗，上面平坦如台。估计这个地方，已在殿后的峭壁上，地上还存留一些残砖碎石，大概是过去正殿的根基。四面望着群山，比刚才在阁楼上看更为畅快。忆香对着太湖长啸一声，群山一起回应。

乃席地开樽①，忽愁枵腹。少年欲烹焦饭代茶②，随令改茶为粥，邀与同啖。询其何以冷落至此，曰："四无居邻，夜多暴客③，积粮时来强窃④，即植蔬果，亦半为樵子所有⑤。此为崇宁寺下院⑥，长厨中月送饭干一石、盐菜一坛而已⑦。某为彭姓裔⑧，暂居看守，行将归去，不久当无人迹矣。"云客谢以番银一圆。

【注释】

①樽（zūn）：古代一种酒器。

②焦饭：锅巴。

③暴客：强盗，盗贼。

④积粮：囤积的粮食。

⑤樵子：樵夫。

⑥崇宁寺：在今江苏昆山巴城镇北，阳澄湖东岸，始建于南朝梁武帝时。

⑦饭干：干粮。盐菜：腌菜，盐渍的蔬菜。

⑧裔：后裔，后人。

【译文】

　　于是大家席地而坐，开始饮酒，忽然感觉到肚子饿。那位少年想要煮锅巴代茶，随即让他改茶为粥，请他一起坐下吃。问他此处为什么冷落到这种程度，他答道："这里四周没有邻居，夜里多有强盗，他们时常会来抢夺积粮，即便种植蔬菜水果，也大半被樵夫们弄走。这里是崇宁寺的下院，长厨每月月中送来饭干一石、盐菜一坛罢了。我是彭姓的后裔，暂时住在这里看守，也准备回去，不久这里就没有人迹了。"云客给他一块番银作为酬谢。

　　返至来鹤，买舟而归。余绘《无隐图》一幅，以赠竹逸，志快游也①。

【注释】

①志：记载，记录。

【译文】

　　回到来鹤庵，大家乘船回家。我画了一幅《无隐图》，送给竹逸和尚，以纪念这次的快游。

　　是年冬，余为友人作中保所累①，家庭失欢，寄居锡山华氏。明年春，将之维扬而短于资，有故人韩春泉在上洋幕府②，因往访焉。衣敝履穿，不堪入署，投札约晤于郡庙园亭中③。及出见，知余愁苦，慨助十金。园为洋商捐施而成④，极为阔大，惜点缀各景，杂乱无章，后叠山石，亦无起伏照应。

**【注释】**

①中保：担保人。

②上洋：今上海。

③投札：写信，寄信。

④洋商：鸦片战争前，厦门、广州等处专营对外贸易的洋行商人的简称。

**【译文】**

这年冬天，我为朋友做保人受到连累，弄得家里人不高兴，寄住在锡山华氏家里。第二年春天，想到扬州但缺少盘缠。有个旧交韩春泉在上洋幕府，于是去拜访他。我衣服破旧，无法进入官署，就写信约他在郡庙园亭里见面。韩春泉出来相见，得知我愁苦无助，慷慨地资助我十两银子。郡庙的园子是洋商捐款建成的，十分宽敞，可惜各处点缀的风景，杂乱无章，后面垒的山石，也没有起伏照应。

归途忽思虞山之胜①，适有便舟附之。时当春仲，桃李争妍，逆旅行踪②，苦无伴侣，乃怀青铜三百③，信步至虞山书院④。墙外仰瞩，见丛树交花，娇红稚绿，傍水依山，极饶幽趣。惜不得其门而入，问途以往，遇设篷瀹茗者⑤，就之。烹碧罗春⑥，饮之极佳。询虞山何处最胜，一游者曰："从此出西关，近剑门⑦，亦虞山最佳处也。君欲往，请为前导。"余欣然从之。

**【注释】**

①虞山：古称"乌目山"，在今江苏常熟西北，北濒长江，南临尚湖，

　　因商周之际虞仲死后葬于此处而得名。

②逆旅：行旅。

③青铜：铜钱。

④虞山书院：又名"文学书院""学道书院"，在今江苏常熟城西北，虞山之麓。始建于元代。

⑤瀹（yuè）：煮。

⑥碧罗春：传统名茶，属绿茶，产于江苏苏州太湖的东洞庭山及西洞庭山一带，又称"洞庭碧螺春"。

⑦剑门：虞山中部最高处，以奇石险峻而著称，绝壁中开如门缝，最窄处仅二尺许，顶端有巨石，凌空欲坠。

**【译文】**

　　回家的路上，忽然想到虞山的胜景，正好有便船可以乘坐。此时正当仲春，桃李争妍，旅途中只有我一个人，没有伴侣，于是带着三百文钱，信步走到虞山书院。从墙外抬头观看，只见丛树交花，娇红稚绿，傍水依山，很有幽趣。可惜不得其门而入，问路过去，偶尔看到一个设篷卖茶的，就在那里驻足下来。店主烹煮的碧罗春，喝起来非常好。询问虞山的风景哪里最好，一位游客说："从这里出西关，离剑门很近，也是虞山最好的地方。你要去的话，我给你带路。"我欣然跟着他前往。

　　出西门，循山脚，高低约数里，渐见山峰屹立，石作横纹①。至则一山中分，两壁凹凸②，高数十仞，近而仰视，势将倾堕。其人曰："相传上有洞府③，多仙景，惜无径可登。"余兴发，挽袖卷衣，猿攀而上，直造其巅。所谓洞府者，深仅丈许，上有石罅④，洞然见天。俯首下视，腿软欲堕。乃以腹面壁，依藤附蔓而下。

**【注释】**

①横纹：横向的纹路。

②凹凸：崎岖不平。

③洞府：相传神仙居住的地方。

④石罅（xià）：石缝。

**【译文】**

出了西门，顺着山脚，高低不平地走了几里地，渐渐看到山峰屹立，山石有横纹。到了近前，山从中间分开，两壁凹凸不一，高约几十丈。近而仰视，好像要倒下来一样。那个人说："相传上面有神仙的洞府，多有仙景，可惜无路可登。"我游兴大发，挽袖卷衣，像猴子一样攀爬而上，一直爬到顶上。所谓的洞府，深仅一丈多，上面有个石缝，往上可以看到天空。低头向下看，两腿发软，感觉要掉下去。于是用腹部贴着石壁，依附着藤蔓下来。

其人叹曰："壮哉，游兴之豪，未见有如君者。"余口渴思饮，邀其人就野店沽饮三杯①。阳乌将落，未得遍游，拾赭石十余块②，怀之归寓，负笈搭夜航至苏，仍返锡山。此余愁苦中之快游也。

**【注释】**

①野店：荒郊的小酒店。

②赭（zhě）石：暗棕色石头，常用作颜料。

**【译文】**

那个人感叹道："豪壮啊，游兴这么豪壮的，还没有见到有超过你的。"我口渴，想喝水，就邀请那个人到野店里喝了几杯。太阳快要落山，还未能游遍这里，就拣了十来块暗棕色的石头，放到怀里带回去。我带着行装，搭乘夜里的船只到了苏州，仍回锡山。这是我愁苦中的一次快游。

嘉庆甲子春①，痛遭先君之变，行将弃家远遁②，友人夏揖山挽留其家。秋八月，邀余同往东海永泰沙③，勘收花息④。沙隶崇明。出刘河口⑤，航海百余里。新涨初辟，尚无街市。茫茫芦荻⑥，绝少人烟。仅有同业丁氏仓房数十椽，四面掘沟河，筑堤栽柳绕于外。丁字实初，家于崇，为一沙之首户。司会计者姓王，俱豪爽好客，不拘礼节，与余乍见⑦，即同故交。宰猪为饷，倾瓮为饮。令则拇战⑧，不知诗文；歌则号呶⑨，不讲音律。酒酣，挥工人舞拳相扑为戏。蓄牸牛百余头，皆露宿堤上。养鹅为号，以防海贼。日则驱鹰犬猎于芦丛沙渚间⑩，所获多飞禽。余亦从之驰逐⑪，倦则卧。

**【注释】**

①嘉庆甲子：1804 年。

②行将：将要，准备。

③永泰沙：在今江苏启东久隆镇，为清乾隆四十六年（1781）江中涨出的沙洲。

④花息：利息。

⑤刘河口：在今江苏太仓。

⑥芦荻：又名"芦竹"，多年生宿根草本植物，形如芦苇。

⑦乍见：初见。

⑧拇战：划拳。因划拳时常用拇指，故称。

⑨号呶（náo）：喧闹，叫嚷。呶，喧哗，喧闹。

⑩沙渚：小沙洲。

⑪驰逐：奔驰追赶。

**【译文】**

嘉庆甲子年的春天，我痛遭父亲去世的变故，准备离家远遁，朋友夏揖山挽留我住在他家里。当年秋八月,他请我一起到东海永泰沙去收利息。永泰沙隶属崇明。出了刘河口,在海上航行一百多里。永泰沙是涨潮积沙形成的新岛屿,刚开辟,还没有街市。一眼望去,茫茫芦荻,几乎没有人烟。只有同业丁氏的几十间仓库,四面挖上沟河,筑堤栽柳,环绕在外面。丁氏字实初,家住在崇明,是全沙的首户。担任会计的人姓王,都是豪爽好客,不拘礼节,和我初次见面,就如同故交一样。大家宰猪吃饭,捧着坛子喝酒。酒令就是划拳,不懂诗文;唱歌则乱喊乱叫,不讲音律。酒喝到高兴处,指挥工人以舞拳、相扑的方式作乐。养了一百多头牛,都露宿在堤坝上。养鹅为号,以防海盗。白天驱赶着鹰犬在芦丛沙渚间打猎,所捕获的大多是飞禽。我也跟着他们驰骋追赶,累了就倒下来睡觉。

　　引至园田成熟处,每一字号圈筑高堤①,以防潮汛②。堤中通有水窦,用闸启闭。旱则长潮时启闸灌之,潦则落潮时开闸泄之③。佃人皆散处如列星④,一呼俱集,称业户曰"产主"⑤,唯唯听命,朴诚可爱,而激之非义,则野横过于狼虎⑥。幸一言公平,率然拜服。风雨晦明,恍同太古⑦。卧床外瞩,即睹洪涛,枕畔潮声,如鸣金鼓。一夜,忽见数十里外有红灯大如栲栳⑧,浮于海中,又见红光烛天,势同失火。实初曰:"此处起现神灯神火,不久又将涨出沙田矣。"揖山兴致素豪,至此益放。余更肆无忌惮,牛背狂歌,沙头醉舞,随其兴之所至,真生平无拘之快游也。事竣,十月始归。

**【注释】**
①字号:以文字作为编次的符号。
②潮汛:每年固定出现的涨潮期。
③潦(lǎo):积水。

④佃人：租种田地的农民。

⑤业户：业主，地主。

⑥野横：粗野蛮横。

⑦太古：远古。

⑧栲栳（kǎo lǎo）：用竹篾或柳条编成的圆筐。

**【译文】**

　　他们曾带我到田园成熟的地方，这里每一字号的田园都用高高的堤坝圈起来，以防潮汛。堤坝中有水洞相通，用闸门来开启关闭。旱了则在涨潮时开闸浇灌，涝了则在落潮时开闸泄水。佃户像星星那样散布在各个地方，一喊就聚集起来，他们称业户为"产主"，唯唯听命，诚朴可爱，若不用大义激励他们，他们的蛮横会超过虎狼。所幸一言公平，大家全都拜服。风雨晦明，仿佛回到太古时代。睡在床上往外就可看到波涛，枕边潮声如同金鼓鸣响。一天夜里，忽然看到几十里外有红灯，大如栲栳，漂浮在海里，又看到红光映照着天空，好像失了火一样。实初说："这里显现神灯神火，不久又将涨出新的沙田了。"揖山性情向来豪放，到了这里更加豪放。我更是肆无忌惮，坐在牛背上狂歌，在沙头喝醉乱舞，都是随着个人的兴致，这真是生平没有拘束的快游啊。事情办完，到十月份才回去。


　　吾苏虎丘之胜①，余取后山之千顷云一处②，次则剑池而已③。余皆半藉人工，且为脂粉所污，已失山林本相。即新起之白公祠、塔影桥④，不过留名雅耳。其冶坊滨，余戏改为"野芳滨"，更不过脂乡粉队，徒形其妖冶而已⑤。其在城中最著名之狮子林⑥，虽曰云林手笔，且石质玲珑，中多古木，然以大势观之，竟同乱堆煤渣，积以苔藓，穿以蚁穴，全无山林气势。以余管窥所及，不知其妙。灵岩山为吴王馆娃宫故址⑦，上有西施洞、响屧廊、采香径诸胜⑧，而其势散漫，旷无收束，不及天平、支硎之别饶幽趣。

**【注释】**

①虎丘：山名。在今苏州西北，相传为吴王阖闾埋葬处。

②千顷云：山名。在虎丘后山虎丘塔院东。

③剑池：又名"剑泉"，在今苏州虎丘千人石北。据说吴王阖闾葬于
　　此处。

④白公祠：在今苏州山塘街。清嘉庆二年（1797）于塔影园址改建，
　　祭祀曾任苏州刺史的白居易。塔影桥：在今苏州虎丘附近环山河
　　上，建于清嘉庆年间。

⑤妖冶：妖媚而不庄重。

⑥狮子林：在今苏州城东北园林路，为苏州四大名园之一，始建于元代。

⑦吴王馆娃宫：在灵岩山上，相传系春秋时期吴王夫差为宠幸西施而
　　兴建。

⑧西施洞：在灵岩山半山腰处，相传越王勾践与范蠡献西施给吴王夫差
　　时在此等候。后人在洞前建屋，洞内镌刻观音像，洞外种有紫竹，故
　　又名"观音洞"。响屧（xiè）廊：春秋时吴王宫中的廊名。屧，木鞋。

**【译文】**

　　说到我家乡苏州虎丘的胜景，我取后山千顷云这一个地方，其次则
剑池而已。其他都是半借人工，且为脂粉污染，已经失去山林的本来
面目。即便是新建的白公祠、塔影桥，不过是取名雅致而已。冶坊滨，
我开玩笑地把它改为"野芳滨"，更不过是像脂粉女子一样，只是外形
妖冶罢了。在城里最著名的狮子林，虽说是出自云林的手笔，且山石玲
珑，其中多有古木，但就整体来看，如同煤渣胡乱堆放，堆积些苔藓，弄
些蚁穴，全无山林的气势。以我管见所及，不知道它的妙处。灵岩山是
吴王馆娃宫的旧址，上面有西施洞、响屧廊、采香径等名胜，但分布散
漫，空旷而缺少收束，不如天平山、支硎山的别饶幽趣。

邓尉山一名"元墓"①，西背太湖，东对锦峰②，丹崖翠阁，望如图画。居人种梅为业，花开数十里，一望如积雪，故名"香雪海"。山之左有古柏四树，名之曰"青""奇""古""怪"。青者，一株挺直，茂如翠盖；奇者，卧地三曲，形同"之"字；古者，秃顶扁阔，半朽如掌；怪者，体似旋螺③，枝干皆然。相传汉以前物也。

**【注释】**

①邓尉山：又名"玄墓山"，在今苏州西南，因东汉太尉邓禹曾隐居于此而得名，为赏梅胜地。元：原作"玄"，避康熙玄烨名讳，用"元"字。

②锦峰：即锦峰山，在苏州城西。

③旋螺：螺的一种，其壳作回旋状。

**【译文】**

邓尉山又名"元墓"，西面靠着太湖，东面对着锦峰山，丹崖翠阁，望去如同图画。住在这里的人以种梅为业，花开的时候方圆几十里，一望如遍地积雪，故名"香雪海"。山的左边有四棵古柏，名字叫"青""奇""古""怪"。叫"青"的这棵，树干挺直，繁茂如翠盖；叫"奇"的这棵，倒在地上弯三弯，形状如"之"字；叫"古"的这棵，秃顶扁阔，已半朽，形如手掌；叫"怪"的这棵，形体似螺旋，枝干皆是如此。相传它们都是汉代以前所种植的。

乙丑孟春①，揖山尊人莼芗先生偕其弟介石②，率子侄四人，往幞山家祠春祭③，兼扫祖墓，招余同往。顺道先至灵岩山，出虎山桥④，由费家河进香雪海观梅。幞山祠宇即藏于香雪海中，时花正盛，咳吐俱香⑤。余曾为介石画《幞山风木图》十二册。

【注释】

①乙丑：1805 年。

②尊人：父亲。

③幙山：在今江苏苏州。

④虎山桥：在今苏州光福镇北。

⑤咳吐：言论，谈吐。

【译文】

乙丑年孟春，揖山的父亲筱芗先生和他弟弟介石一起，带着子侄四人，到幙山的家祠去春祭，兼扫祖墓，他们喊我一起前往。大家顺道先到灵岩山，从虎山桥出来，由费家河到香雪海看梅花。幙山的家祠就藏在香雪海里，当时花开正盛，呼吸之间都带着香气。我曾为介石画了十二册《幙山风木图》。

是年九月，余从石琢堂殿撰赴四川重庆府之任，溯长江而上，舟抵皖城①。皖山之麓②，有元季忠臣余公之墓③，墓侧有堂三楹，名曰"大观亭"，面临南湖，背倚潜山。亭在山脊，眺远颇畅。旁有深廊④，北窗洞开，时值霜叶初红，烂如桃李。同游者为蒋寿朋、蔡子琴。

【注释】

①皖城：今安徽潜山。

②皖山：又名"天柱山""潜山"，在今安徽潜山西北。

③余公：余阙（1303—1358），庐州（今安徽合肥）人。红巾起义爆发后，任淮东行省左丞、都元帅，守安庆。元至正十八年（1358），陈友谅破安庆，余阙自杀身亡。

④深廊：长廊。

**【译文】**

这一年九月，我跟着石琢堂状元到四川重庆府赴任，沿长江溯流而上，船抵达皖城。在皖山脚下，有元代忠臣余公的陵墓，墓旁有三间厅堂，名叫"大观亭"，面对南湖，背靠潜山。亭子在山脊上，眺望远方，颇为畅快。旁边有一个长廊，向北开着窗子，当时正值霜叶刚红，灿烂如桃李。一起游览的有蒋寿朋、蔡子琴等人。

南城外又有王氏园。其地长于东西，短于南北，盖北紧背城、南则临湖故也。既限于地，颇难位置，而观其结构，作重台叠馆之法。重台者，屋上作月台为庭院，叠石栽花于上，使游人不知脚下有屋。盖上叠石者则下实，上庭院者则下虚，故花木仍得地气而生也。叠馆者，楼上作轩，轩上再作平台。上下盘折，重叠四层，且有小池，水不漏泄，竟莫测其何虚何实。其立脚全用砖石为之，承重处仿照西洋立柱法。幸面对南湖①，目无所阻，骋怀游览②，胜于平园。真人工之奇绝者也。

**【注释】**

①南湖：在安徽潜山，与雪湖、学湖相连。

②骋怀：舒展胸怀。

**【译文】**

南城外还有一座王氏的庭院。这个地方东西长，南北短，大概是北面紧挨城墙、南面临近南湖的缘故。受限于地理位置，很难设计，看其结构，主要采用重台叠馆的方法。所谓重台，就是在房屋上建月台，作为庭院，在上面叠石栽花，让游人不知道脚下有房屋。上面叠石的地方下面就填实，上面有庭院的地方下面就虚空，所以花木仍然可以得地气而生长。所谓叠馆，就是楼上建轩，轩上再用作平台。上下盘旋曲折，重叠四层，还有小水池，水并不泄露，竟然无法知道哪里是实的，哪里是虚的。其立脚的地方都用砖石建成，承重的地方仿照西洋的立柱法。幸亏面对南湖，视线不受阻碍，可以尽情游览，比在平地上的园子里还要好。这真是人工的奇绝之处啊。

武昌黄鹤楼在黄鹄矶上①，后拖黄鹄山，俗呼为"蛇山"②。楼有三层，画栋飞檐，倚城屹峙③，面临汉江，与汉阳晴川阁相对④。余与琢堂冒雪登焉，仰视长空，琼花风舞，遥指银山玉树，恍如身在瑶台⑤。江中往来小艇，纵横掀播，如浪卷残叶，名利之心至此一冷。壁间题咏甚多，不能记忆，但记楹对有云⑥："何时黄鹤重来，且共倒金樽，浇洲渚千年芳草；但见白云飞去，更谁吹玉笛，落江城五月梅花。"

**【注释】**

①黄鹤楼：在今湖北武汉长江南岸蛇山顶上，始建于三国时期。有"天下江山第一楼"之称，与晴川阁、古琴台并称武汉三大名胜。黄鹄（hú）矶：在今湖北武汉蛇山西北，为蛇山西端突入江中的矶石。

②蛇山：在今湖北武汉武昌区长江东岸边。绵亘蜿蜒，形如伏蛇，山上名胜古迹甚多。

③屹峙（yì zhì）：高耸，直立。

④晴川阁：又名"晴川楼"，在今武汉汉阳区晴川街，长江北岸龟山东麓的禹功矶上。始建于明嘉靖年间，得名于唐代诗人崔颢诗句"晴川历历汉阳树，芳草萋萋鹦鹉洲"。

⑤瑶台：神仙居住的地方。

⑥楹对：楹联，对联。

**【译文】**

武昌黄鹤楼建在黄鹄矶上,后面连着黄鹄山,俗称"蛇山"。楼建有三层,画栋飞檐,倚城耸立,面对着汉江,与汉阳晴川阁遥遥相对。我和琢堂冒雪登楼,仰视长空,但见雪花在风中飞舞,用手指着远处的银山玉树,恍若身在瑶台之上。江中往来的小艇,纵横扬帆,像浪花卷着残叶,名利之心到这里为之一冷。墙壁上题咏很多,不能都记下来,只是记得有副楹联这样写道:"何时黄鹤重来,且共倒金樽,浇洲渚千年芳草;但见白云飞去,更谁吹玉笛,落江城五月梅花。"

　　黄州赤壁在府城汉川门外①,屹立江滨,截然如壁②。石皆绛色,故名焉。《水经》谓之"赤鼻山"③。东坡游此,作二赋,指为吴魏交兵处,则非也。壁下已成陆地,上有二赋亭。

**【注释】**

①黄州:今湖北黄冈。赤壁:宋苏轼写《赤壁赋》之处,并非三国赤壁之战的战场。汉川门:黄州城的西北城门,建于明代。

②截然:耸立的样子。

③《水经》:我国第一部记述水系的专书,作者及成书时代说法不一。简要记述了137条主要河流的水道情况。赤鼻山:又名"赤鼻矶",在今湖北黄冈西北。郦道元《水经注》:"赤鼻山,侧临江川。"

**【译文】**

黄州赤壁在府城汉川门外,屹立在江边,山石如墙壁一样笔直。这里的石头都呈红色,所以以此为名。《水经》称这里为"赤鼻山"。苏轼到此处游览,写了两篇赋,认为这里是吴魏交兵之处,实际上是错的。如今壁下已成为陆地,上面建有二赋亭。

　　是年仲冬①，抵荆州②。琢堂得升潼关观察之信③，留余住荆州，余以未得见蜀中山水为怅。时琢堂入川，而哲嗣敦夫眷属及蔡子琴、席芝堂俱留于荆州④，居刘氏废园⑤，余记其厅额曰"紫藤红树山房"。庭阶围以石栏，凿方池一亩。池中建一亭，有石桥通焉。亭后筑土垒石，杂树丛生。余多旷地，楼阁俱倾颓矣。客中无事，或吟或啸，或出游，或聚谈。岁暮虽资斧不继⑥，而上下雍雍⑦，典衣沽酒，且置锣鼓敲之。每夜必酌，每酌必令。窘则四两烧刀⑧，亦必大施觞政⑨。

【注释】

①仲冬：冬季的第二个月，即农历十一月。

②荆州：今湖北荆州。旧时又称"江陵"，位于湖北中南部、长江中游、江汉平原腹地。

③潼关：今属陕西渭南，位于关中平原东部。观察：明清时期对道员的称呼。

④哲嗣：旧时称别人的儿子。

⑤刘氏废园：汉末，刘表曾为荆州牧，后刘备据荆州，此指其遗迹。

⑥资斧：旅费，盘缠。

⑦雍雍：和谐融洽的样子。

⑧烧刀：烧酒。

⑨觞政：酒令。

【译文】

　　这年仲冬，我们抵达荆州。此时琢堂得到升任潼关观察的消息，就让我留在荆州，我因此未能见到蜀中水，颇为遗憾。琢堂入川，他的儿子敦夫及其家眷、蔡子琴、席芝堂等都留在荆州，住在刘氏的废园，我记得厅堂的匾额上写着"紫藤红树山房"。庭院四周围着石栏杆，里面开凿了一个一亩见方的水池。池中建了一个亭子，有石桥相通。亭子后堆土垒石，上面杂树丛生。此外都是空地，楼阁已经摇摇欲坠了。客居无事，或吟或啸，或外出游玩，或聚在一起聊天。到了岁末，虽然旅资不够，但大家上下融洽，典衣买酒，又买了锣鼓来敲。每天夜里必定饮酒，每次饮酒必定行令。窘迫的时候虽然只买四两烧酒，大家也必定要大行酒令。

遇同乡蔡姓者，蔡子琴与叙宗系，乃其族子也。倩其导游名胜。至府学前之曲江楼①。昔张九龄为长史时②，赋诗其上。朱子亦有诗曰："相思欲回首，但上曲江楼。"③城上又有雄楚楼④，五代时高氏所建⑤。规模雄峻，极目可数百里。绕城傍水，尽植垂杨，小舟荡桨往来，颇有画意。荆州府署即关壮缪帅府⑥。仪门内有青石断马槽，相传即赤兔马食槽也。访罗含宅于城西小湖上⑦，不遇。又访宋玉故宅于城北⑧。昔庾信遇侯景之乱⑨，遁归江陵，居宋玉故宅。继改为酒家，今则不可复识矣。

**【注释】**

①曲江楼：原为荆州南门城楼，后为纪念张九龄而改名，张九龄是曲江人，故名。

②张九龄（678—740）：字子寿，曲江（今广东韶关）人。长史：唐代州刺史下设长史官，名为刺史佐官，并无实职。

③朱子：即朱熹（1130—1200）。相思欲回首，但上曲江楼：语出朱熹《短句奉迎荆南幕府二首》诗。

④雄楚楼：在今荆州城北，后毁于战火。

⑤高氏：即高季兴。《荆州府志》："后梁乾化二年，高季兴大筑重城，复建雄楚楼。"

⑥关壮缪：即关羽，死后追谥壮缪侯。

⑦罗含（292—372）：字君章，号富和，耒阳（今属湖南）人。曾在荆州隐居。

⑧宋玉（？—前223）：楚人，战国时期辞赋家。

⑨庾信（513—581）：字子山，新野（今属河南）人。侯景之乱：梁武帝太清二年（548），东魏降将侯景发动的一场叛乱。

**【译文】**

在这里遇到了一个姓蔡的同乡，蔡子琴和他叙宗谱，说起来还是同族。就请他带领大家游览名胜。大家首先到府学前的曲江楼。昔日张九龄在这里做长史的时候，曾在上面赋诗。朱子也有诗咏道："相思欲回首，但上曲江楼。"城上还有一座雄楚楼，是五代时高季兴所建。此楼宏大雄峻，在上面可以看到数百里远。环绕古城的河边，都种着垂杨，小船穿梭往来，颇有诗情画意。荆州府署就是关羽当年的帅府。仪门里还保留着青石断马槽，相传就是赤兔马的食槽。我们曾到城西小湖上的罗含故宅寻访，但没有找到。又到城北的宋玉故居寻访。昔日庾信遇到侯景之乱，悄悄逃遁到江陵，曾住在宋玉故宅中。后来这里改为酒家，如今已无法辨认了。

　　是年大除①，雪后极寒。献岁发春②，无贺年之扰，日惟燃纸炮、放纸鸢、扎纸灯以为乐③。既而风传花信，雨濯春尘，琢堂诸姬携其少女、幼子顺川流而下，敦夫乃重整行装，合帮而走④。由樊城登陆⑤，直赴潼关。

**【注释】**

①大除：大年除夕。

②献岁发春：新的一年开始。

③纸鸢：风筝。

④合帮：结伙。

⑤樊城：今湖北襄阳樊城区。

【译文】

这一年除夕，刚下过雪，很是寒冷。献岁发春，没有拜年的烦扰，每天只是以燃放爆竹、放风筝、扎纸灯为乐。到了风传花信，雨濯春尘的时节，琢堂的妻妾们带着她们年幼的儿女从四川顺流而下，敦夫于是重新收拾行装，大家一起结伴出发。从樊城登陆之后，直奔潼关。

　　由河南阌乡县西出函谷关①，有"紫气东来"四字②，即老子乘青牛所过之地。两山夹道，仅容二马并行。约十里即潼关。左背峭壁，右临黄河，关在山河之间扼喉而起，重楼叠垛，极其雄峻。而车马寂然，人烟亦稀。昌黎诗曰"日照潼关四扇开"③，殆亦言其冷落耶。

【注释】

①阌（wén）乡：今河南灵宝。函谷关：在今河南灵宝北王垛村，为我国建置最早的要塞之一。

②紫气东来：传说老子过函谷关的时候，关令尹喜登楼，见有紫气从东而来，知道有圣人要过关。后用来比喻吉祥的征兆。

③日照潼关四扇开：语出韩愈《次潼关先寄张十二阁老使君》："荆山已去华山来，日出潼关四扇开。"

【译文】

从河南阌乡县的西面出了函谷关，看到"紫气东来"四个字，这里就是当年老子骑青牛经过的地方。道路夹在两山之间，仅能容许两匹马并排走。往前走十里左右，就是潼关。这里左靠峭壁，右临黄河，关口在山河之间的要冲扼喉而起，重楼叠垛，十分雄峻。这里马车不多，人烟也很稀少。韩愈诗中曾说"日照潼关四扇开"，大概也是在说这里冷落的情景吧。

城中观察之下，仅一别驾①。道署紧靠北城，后有园圃，横长约三亩。东西凿两池，水从西南墙外而入，东流至两池间，支分三道：一向南至大厨房，以供日用；一向东入东池；一向北折西，由石螭口中喷入西池②，绕至西北，设闸泄泻，由城脚转北，穿窦而出，直下黄河。日夜环流，殊清人耳。竹树阴浓，仰不见天。西池中有亭，藕花绕左右③。

**【注释】**

①别驾：道员手下的属官，因另乘一辆车随行而得名。

②螭（chī）：传说中一种没有角的龙，古建筑或器物、工艺品上常用其形状做装饰。

③藕花：荷花。

**【译文】**

城中自观察之下，只有别驾一个属官。道署紧挨着北城，后面有个园圃，约三亩见方。东西两边开凿有两个水池，水从西南方的墙外流进来，往东流到两池之间，分成三条路线：其中一路向南流到大厨房，以供日常使用；一路向东流入东边的水池；一路向北再折向西，从石头雕刻的怪兽口中喷入西边的水池，再绕到西北方，设置了一个闸门来泄水，从城墙下转向北，从洞中出去，直接流到黄河里。这些水日夜流淌，听起来很是悦耳。园里竹林茂密，抬头看不见天。西边的水池中有个亭子，周围都是荷花。

东有面南书室三间，庭有葡萄架，下设方石①，可弈可饮②，以外皆菊畦③。西有面东轩屋三间，坐其中可听流水声。轩南有小门，可通内室。轩北窗下，另凿小池，池之北有小庙，祀花神。园正中筑三层楼一座，紧靠北城，高与城齐。俯视城外，即黄河也。河之北，山如屏列④，已属山西界，真洋洋大观也⑤!

【注释】

①方石: 石板, 石块。

②弈 (yì): 下棋。

③畦: 田地。

④屏列: 屏风。

⑤洋洋大观: 丰富多彩的景象。

【译文】

　　在其东边有三间面朝南的书房, 庭院里有个葡萄架, 下面设有方石, 可以下棋, 也可以饮茶, 此外都是种满菊花的田地。在其西边有三间朝东的房子, 坐在其中可以听到流水声。在轩房南边有个小门, 可以通到内室。轩房北面的窗下, 又开凿了一个小水池, 小水池北有座小庙, 祭祀的是花神。园圃正中建了一座三层的小楼, 由于紧挨着北城, 高度与城墙相当。从楼上俯视城外, 可以看到黄河。黄河之北, 群山林立, 如同屏风一样, 这里已是山西地界了, 真是洋洋大观啊!

　　余居园南。屋如舟式①, 庭有土山, 上有小亭, 登之可览园中之概。绿阴四合, 夏无暑气。琢堂为余颜其斋曰"不系之舟"。此余幕游以来第一好居室也。土山之间, 艺菊数十种②, 惜未及含葩③, 而琢堂调山左廉访矣④。眷属移寓潼川书院, 余亦随往院中居焉。

【注释】

①舟式: 船的样式。

②艺: 种植。

③含葩 (pā): 含苞待放。

④廉访：明清时期对提刑按察使的通称。

【译文】

我住在园圃南面。房屋的样式像只船，庭院里有座土山，上面有个小亭子，登上去可以看到园圃的全景。四周都是绿荫，夏天也没有暑气。琢堂为我住的地方起名叫"不系之舟"。这是我游幕以来所住的最好的居室。土山之间，种有几十种菊花，可惜还没来得及开花，琢堂又调到山东担任廉访了。其家眷迁移到潼川书院去住，我也只得跟随他们到书院去居住了。

琢堂先赴任，余与子琴、芝堂等，无事辄出游。乘骑至华阴庙①。过华封里，即尧时三祝处②。庙内多秦槐汉柏，大皆三四抱，有槐中抱柏而生者，柏中抱槐而生者。殿廷古碑甚多③，内有陈希夷书"福""寿"字④。华山之脚有玉泉院⑤，即希夷先生化形骨蜕处⑥。有石洞如斗室⑦，塑先生卧像于石床。其地水净沙明，草多绛色，泉流甚急，修竹绕之。洞外一方亭，额曰"无忧亭"。旁有古树三株，纹如裂炭，叶似槐而色深，不知其名，土人即呼曰"无忧树"。

【注释】

①华阴庙：又名"西岳庙"，在今陕西华阴东。始建于西汉，为历代帝王祭祀华山神之所。

②尧时三祝：相传尧巡游到华州，当地人祝其长寿、富有及多男，故称"三祝"。

③殿廷：宫殿。

④陈希夷：即陈抟（？—989），字图南，号希夷先生，亳州（今属安徽）人。北宋道士，在后世影响很大，被奉若神仙。

⑤玉泉院：在今陕西华阴玉泉路最南端，为华山道教活动的主要

场所。

⑥化形骨蜕：指仙逝。

⑦石洞：即希夷洞，在玉泉院山荪亭西，为宋人贾得升开凿。

【译文】

　　琢堂先去上任，我和子琴、芝堂等人没有事做，就外出游玩。大家一起骑马到华阴庙。路过华封里，就是尧接受三祝的地方。庙里有很多秦槐汉柏，大的都有三四抱粗，其中有槐树抱柏树而长的，也有柏树抱槐树而长的。殿廷里面有很多古碑，内有陈希夷所写的"福""寿"二字。华山脚下有座玉泉院，就是陈希夷先生修仙成道的地方。里面有个石洞，只有一间小房子那么大，石床上塑有先生卧像。这里水净沙明，草多深红色，泉水流得比较急，外面修竹环绕。洞外有一个方型的亭子，匾额上写着"无忧亭"。旁边有三棵古树，树纹像裂开的木炭一样，叶子像槐树但颜色比槐树深，不知道它叫什么名字，当地人就称它为"无忧树"。

　　太华之高①，不知几千仞②，惜未能裹粮往登焉③。归途见林柿正黄，就马上摘食之。土人呼止弗听，嚼之涩甚，急吐去。下骑觅泉漱口，始能言，土人大笑。盖柿须摘下煮一沸，始去其涩，余不知也。

【注释】

①太华：华山。

②仞（rèn）：古代长度单位。八尺为一仞。

③裹粮：携带干粮。

【译文】

　　华山之高，不知道有几千丈，可惜未能带着干粮去攀登。回去的路上看到树林里柿子正黄，就在马上摘了一个来吃。当地人喊着制止，我没有听，嚼了之后觉得很干涩，急忙吐掉。下马去找泉水漱口，这才能说话,当地人看到这个情景,大笑起来。原来柿子摘下来必须煮上一次,才能去掉其涩味,我不知道这样做。

　　十月初,琢堂自山东专人来接眷属,遂出潼关,由河南入鲁。

**【译文】**
　　十月初,琢堂从山东派人来接眷属,于是大家一起出潼关,从河南进入山东。

　　山东济南府城内,西有大明湖①,其中有历下亭、水香亭诸胜②。夏月,柳阴浓处,菡萏香来③,载酒泛舟,极有幽趣。余冬日往视,但见衰柳寒烟,一水茫茫而已。趵突泉为济南七十二泉之冠④。泉分三眼,从地底怒涌突起,势如腾沸。凡泉皆从上而下,此独从下而上,亦一奇也。池上有楼,供吕祖像⑤,游者多于此品茶焉。

**【注释】**
　　①大明湖:在今济南市中心偏东北处,是由城内泉水汇流而成的天　　然湖泊。
　　②历下亭:在今济南大明湖湖心岛上,因在历山之下而得名。水香　　亭:在大明湖东南。始建于宋代,原亭已毁,后重建。
　　③菡萏(hàn dàn):荷花。
　　④趵突泉:又名“槛泉”,在今济南市中心,有“天下第一泉”之称。
　　⑤吕祖:即吕洞宾,传说的八仙之一。

**【译文】**
　　山东济南府城内,西边有大明湖,其中有历下亭、水香亭等名胜。

夏天的时候，柳荫深处，飘来阵阵荷花的清香，载酒泛舟，很有幽趣。我曾在冬天的时候去看，只见衰柳寒烟，一水茫茫而已。趵突泉是济南七十二泉之首。其泉分三眼，从地底下汹涌喷出，好像沸腾的水一样。一般的泉都是从上而下，唯独此泉是从下而上，这也是一个奇观。水池上有座楼，供奉的是吕祖的神像，游览者多在这里品茶。

　　明年二月，余就馆莱阳①。至丁卯秋②，琢堂降官翰林③，余亦入都。所谓登州海市④，竟无从一见。

【注释】

①就馆：做幕宾。莱阳：今山东莱阳。

②丁卯：1807 年。

③翰林：皇帝身边的文学侍从官，明清时期多从进士中选拔。

④登州：今山东蓬莱。海市：海市蜃楼。

【译文】

　　第二年的二月，我到山东莱阳做幕宾。到丁卯年的秋天，琢堂被贬官，到翰林院供职，我也跟着他进了京。人们所说的登州的海市蜃楼，最终也无缘看到。

# 卷五　中山记历

## 【题解】

本卷并非出自沈复本人之手，而是后人根据李鼎元的《使琉球记》改头换面，拼凑而成，现有的资料已经十分确凿地证明了这一点。既然是伪作，自然也就谈不上品赏了。

不过如果将《浮生六记》"足本"从刊出、形成争议到谜底完全揭开的过程梳理一番，还是可以发现一些有趣的现象，这对其他文学作品真伪的辨别也可以提供一些启发和借鉴。

1935 年，上海世界书局刊出《美化文学名著丛刊》，披露了王文濡提供的"足本"《浮生六记》。对其中的卷五、卷六，相信者有之，怀疑者有之。怀疑者之所以怀疑，主要有如下两个理由：

一是后两卷的风格与前四卷不同。从表面上看，后两卷似乎也是小品文字，追求一种恬淡、简洁的风格。但细读之下可以发现，后两卷不仅艺术水准不及前四卷，风格也有较为明显的差异。

以第五卷来说，同样是写景状物，作者重点在搜奇记异，记录见闻，与卷四《浪游记快》描写游览之乐、品评名胜之得失的旨趣有异，而且文字也不及该卷富有表现力及个性。卷五中，作者动辄吟诗，全卷穿插了十多首诗，而前四卷里则没有这种写法。两者不像出自一人之手。

二是后两卷的记载与前四卷有矛盾。卷五叙事有明确的时间记录，将其与前四卷对照，便可以发现其中的矛盾。比如卷五记载嘉庆五年

（1800）八月十八夜，作者在琉球与寄尘和尚在山上观潮，但卷四却记载，同一天夜里，作者和朋友们在家乡的来鹤庵畅饮、赏月。一个人怎么可能在两个距离遥远的地方同时出现，这并非作者记忆有误所能解释的。类似的矛盾还有一些。

不过怀疑归怀疑，要解决"足本"的真伪问题还需要更为充分、过硬的证据。1978年，事情出现转机。这一年吴幅员发表《〈浮生六记〉〈中山记历〉篇为后人伪作说》一文，他将《中山记历》与李鼎元的《使琉球记》进行比勘，发现前者系抄自后者而来①。随后，杨仲揆也发表《〈浮生六记〉——一本有问题的好书》一文，印证了这一观点②。直接找到了作伪的源头，放一起对照，真伪立辨，以前的怀疑都落到实处。

1980年，郑逸梅发表《〈浮生六记〉的"足本"问题》一文，提及当年王文濡曾请他代笔"仿做两篇，约两万言"，但他没有答应。后来"世界书局这本《美化文学名著丛刊》出版，那足本的六记赫然列入其中。那么这遗佚两记，是否由他老人家自撰，或托其他朋友代撰，凡此种种疑问，深惜不能起均卿于地下而叩问的了。总之，这两记是伪作"③。郑逸梅的文章为卷五、卷六伪作说从另一个角度提供了十分有力的证据，同时还为揭开作伪的真相提供了重要线索。

1989年，王瑜孙发表《足本〈浮生六记〉之谜》一文，指出"足本"后两卷的作者为黄楚香，他受王文濡之雇，"创作"了后两卷，酬劳为二百大洋。王瑜孙是从大东书局同仁那里得知这一情况的④。这篇文章和郑逸梅的文章相互印证，让人们知道了伪作炮制的基本过程。

有内容、风格的差异和矛盾，有作伪依据的文本，还有当事人的证

---

① 吴幅员发表《〈浮生六记〉〈中山记历〉篇为后人伪作说》，台湾《东方杂志》11卷8期（1978年2月）。

② 杨仲揆发表《〈浮生六记〉——一本有问题的好书》，台湾《时报周刊》第120号（1980年3月16日）。

③ 郑逸梅《〈浮生六记〉的"足本"问题》，《读书》1981年第6期。另参见其《〈浮生六记〉的伪作》，载其《清娱漫笔》，上海书店1982年版。

④ 王瑜孙《足本〈浮生六记〉之谜》，1989年9月26日《团结报》。

言,这些资料相互印证,形成了一个较为完整的证据链。至此,困扰了人们半个多世纪的《浮生六记》真伪问题算是水落石出,得到较为完满的解决。


嘉庆四年①,岁在己未,琉球国中山王尚穆薨②。世子尚哲,先七年卒;世孙尚温,表请袭封。中朝怀柔远藩③,锡以恩命,临轩召对,特简儒臣④。

**【注释】**

①嘉庆四年:1799 年。

②琉球国:建立在琉球群岛上的一个国家,明清时期为中国的藩属国。按,中山王尚穆去世的时间在乾隆五十九年(1794)。

③怀柔:以笼络手段安抚。

④特简:派遣,选用。


于是,赵介山先生①,名文楷,太湖人,官翰林院修撰,充正使。李和叔先生②,名鼎元,绵州人,官内阁中书,副焉。介山驰书,约余偕行。余以高堂垂老,惮于远游,继思游幕二十年,遍窥两戒③,然而尚囿方隅之见,未观域外,更历瀛溟之胜④,庶广异闻。禀商吾父,允以随往。从客凡五人:王君文诰,秦君元钧,缪君颂,杨君华才,其一即余也。


**【注释】**

①赵介山:赵文楷(1760—1808),字介山,号逸书,太湖(今属安徽)人。嘉庆元年(1796)状元,著有《中山见闻录》等。

②李和叔:李鼎元(1749—1812),字和叔,号墨庄,绵州(今四川绵阳)人。著有《使琉球记》等。

③两戒：旧以黄河、长江为南北两界。这里指地域广阔。戒，同
　　"界"。

④瀴溟（yīng míng）：水面杳渺，一望无际的样子。


　　五年五月朔日，随荡节以行①，祥飙送风②，神鱼扶舳③，
计六昼夜，径达所届。

**【注释】**

①荡（dàng）节：竹节，犹竹符，古代使臣所持的信物。

②祥飙（biāo）：瑞风，和风。

③舳（zhú）：指船。


　　凡所目击，咸登掌录。志山水之丽崎，记物产之瑰怪，
载官司之典章，嘉士女之风节。文不矜奇，事皆记实。自惭
谫陋①，甘贻测海之嗤②；要堪传言，或胜凿空之说云尔③。

**【注释】**

①谫（jiǎn）陋：浅陋。

②贻：留。测海：以蠡测海的省语，指没有见识。

③凿空：凭空无据，穿凿附会。


　　五月朔日，恰逢夏至，襆被登舟①。向来封中山王，去
以夏至，乘西南风；归以冬至，乘东北风，风有信也。舟二，
正使与副使共乘其一。舟身长七丈，首尾虚艄三丈，深一丈
三尺，宽二丈二尺，较历来封舟②，几小一半。前后各一桅，
长六丈有奇，围三尺。中舱前一桅，长十丈有奇，围六尺，以
番木为之。通计二十四舱，舱底贮石，载货十一万斤有奇。

龙口置大炮一，左右各置大炮二，兵器贮舱内。大桅下横大木为辘轳，移炮升篷皆仗之，辇以数十人。舱面为战台，尾楼为将台，立帜列藤牌，为使臣厅事。下即舵楼。舵前有小舱，实以沙布针盘。中舱梯而下，高可六尺，为使臣会食地③。前舱贮火药、贮米，后以居兵。稍后为水舱，凡四井。二号船称是。每船约二百六十余人，船小人多，无立锥处。风信已届④，如欲易舟，恐延时日也。

**【注释】**

①襆被：打点、收拾行李。

②封舟：明清时期朝廷派使臣往琉球册封琉球王、显示国威所用的大船。

③会食：聚餐。

④风信：随季节变化而产生的风。届：到。

初二日午刻①，移泊鳌门②。申刻③，庆云见于西方④，五色轮囷⑤，适与楼船旗帜上下辉映，观者莫不叹为奇瑞。或如玄圭⑥，或如白珂⑦，或如灵芝，或如玉禾⑧，或如绛绡⑨，或如紫绹⑩，或如文杏之叶，或如含桃之颗，或如秋原之草，或如春湘之波，向读屠长卿赋⑪，今始知其形容之妙也。

**【注释】**

①午刻：上午 11 点至下午 1 点。

②鳌门：在今福建漳州。

③申刻：下午 3 点至 5 点。

④庆云：五色云，祥云。

⑤轮囷 (qūn)：卷曲，盘曲。

⑥玄圭：黑色的玉。

⑦白珂：白色的美石。

⑧玉禾：玉山禾，昆仑山上的木禾。

⑨绛绡（xiāo）：深红色的薄纱。

⑩紫绝（tuó）：紫色的丝。

⑪屠长卿：屠隆（1543—1605），字长卿，鄞县（今浙江宁波）人。明代文学家、戏曲家。


画士施生为《航海行乐图》甚工。余见兹图，遂乃搁笔。香厓虽善画，亦不能办此。

初四日亥刻①，起碇，乘潮至罗星塔②。海阔天空，一望无际。余妇芸娘，昔游太湖，谓得见天地之宽，不虚此生。使观于海，其愉快又当何如？

**【注释】**

①亥刻：晚上9点至11点。

②罗星塔：在福建福州马尾港罗星山上。


初九日卯刻①，见彭家山②，列三峰，东高而西下。申刻，见钓鱼台③，三峰离立，如笔架，皆石骨。惟时水天一色，舟平而驶。有白鸟无数，绕船而送，不知所自来。

**【注释】**

①卯刻：早上5点至7点。

②彭家山：在今福建柘荣。

③钓鱼台：即钓鱼岛，在台湾基隆港东北约200公里处。

入夜，星影横斜，月光破碎，海面尽作火焰，浮沉出没，木华《海赋》所谓"阴火潜然"者也①。

**【注释】**

①木华：西晋人，擅长辞赋，今存《海赋》。

初十日辰正①，见赤尾屿②。屿方而赤，东西凸而中凹，凹中又有小峰二。船从山北过，有大鱼二，夹舟行，不见首尾，脊黑而微绿，如十围枯木，附于舟侧。舟人以为风暴将起，鱼先来护。午刻，大雷雨以震，风转东北，舵无主。舟转侧甚危，幸而大鱼附舟，尚未去。忽闻霹雳一声，风雨顿止。申刻，风转西南且大。合舟之人，举手加额，咸以为有神助。得二诗以志之。诗云：

平生浪迹遍齐州，又附星槎作远游③。

鱼解扶危风转顺，海云红处是琉球。

白浪滔滔撼大荒，海天东望正茫茫。

此行足壮书生胆，手挟风雷意激昂。

自谓颇能写出尔时光景。

**【注释】**

①辰正：早上8点。

②赤尾屿：又称"赤尾岛"，是钓鱼岛群岛最东端的一个岛屿。

③星槎（chá）：舟船。

十一日，午刻，见姑米山①。山共八岭，岭各一二峰，或断或续。未刻②，大风暴雨如注，然雨虽暴而风顺。酉刻③，舟已近山。琉球人以姑米多礁，黑夜不敢进，待明而行。亦不下碇，但将篷收回，顺风而立，则舟荡漾而不能进退。戌刻④，舟中举号火，姑米山有火应之。询之为球人暗令⑤：日则放炮，夜则举火。仪注所谓得信者⑥，此也。

**【注释】**

①姑米山：即现在冲绳的久米岛。

②未刻：下午1点至3点。

③酉刻：傍晚5点至7点。

④戌刻：晚上7点至9点。

⑤暗令：暗号。

⑥仪注：礼节制度。

　　十二日辰刻①，过马齿山②。山如犬羊相错，四峰离立，若马行空。计又行七更，船再用甲寅针③，取那霸港④。回望见迎封船在后，共相庆幸。历来针路所见，尚有小琉球、鸡笼山、黄麻屿，此行俱未见。闻知琉球伙长⑤，年已六十，往来海面八次，每度细审，得其准的。以为不出辰卯二位，而乙卯位单，乙针尤多，故此次最为简捷，而所见亦仅三山，即至姑米。针则开洋用单辰，行七更后，用乙辰，自后尽用乙。过姑米，乃用乙卯。惟记更以香，殊难凭准。念五虎门至官塘，里有定数，因就时辰表按时计里，每时约行百有十里。自初八日未时开洋⑥，讫十二日辰时，计共五十八时。初十日暴风，停两时。十一日夜，畏触礁，停三时，实行五十三时，计程应得五千八百三十里。计到那霸港，实洋面六千里有奇。

**【注释】**

①辰刻：上午 7 点至 9 点。

②马齿山：琉球岛西南庆良间诸岛。

③甲寅针：指南针，罗盘。古时航海所用罗盘以十二地支子、丑、寅、
卯、辰、巳、午、未、申、酉、戌、亥，十天干中的甲、乙、丙、丁、
庚、辛、壬、癸，八卦中的乾、坤、巽、艮，共 24 个字，构成 24 个
方位。用一个字表示方位称作"单针"，如单"辰"针、单"卯"针
等，用两个字表示方位称作"缝针"，如"辛酉"针、"甲寅"针等。

④那霸港：在今日本冲绳岛。

⑤伙长：旧时航船上掌管罗盘者。

⑥开洋：出航，开航。

据琉球伙长云：海上行舟，风小固不能驶，风过大，亦
不能驶。风大则浪大，浪大力能壅船①，进尺仍退二寸。惟
风七分，浪五分，最宜驾驶，此次是也。从来渡海，未有平
稳而驶如此者。于时，球人驾独木船数十，以纤挽舟而行，
迎封三接如仪②。辰刻，进那霸港。先是，二号船于初十日
望不见，至是乃先至。迎封船亦随后至，齐泊临海寺前。伙
长云：从未有三舟齐到者。

**【注释】**

①壅：阻挡，堵塞。

②如仪：按照仪式。

午刻，登岸。倾国人士，聚观于路，世孙率百官迎诏如
仪。世孙年十七，白皙而丰颐，仪度雍容，善书，颇得松雪
笔意①。

**【注释】**

①松雪：赵孟頫（1254—1322），号松雪道人，吴兴（今浙江湖州）人。元代书法家。

按《中山世鉴》①：隋使羽骑尉朱宽至国②，于万涛间，见地形如虬龙浮水，始曰"流虬"。而《隋书》又作"流求"，《新唐书》作"流鬼"，《元史》又作"瑠求"，明复作"琉球"。《世鉴》又载：元延祐元年③，国分为三大里，凡十八国，或称山南王，或称山北王。余于中山、南山，游历几遍，大村不及二里，而即谓之国，得勿夸大乎？

**【注释】**

①《中山世鉴》：琉球国官修第一部正史。

②羽骑尉：隋代武散官名。

③延祐元年：1314 年。

琉人每言大风，必曰"台飓"。按韩昌黎诗①："雷霆逼飓飔②。"是与飓同称者为"飓"。《玉篇》："飓，大风也，于笔切。"《唐书·百官志》："有飓海道。"或系球人误书。《隋书》称琉球有虎、狼、熊、罴，今实无之。又云无牛羊驴马。驴诚无，而六畜无不备，乃知书不可尽信也。

**【注释】**

①韩昌黎：韩愈，因其祖籍昌黎，故又称"韩昌黎"。

②雷霆逼飓飔（jù yù）：语出韩愈诗《山南郑相公、樊员外酬答为诗，其末咸有见及语，樊封以示愈，依赋十四韵以献》。

　　天使馆西向，仿中华廨署①，有旗竿二，上悬册封黄旗。有照墙，有东西辕门，左右有鼓亭，有班房。大门署曰"天使馆"，门内廊房各四楹。仪门署曰"天泽门"，万历中使臣夏子阳题②，年久失去，前使徐葆光补出③。门内左右各十一间，中有甬道，道西榕树一株，大可十围，徐公手植。最西者为厨房，大堂五楹，署曰"敷命堂"，前使汪楫题④。稍北，葆光额曰"皇纶三锡"。堂后有穿堂，直达二堂。堂五楹，中为正副使会食之地，前使周公署曰"声教东渐"。左右即寝室。堂后南北各一楼，南楼为正使所居，汪楫额曰"长风阁"。北楼为副使所居，前使林麟焻额曰"停云楼"⑤。额北有诗牌，乃海山先生所题也⑥。周砺礁石为垣，望同百雉。垣上悉植火凤，干方，无花有刺，似霸王鞭，叶似慎火草，俗谓能避火，名"吉姑罗"。南院有水井。楼皆上覆瓯⑦，下砌方砖，院中平似沙，桌椅床帐悉仿中国式。寄尘得诗四首，有句云：

　　　　相看楼阁云中出，即是蓬莱岛上居。

又有句云：

　　　　一舟羁径凭风信，五日飞帆驻月楂。

皆真情真境也。

【注释】

①廨（xiè）署：官署，旧时官员处理公务的地方。

②夏子阳（1552—1610）：字君甫，玉山（今江西上饶玉山）人。明万历十七年（1589）进士，官至兵部给事中，曾于万历三十一年（1603）出使琉球。

③徐葆光（1671—1723）：字亮直，长洲（今江苏苏州）人。曾任翰林院编修，康熙五十八年（1719）出使琉球。著有《中山传信录》。

④汪楫（1626—1689）：字次舟，号悔斋，休宁（今属安徽）人。历任翰林院检讨、福建布政使。曾于康熙二十二年（1683）出使琉球。

⑤林麟焻（chàng）：生卒年不详。字石来，莆田（今属福建）人。康熙九年（1670）进士，官至礼部郎中。曾于康熙二十年（1681）出使琉球。

⑥海山先生：周煌（1714—1785），字景桓，涪州（今重庆涪陵）人。历任翰林院编修、工部、兵部尚书、都察院左都御史。曾于乾隆二十年（1755）出使琉球，并辑有《琉球国志略》。

⑦瓬（wǎ）：一种小型的瓦。

　　孔子庙在久米村。堂三楹，中为神座，如王者垂旒搢圭①，而署其主曰："至圣先师孔子神位。"左右两龛。龛二人立侍，各手一经，标曰""易""书""诗""春秋"，即所谓四配也。堂外为台，台东西，拾级以登，栅如棂星门②。中仿戟门③，半树塞以止行者。其外临水为屏墙。堂之东，为明伦堂，堂北祀启圣。久米士之秀者，皆肄业其中。择文理精通者为之师，岁有廪给④，丁祭一如中国仪⑤。敬题一诗云：

　　　　洋溢声名四海驰，岛邦也解拜先师。

　　　　庙堂肃穆垂旒贵，圣教如今洽九夷。

用伸仰止之忱。

【注释】

①旒（liú）：旧时帝王帽子前后悬垂的玉串。搢（jìn）圭：佩带玉器。搢，插。

②棂星门：古代文庙中轴线上牌楼似的木质或石质建筑。

③戟门：立戟为门。古代帝王外出，在止宿处插戟为门。后指立戟之门。后世孔庙也有戟门。

④廪给：旧时官府给的膳食补助。

⑤丁祭：旧时祭祀孔子的仪式。古代在每年阴历二月、八月第一个丁
　　日祭祀孔子，称"丁祭"。

　　国中诸寺，以圆觉为大。渡观莲塘桥，亭供辨才天女①，云即斗姥②。将入门，有池曰"圆鉴"，荇藻交横③，芰荷半倒④。门高敞，有楼翼然。左右金刚四，规模略仿中国。佛殿七楹。更进，大殿亦七楹，名"龙渊殿"。中为佛堂，左右奉木主，亦祀先王神位，兼祀祧主⑤。左序为方丈，右序为客座，皆设席。周缘以布，下衬极平而净，名曰"踏脚绵"。方丈前，为蓬莱庭。左为香积厨，侧有井，名"不冷泉"。客座右为古松岭，异石错舛，列于松间。左厢为僧寮，右厢为狮子窟。僧寮南，有乐楼。楼南有园，绕花木。此圆觉寺之胜概也。

**【注释】**

①辨才天女：佛教中的女神，神通广大，精通音乐。

②斗姥：又名"斗母"，道教信奉的女神，长有三目、四头、八臂。

③荇（xìng）藻：水生植物。

④芰（jì）荷：菱叶，荷叶。

⑤祧（tiāo）主：远祖庙的神主。

　　又有护国寺，为国王祷雨之所。龛内有神，黑而裸，手剑立，状甚狰狞。有钟，为前明景泰七年铸①。寺后多凤尾蕉②，一名"铁树"。又有天王寺，有钟，亦为景泰七年铸。又有定海寺，有钟，为前明天顺三年铸③。至于龙渡寺、善兴寺、和光寺，荒废无可述者。

**【注释】**

①景泰七年：1456 年。

②凤尾蕉：又名"铁树""苏铁""避火蕉"，一种常绿针叶树。主要
　生长在我国南部、印度尼西亚、印度等亚洲南部地区。

③天顺三年：1459 年。


　　此邦海味，颇多特产，为中国之所罕见。

　　一石鉅①，似墨鱼而大，腹圆如蜘蛛，双须八手，攒生两
肩，有刺，类海参，无足无鳞介，如鲍鱼。登莱有所谓八带
鱼者②，以形考之，殆是石鉅，或即乌鲗之别种欤③？

　　一海蛇，长三尺，僵直如朽索，色黑，状狰狞。土人云：
能杀虫，疗痼④，已疬⑤；殆永州异蛇类。土俗甚重之，以为
贵品。

　　一海胆，如猬，剥皮去肉，捣成泥，盛以小瓶，可供馔。

　　一寄生螺，大小不一，长圆各异，皆负壳而行。螺中有
蟹，两螯八跪，跪四大四小，以大跪行；螯一大一小，小者常
隐，大者以取食。触之则大跪尽缩，以一大螯拒户。蟹也，
而有螺性。《海赋》所云"璅蛣腹蟹"⑥，岂其类欤？《太平广
记》谓"蟹入螺中"，似先有蟹。然取置碗中，以观其求脱
之势，力猛壳脱，顷刻死，则又与壳相依为命。造物不测，
难以臆度也。


**【注释】**

①石鉅：章鱼。

②八带鱼：章鱼的俗称。

③乌鲗（zéi）：乌贼。

④痼：顽固难治的疾病。

⑤疠：恶疮。

⑥璅蛣（suǒ jié）：亦作"琐蛣"，又名"海镜"，一种寄居蟹。

　　一沙蟹，阔而薄，两螯大于身。甲小而缺其前，缩两螯以补之，若无缝。八跪特短，脐无甲，尖团莫辨①。见人则凹双睛，噀水高寸许②，似善怒。养以沙水，经十余日，不食亦不死。

　　一蚶③，径二尺以上，围五尺许，古人所谓"屋瓦子"，以壳形凹凸，像瓦屋也。

　　一海马肉，薄片回屈如刨花④，色如片茯苓⑤。品之最贵者，不易得，得则先以献王。其状鱼身马首，无毛而有足，皮如江豚⑥。此皆海味之特产也。

【注释】

①尖团：尖脐和团脐。代指雌雄。雌蟹脐团，雄蟹脐尖。

②噀（xùn）：喷。

③蚶（hān）：蚶子，俗称"瓦楞子"，生活在海底泥沙或岩石缝隙中。

④回屈：卷曲。

⑤茯苓（fú líng）：一种寄生在松树根上的菌类植物，可入药。

⑥江豚：一种鲸属。身长约二公尺，体重可达一百六十公斤。全身黑色，腹侧白色。头圆，眼小，以小鱼及小动物为食。多产于我国洞庭湖、长江下游等地区。

　　此邦果实，亦有与中国不同者。蕉实状如手指，色黄，味甘，瓣如柚，亦名"甘露"。初熟色青，以糖覆之则黄。其花红，一穗数尺。瓤须五六出，岁实为常，实如其须之数。中国亦有蕉，不闻岁结实，亦无有抽其丝作布者，或其性殊欤？

　　布之原料，与制布之法，亦有与中国异者。一曰蕉布，米色，宽一尺，乃芭蕉沤抽其丝织成①，轻密如罗②。

　　一曰苎布，白而细，宽尺二寸，可敌棉布。

　　一曰丝布，白而棉软，苎经而丝纬，品之最尚者。《汉书》所谓蕉、筒、荃、葛，即此类也。

　　一曰麻布，米色而粗，品最下矣。国人善印花③，花样不一，皆剪纸为范④。加范于布，涂灰焉。灰干去范，乃着色。干而浣之，灰去而花出，愈洗而愈鲜，衣敝而色不退。此必别有制法，秘不语人。故东洋花布，特重于闽也。

**【注释】**

　　①沤（òu）：在水中长时间浸泡。

　　②罗：轻软而有稀孔的丝织品。

　　③印花：在纺织品上印出图案。

　　④范：模板。


　　此邦草木，多与中国异称，惜未携《群芳谱》来，一一辨证之耳。罗汉松谓之樫木①，冬青谓之福木，万寿菊谓之禅菊，铁树谓之凤尾蕉，以叶对出形似也，亦谓之海棕榈，以叶盖头形似也。有携至中华以为盆玩者，则谓之万年棕云。凤梨②，开花者谓之男木，白瓣若莲，颇香烈，不实；无花者谓之女木，而实大，如瓜可食。或云，即波罗蜜别种，球人又谓之"阿咀呢"。月橘③，谓之十里香，叶如枣，小白花，甚芳烈，实如天竹子④，稍大。闻二月中，红累累满树，若火齐然。惜余未及见也。

**【注释】**

①樫（jiān）木：一种常绿乔木。主要分布在我国长江以南各省及日本等地。

②凤梨：一种多年生草本植物。其果实又称"菠萝""菠萝蜜"。

③月橘：一种常绿性灌木或小乔木。主要分布在我国南部。因花香浓郁，故有十里香之称。

④天竹：一种常绿灌木。根、茎及果实均可入药。

球阳地气多暖①，时届深秋，花草不杀，蚊雷不收，荻花盛开②。野牡丹，二三月花，至八月复复，花累累如铃铎③，素瓣，紫晕，檀心，圆而大，颇芳烈。佛桑四季皆花④，有白色，有深红、粉红二色。因得一诗，诗云：

　　偶随使节泛仙槎，日日春游玩物华。

　　天气常如二三月，山林不断四时花。

亦真情真景也。

**【注释】**

①球阳：琉球。

②荻（dí）：一种多年生草本植物。多长在水边，叶似芦苇，秋天开花，花为紫色。

③铃铎（duó）：铃铛。

④佛桑：即扶桑，灌木。多生长于我国南方，四季皆开花，为观赏植物。

球人嗜兰，谓之孔子花。陈宅尤多异产。有风兰，叶较兰稍长，篾竹为盆①，挂风前，即蕃衍。有名护兰，叶类桂而厚，稍长如指，花一箭八九出，以四月开，香胜于兰。出名护岳岩石间②，不假水土，或寄树桠，或裹以棕而悬之，无不茂。有粟兰，一名"芷兰"，叶如凤尾花，作珍珠状。有棒兰，绿色，茎如珊瑚，无叶，花出桠间，如兰而小，亦寄树活。又有西表松兰、竹兰之目，或致自外岛，或取之岩间，香皆不减兰也。因得一诗，诗云：

> 移根绝岛最堪夸，道是森森阙里花。
> 不比寻常凡草木，春风一到即繁华。

题诗既毕，并为写生，愧无黄筌之妙笔耳③。

**【注释】**

①篾（miè）：薄竹片，劈成长条的竹片。

②名护岳：冲绳岛北部的一座山峰。

③黄筌（约 903—965）：字要叔，成都（今属四川）人。五代时西蜀宫廷画家，擅画花鸟。

沿海多浮石，嵌空玲珑，水击之，声作钟磬①，此与中国彭蠡之口石钟山相似②。

**【注释】**

①钟磬（qìng）：钟与磬，两种礼乐器。

②彭蠡（lǐ）：鄱阳湖的古称。

闲居无可消遣，与施生弈，用琉球棋子。白者磨螺之封口石为之。内地小螺拒户有圆壳，海蛳大者①，其拒户之壳，厚五六分，径二寸许，圆白如砟碌②，土人名曰"封口石"。黑者磨苍石为之，子径六分许，围二寸许，中凹而四围削，无正背面，不类云南子式。棋盘以木为之，厚八寸，四足，足高四寸，面刻棋路。其俗好弈，举棋无不定之说，颇亦有国手。局终数空眼多少，不数实子，数正同。相传国中供奉棋神，画女相如仙子，不令人见，乃国中雅尚也。

**【注释】**

①海蝼：海螺。

②砗磲（chē qú）：一种生活在海洋中的软体动物，壳大而厚。

六月初八日辰刻，正、副使恭奉谕祭文，及祭银焚帛，安放龙彩亭内。出天使馆东行，过久米村、泊村，至安里桥即真玉桥。世孙跪接如仪，即导引入庙。礼毕，引观先王庙。正庙七楹，正中向外，通为一龛，安奉诸王神位。左昭自舜马至尚穆，共十六位；右穆自义本至尚敬①，共十五位。

是日，球人观者，弥山匝地②，男子跪于道左，女子聚立远观。亦有施帷挂竹帘者，土人云系贵官眷属。女皆黥首、指节为饰③，甚者全黑，少者间作梅花斑。国俗不穿耳，不施脂粉，无珠翠首饰。

**【注释】**

①左昭、右穆：古代宗庙或宗庙中神主的排列规则和次序。以始祖居中，两旁按辈分由左到右，再到左，再到右，如此逐代排列。左为昭、右为穆。

②弥山匝（zā）地：漫山遍野，形容人很多。匝，遍，满。

③黥（qíng）首：在额头上刺字或花纹。指节：手指关节。

人家门户，多树"石敢当"碣①，墙头多植吉姑罗或楪树，剪剔极齐整。

**【注释】**

①石敢当：旧时习俗，人们在门口立石碑或石雕武士像，刻"石敢当"三字，用以辟邪。

　　国人呼中国为唐山，呼华人为唐人。

　　球地皆土沙，雨过即可行，无泥泞。

　　奥山有却金亭，前明册使陈给事侃归时却金①，故国人造亭以表之。

**【注释】**

①陈侃：鄞县（今浙江宁波）人。曾任吏科左给事中，嘉靖十三年（1534）出使琉球，著有《使琉球录》。

　　辨岳，在王宫东南三里许。过圆觉寺，从山脊行，水分左右，堪舆家谓之过峡①，中山来脉也。山大小五峰，最高者谓之辨岳。灌木密覆，前有石柱二，中置栅二，外板阁二。少左，有小石塔，左右列石案五。折而东，数十级至顶，有石垆二②：西祭山，东祭海。岳之神，曰祝，祝谓是天孙氏第二女云③。国王受封，必斋戒亲祭，正、五、九月，祭山海及护国神，皆在辨岳也。

**【注释】**

①堪舆家：看风水的人。过峡：风水学术语。指两山相夹、从中间穿过的地形。

②石垆：石头所做的祭台。

③天孙氏：琉球神话中天地创造神阿摩美久神的后代，是琉球国的开国始主。

波上、雪崎及龟山，余已游遍，而要以鹤头为最胜。随正、副使往游，陟其巅，避日而坐。草色粘天，松阴匝地。东望辨岳，秀出天半，王宫历历如画。其南，则近水如湖，远山如岸，丰见城巍然突出，山南王之旧迹犹有存者。西望马齿、姑米，出没隐见，若近若远，封舟之来路也。北俯那霸、久米，人烟辐辏①。举凡山川灵异，草木阴翳，鱼鸟沉浮，云烟变灭，莫不争奇献巧，毕集目前。乃知前日之游，殊为卤莽。梁大夫小具盘樽，席地而饮，余亦趣仆以酒肴至。未申之交，凉风乍生，微雨将洒，乃移樽登舟。时海潮正涨，沙岸弥漫，遂由奥山南麓折而东北。山石嵌空欲落，海燕如鸥，渔舟似织。俄而返照入山，冰轮山水②，文鳐无数③，飞射潮头。与介山举觞弄月，击楫而歌。樽不空，客皆醉。越渡里村，漏已三下。却金亭前，列炬如昼，迎者倦矣。乃相与步月而归，为中山第一游焉。

**【注释】**

①辐辏(fú còu)：密集，聚集。

②冰轮：指明月。

③文鳐(yáo)：古代传说中的一种鱼。

泉崎桥桥下，为漫湖浒①。每当晴夜，双门拱月，万象澄清②，如玻璃世界，为中山八景之一。旺泉味甘，亦为中山八景之一。王城有亭，依城望远，因小憩亭中，品瑞泉，纵观中山八景。八景者：泉崎夜月、临海潮声、久米竹篱、龙洞松涛、笋崖夕照、长虹秋霁、城岳灵泉、中岛蕉园也。亭下多棕榈、紫竹③。竹丛生，高三尺余，叶如棕，狭而长，即所谓观音竹也。亭南有蚶壳，长八尺许，贮水以供盥，知大蚶不易得也。

**【注释】**

①浒（hǔ）：水边。

②澄清：清澈，明洁。

③紫竹：一种散生竹，新竹为绿色，当年秋冬逐渐出现黑色斑点，后全秆变为紫黑色。

　　国人浣漱不用汤，家竖石桩，置石盂或蚶壳其上，贮水。旁置一柄筒。晓起，以筒盛水，浇而盥漱之。客至亦然。

　　地多草，细软如毯，有事则取新沙覆之。国人取玳瑁之甲①，以为长簪，传至中国，率由闽粤商贩。球人不知贵，以为贱品。昆山之旁②，以玉抵鹊，地使然也。

**【注释】**

①玳瑁（dài mào）：一种海洋食肉性海龟，壳可入药，亦可做装饰品。

②昆山：昆仑山。

　　丰见山顶，有山南王第故城。徐葆光诗有"颓垣宫阙无全瓦，荒草牛羊似破村"之句①。王之子孙，今为那姓，犹聚居于此。

**【注释】**

①颓垣（yuán）：坍塌的墙壁。

　　辻山①，国人读为"失山"。琉球字皆对音，十、失无别，疑迭之误也。副使辑《球雅》，谓一字作二三字读，二三字作一字读者，皆义而非音，即所谓寄语，国人尽知之。音则合百余字，或十余字为一音，与中国音迥异。国中惟读书通文理者，乃知对音，庶民皆不知也。

**【注释】**

①辻（shí）山：琉球岛中部的一座山峰。

久米官之子弟，能言，教以汉语；能书，教以汉文。十岁称"若秀才"，王给米一石。十五薙发①，先谒孔圣，次谒国王。王籍其名，谓之"秀才"，给米三石。长则选为通事②，为国中文物声名最，即明三十六姓后裔也。那霸人以商为业，多富室。明洪武初，赐闽人三十六姓善操舟者，往来朝贡。国中久米村，梁、蔡、毛、郑、陈、曾、阮、金等姓，乃三十六姓之裔，至今国人重之。

**【注释】**

①薙（tì）：同"剃"。

②通事：翻译人员。

与寄公谈玄理，颇有入悟处，遂与唱和成诗。法司蔡温、紫金大夫程顺则、蔡文溥，三人集诗，有作者气。顺则别著《航海指南》，言渡海事甚悉。蔡温尤肆力于古文，有《蓑翁语录》《至言》等目，语根经学，有道学气。出入二氏之学，盖学朱子而未纯者①。

**【注释】**

①朱子：对朱熹的尊称。

　　琉球山多瘠硗①，独宜薯。父老相传"受封之岁，必有丰年"。今岁五月稍旱，幸自后雨不愆期②，卒获大丰，薯可四收。海邦臣民，倍觉欢欣。金曰："非受封岁，无此丰年也。"

【注释】

①瘠硗(jí qiāo)：土地贫瘠硗薄，不肥沃。

②愆(qiān)期：失约，误期。

　　六月初旬，稻已尽收。球阳地气温暖，稻常早熟，种以十一月，收以五六月。薯则四时皆种，三熟为丰，四熟则为大丰。稻田少，薯田多，国人以薯为命，米则王官始得食。亦有麦豆，所产不多。五月二十日，国中祭稻神。此祭未行，稻虽登场，不敢入家也。

　　七月初旬，始见燕，不巢人屋。中国燕以八月归，此燕疑未入中国者。其来以七月，巢必有地。别有所谓海燕，较紫燕稍大①，而白其羽，有全白似鸥者。多巢岛中，间有至中国，人皆以为瑞。应潮鸡，雄纯黑，雌纯白，皆短足长尾，驯不避人。香厓购一小犬，而毛豹斑，性灵警，与饭不食，与薯乃食，知人皆食薯矣。鼠、雀最多，而鼠尤虐。亦有猫，不知捕鼠，邦人以为玩②。乃知物性亦随地而变。鹰、雁、鹅、鸭特少。

【注释】

①紫燕：又称"越燕"，体小多声，颔下为紫色，主要分布在我国江南地区。

②邦人：当地人。

枕有方如圭者，有圆如轮而连以细轴者，有如文具藏数层者，制特精，皆以木为之。率宽三寸，高五寸。漆其外，或黑或朱。立而枕之，反侧则仆。按《礼记·少仪》注："颖，警枕也①。谓之颖者，颖然警悟也。"又司马文正公②，以圆木为警枕，少睡则转而觉，乃起读书。此殆警枕之遗。

**【注释】**

①警枕：以圆木制成的枕头，使睡者易醒。

②司马文正公：司马光（1019—1086），字君实，号迂叟，陕州夏县（今山西夏县）人。北宋政治家，史学家。因谥号文正，故称。

衣制皆宽博交衽①，袖广二尺，口皆不缉②，特短袂，以便作事。襟率无钮带，总名衾。男束大带，长丈六尺、宽四寸以为度。腰围四五转，而收其垂于两胁间。烟包、纸袋、小刀、梳、篦之属，皆怀之，故胸前襟带挦起凸然③。其胁下不缝者，惟幼童及僧衣为然。僧别有短衣如背心，谓之断俗，此其概也。

**【注释】**

①宽博：衣服宽大。交衽：衣襟相交。

②缉（qī）：用针缝。

③挦（chōu）：束紧。

帽以薄木片为骨，叠帕而蒙之，前七层，后十一层。花锦帽，远望如屋漏痕者，品最贵，惟摄政王叔国相得冠之。次品花紫帽，法司冠之。其次则纯紫。大略紫为贵，黄次之，红又次之，青绿斯下。各色又以绫为贵，绢为次。国王未受封时,戴乌纱帽。双翅①,侧冲上向,盘金,朱缨垂颔,下束五色绦。至是冠皮弁②,状如中国梨园演王者便帽③,前直列花瓣七,衣蟒腰玉。

**【注释】**

①翅:帽子边上翘出像翅的部分。

②皮弁(biàn):古时用鹿皮制成的帽子。

③梨园:戏班。

　　肩舆如中国饼轿①,中置大椅,上施大盖,无帷幔,辕粗而长,无绊②,无横木,以八人左右肩之而行。

**【注释】**

①肩舆:轿子。

②绊:轿子所用的一种绳子。

　　杜氏《通典》载琉球国俗①,谓妇人产必食子衣②,以火自炙,令汗出。余举以问杨文凤:"然乎?"对曰:"火炙诚有之,食衣则否。"即今中山已无火炙俗,惟北山犹未尽改。

**【注释】**

①杜氏:即杜佑(735—812),字君卿。京兆万年(今陕西西安)人。唐代历史学家。其《通典》是我国第一部专门记载典章制度的史书。

②子衣:胎衣。

　　嫁娶之礼,固陋已甚。世家亦有以酒肴珠贝为聘者。

婚时即用本国轿，结彩鼓乐而迎。不计妆奁，父母送至夫家即返。不宴客，至亲具酒贺，不过数人。《隋书》云琉球风俗："男女相悦，便相匹偶。"盖其旧俗也。询之郑得功，郑得功曰："三十六姓初来时，俗尚未改。后渐知婚礼，此俗遂革。今国中有夫之妇，犯奸即杀。"余始悟琉球所以号守礼之国者，亦由三十六姓教化之力也。

　　小民有丧，则邻里聚送，观者护丧，掩毕即归。宦家则同官相知者，亦来送柩。出即归，大都不宴客。题主官率皆用僧，男书"圆寂大禅定"①，女书"禅定尼"，无考妣称②。近日宦家亦有书官爵者。棺制三尺，屈身而殓之。近宦家亦有长五六尺者，民则仍旧。

**【注释】**

①圆寂：佛教语。意思是诸德圆满、诸恶寂灭，后称僧尼之死为圆寂。禅定：佛教修行方法。即通过静坐敛心，达到身心安稳、观照明净的境界。

②考妣（bǐ）：对去世父母的称谓。

　　此邦之人，肘比华人稍短。《朝野佥载》亦谓：人形短小似昆仑①。余所见士大夫短小者固多，亦有修髯丰颐者、颀而长者、胖而腹腰十围者，前言似未足信。人体多狐臭，古所谓愠羝也②。

**【注释】**

①《朝野佥载》：唐代笔记小说集。作者张鷟，记隋唐宫廷与民间遗闻。

②愠羝（yùn dī）：狐臭。

世禄之家皆赐姓。士庶率以田地为姓，更无名，其后裔则云某氏之子孙几男。所谓田、米，私姓也。

国中兵刑惟三章：杀人者死，伤人及重罪徒，轻罪罚日中晒之。计罪而定其日，国中数年无斩犯。间有犯斩罪者，又率引刀自剖腹死。

七月十五夜，开窗，见人家门外，皆列火炬二。询之土人，云：国俗于十五日盆祭，预期迎神，祭后乃去之。盆祭者，中国所谓盂兰会也①。连日见市上小儿，各手一纸幡，对立招展，作迎神状。知国俗盆祭祀先，亦大祭矣。

**【注释】**

①盂兰会：佛教超度亡灵的法会，也是古时祭祀祖先的日子，时间在
　　农历七月初七。

龟山南岸有窑，国人取车螯大蚶之壳以煅①，墍灰壁不及石灰②，而粘过者。再东北有池，为国人煮盐处。

**【注释】**

①车螯：又称"车熬"，一种生长在海洋里的蛤。
②墍(jì)：涂抹。

七月二十五日，正、副使行册封礼，途中观者益众。上万松岭，迤逦而东。衢道修广，有坊，榜曰："中山道"。又进一坊，榜曰："守礼之邦"。世孙戴皮弁，服蟒衣，腰玉带，垂裳结佩，率百官跪迎道左。更进为欢会门，踞山巅，叠礁石为城，削磨如壁，有鸟道，无雉堞①，高五尺以上，远望如聚髑髅。始悟《隋书》所谓"王居多聚髑髅于其下"者，乃

远望误于形似，实未至城下也。城外石崖，左镌"龙冈"字，右镌"虎峁"字。

**【注释】**

①雉堞（zhì dié）：城上矮墙，泛指城墙。

王宫西向，以中国在海西，表忠顺面向之意。后东向为继世门，左南向为水门，右北向为久庆门。再进，层崖有门西北向，曰"瑞泉"。左右甬道，有左掖、右掖二门。更进有漏西向，榜曰："刻漏"。上设铜壶漏水。更进有门西北向，为奉神门，即王府门也。殿廷方广十数亩，分砌二道，由甬道进至阙廷①，为王听政之所。壁悬伏羲画卦像②，龙马负图立其前③，绢色苍古，微有剥蚀，殆非近代物。北宫殿屋固朴，屋举手可接，以处山冈，且阻海飓。面对为南宫。此日正、副使宴于北宫。大礼既成，通国欢忭④。闻国王经行处，悉有彩饰。泉崎道旁，列盆花异卉，绕以朱栏，中刻木作麒麟形，题曰："非龙非彪⑤，非熊非罴，王者之瑞兽"。天妃宫前，植大松六，叠假山四，作白鹤二，生子母鹿三。池上结棚，覆以松枝，松子垂如葡萄。池中刻木鲤大小五，令浮水面。环池以竹，栏旁有坊，曰"偕乐坊"。柱悬一板，题曰："鹿濯濯⑥，鸟嘒嘒⑦，牣鱼跃"。归而述诸副使，副使曰："此皆《志略》所载，事隔数十年，一字不易，可谓印板文字矣。"从客皆笑。

**【注释】**

①阙廷：朝廷。

②伏羲画卦：伏羲，三皇之一。相传他根据天地万物的变化，推演出

了八卦。

③龙马负图：相传伏羲时，黄河中曾有龙马驮着"河图"出现。

④欢忭（biàn）：喜悦，欢喜。

⑤彪：老虎。

⑥濯濯：肥泽貌。

⑦翯翯（hè）：洁白貌。


宜野湾县有龟寿者，事继母以孝，国人莫不闻。母爱所生子，而短龟寿于其父伊佐前，且不食以激其怒。伊佐惑之，欲死龟寿，将令深夜汲北宫，要而杀之。仆匿龟寿于家，往谏伊佐，伊佐缚而放之。且谓事已露，不可杀，乃逐龟寿。龟寿既被放，欲自尽，又恐张母恶。值天雨雹，病不支，僵卧于路。巡官见之，近而抚其体犹温，知未死，覆以己衣，渐苏。徐诘其故，龟寿不欲扬父母之恶，饰词告之。初，巡官闻孝子龟寿被放，意不平。至是见言语支吾，疑即龟寿。赐衣食，令去，密访得其状。乃传集村人，系伊佐妻至，数其罪而监之。将告于王，龟寿愿以身代。巡官不忍伤孝子心，召伊佐夫妇面谕之。妇感悟，卒为母子如初。副使既为之记，余复为诗以表章之。诗云：

　　辀轩问俗到球阳①，潜德端须为阐扬。

　　诚孝由来能感格，何殊闵损与王祥②。

以为事继母而不能尽孝者劝。


**【注释】**

①辀（yóu）轩：本指古代使臣所乘的一种轻车，此处代指使臣。

②闵损（前536—前487）：字子骞，孔子弟子。其德宽博。王祥（185—269）：字休征，琅琊（今山东临沂）人。事母至孝，传说

他曾卧冰求鲤。

经迤山墟、方集，因步行集中。观所市物，薯为多，亦有鱼、盐、酒、菜、陶、木器、蕉苎、土布，粗恶无足观者。国无肆店，率业于其家。市货以有易无，不用银钱。

闻国中率用日本宽永钱①，比来亦不见。昨香厓携示串钱，环如鹅眼，无轮廓，贯以绳，积长三寸许，连四贯而合之，封以纸，上有钤记②。此球人新制钱，每封当大钱十。盖国中钱少，宽永钱铜质较美，恐或有人买去，故收藏之，特制此钱应用，市中无钱以此。

**【注释】**

①宽永钱：日本铸造的一种钱币，清代中期曾在中国东南沿海一带流通。

②钤（qián）记：印章。

国中男逸女劳，无有肩担背负者。趋集、织纴及采薪、运水，皆妇人主之，凡物皆戴之顶。

女衣既无钮无带，又不束腰，而国俗男女皆无裤，势须以手曳襟①。襟较男衣长，叠襟下为两层，风不得开。因悟髻必偏坠者，以手既曳襟，须空其顶以戴物。童而习之，虽重百斤，登山涉涧，无倾侧②，是国中第一绝技也。其动作也，常卷两袖至背，贯绳而束之。发垢辄洗，洗用泥。脱衣结于腰，赤身低头，见人亦不避。抱儿惟一手，又置腰间，即藉以曳襟。

**【注释】**

①曳（yè）：牵，拉。

②倾侧：倾斜。

东苑在崎山，出欢会门，折而北。逐瑞泉下流，至龙渊桥，汇而为池，广可十丈，长可数十丈，捍以堤①，曰"龙潭"。水清鱼可数，荷叶半倒。再折而东，有小村，篠屏修整②，松盖阴翳③，薄云补林，微风啸竹，园外已极幽趣。入门，板亭二，南向。更进而南，屋三楹，亭东有阜如覆盂④。折而南，有岩西向，上镌梵字。下蹲石狮一，饰以五彩。再下，有小方池，凿石为龙首，泉从口出。有金鱼池，前竹万竿，后松百挺。再东，为望仙阁。前有"东苑阁"，后为"能仁堂"。东北望海，西南望山。国中形胜，此为第一。

【注释】

①捍：保卫，护卫。

②篠(xiǎo)：同"筱"，细竹。

③阴翳(yì)：遮蔽。阴，通"荫"。

④阜：土山，山包。

南苑之胜，亦不减于东苑。苑中马富盛，折而东，循行阡陌间，水田漠漠，番薯油油①，绝无秋景。薯有新种者，问知已三收矣。再入山，松阴夹道，茅屋参差，田家之景可画。计十余里，始入苑村，名"姑场川"，即"同乐苑"也。苑踞山脊，轩五楹，夹室为复阁，颇曲折。轩前有池，新凿，狭而东西长，叠礁为桥。桥南新阜累累，因阜以为亭，宜远眺。亭东植奇花异卉。有花绝类蝴蝶，绛红色，叶如嫩槐，曰"蝴蝶花"。有松叶如白毛，曰"白发松"。池东，旧有亭，圯以布代之②。池西有阁，颇轩敞，四面风来，宜纳凉。

有阁曰"迎晖"，有亭曰"一览"，即正、副使所题也。轩北有松，有凤蕉，有桃，有柳。黄昏举烟火，略同中国。

**【注释】**

①番薯：红薯，又称"山芋""甘薯"。

②圮（yí）：桥。

余偕寄尘游波上。板阁无他神，惟挂铜片幡，上凿"奉寄御币"字，后署云："元和二年壬戌"①。或疑为唐时物，非也。按，元和二年为丁亥，非壬戌也。日本马场信武撰《八卦通变指南》，内列"三元指掌"，云："上元起永禄七年甲子②，止元和三年癸亥。如元起宽永元年甲子③，止元和三年癸亥；下元起贞亨元年甲子④。今元禄十六年癸未⑤。"国中既行宽永钱，证以元和日本僭号⑥，知琉球旧曾奉日本正朔⑦，今讳言之欤？

**【注释】**

①元和二年：1616 年。元和二年应当是丙辰，而非壬戌。元和三年为丁巳，而非癸亥。

②永禄七年：1564 年。

③宽永元年：1624 年。

④贞亨元年：1684 年。

⑤元禄十六年：1703 年。

⑥僭号：旧时超越本分的封号。

⑦正朔：历法。

纸鸢制无精巧者①，儿童多立屋上放之。按中国多放于清明前，义取张口仰视，宣导阳气②，令儿少疾。今放于九月，以非九月纸鸢不能上，则风力与中国异。即此可验球阳气暖，故能十月种稻。

**【注释】**

①纸鸢：风筝。

②宣导：疏通，引导。

国俗男欲为僧者，听。既受戒，有廪给。有犯戒者，饬令还俗①，放之别岛。女子愿为土妓者，亦听。接交外客②，女之兄弟仍与外客叙亲往来，然率皆贫民，故不以为耻。若已嫁夫而复敢犯奸者，许女之父兄自杀之，不以告王。即告王，王亦不赦。此国中良贱之大防，所以重廉耻也。

**【注释】**

①饬令：命令，勒令。

②接交：结交，交往。

此邦有红衣妓，与之言不解。按拍清歌，皆方言也。然风韵亦正有佳者，殆不减憨园。近忽因事他迁，以扇索诗，因题二诗以赠之。诗云：

芳龄二八最风流，楚楚腰身剪剪眸。

手抱琵琶浑不语，似曾相识在苏州。

新愁旧恨感千端，再见真如隔世难。

可惜今宵好明月，与谁共卷绣帘看？

国人率恭谨，有所受，必高举为礼。有所敬，则俯身搓手而后膜拜。劝尊者酒，酌而置杯于指尖以为敬，平等则置手心。

此邦屋俱不高，瓦必瓯，以避飓也。地板必去地三尺，以避湿也。屋脊四出，如八角亭。四面接修，更无重构复室，以省材也。屋无门户，上限刻双沟，设方格，糊以纸，左右推移，更不设暗闩①，利省便，恃无盗也，临街则设矣。神龛置青石于炉，实以砂，祀祖神也。国以石为神，无传真也②。瓦上瓦狮，《隋书》所谓"兽头骨角"也。壁无粉墁③，示朴也。贵家间有糊砑粉花笺④，习华风，渐奢也。

**【注释】**

①闩(shuān)：插在门后用以安全、守卫的横木。

②传真：指画师所绘神像。

③墁(màn)：涂饰。

④砑(yà)：刻印。

龟山有峰独出，与众山绝。前附小峰，离约二丈许。邦人驾石为洞，连二山，高十丈余，结布幔于洞东。不憩，拾级而登，行洞上。又十余级，乃陟巅①。巅恰容一楼，楼无名，四面轩豁②，无户牖③。副使谓余曰："兹楼俯中山之全势，不可无名。"因名之曰"蜀楼"，并为之跋曰："蜀者何？独也。楼何以蜀名？以其踞独山也。"不曰独而曰蜀者，以副使为蜀人。楼构已百年，而副使乃名之，若有待也。楼左瞰青畴④，右扶苍石，后临大海，前揖中山，坐其中以望，若建瓴焉⑤。余又请于副使曰："额不可无联。"副使因书前四语付之。归路，循海而西，崖洞溪壑，皆奇峭，是又一胜游矣。

【注释】

①陟（zhì）：登上。

②轩豁：敞亮，亮堂。

③户牖（yǒu）：门窗。

④青畴：绿色的田野。

⑤建瓴（líng）：居高临下的样子。


越南山，度丝满村，人家皆面海，奇石林立。遵海而西，有山，翠色攒空①，石骨穿海②，曰"砂岳"。时午潮初退，白石粼粼，群马争驰，飞溅如雨。再西，度大岭村，丛棘为篱，渔网数百晒其上。村外水田漠漠，泥淖陷马，有牛放于冈。汪录谓马耕无牛③，今不尽然也。


【注释】

①攒（cuán）：聚集，簇拥。

②石骨：坚硬的岩石。

③汪：即汪楫。


本岛能中山语者，给黄帽，为酋长。岁遣亲云上监抚之①，名"奉行官"，主其赋讼，各赋其土之宜，以贡于王。间切者，外府之谓。首里、泊、久米、那霸四府为王畿②，故不设。此外皆设。职在亲民，察其村之利弊，而报于亲云上。间切，略如中国知府。中山属府十四，间切十，山南省属府十二，山北省属府九，间切如其府数。


【注释】

①亲云上：琉球国三品到七品官员的尊称。

②王畿（jī）：京城四周的地域。

国俗自八月初十至十五日，并蒸米，拌赤小豆，为饭相饷，以祭月，风同中国。是夜，正、副使邀从客露饮。月光澄水，天色拖蓝，风寂动息，潮声杂丝肉声①，自远而至。恍置身三山，听子晋吹笙②，麻姑度曲③，万缘俱静矣。宇宙之大，同此一月。回忆昔日萧爽楼中，良宵美景，轻轻放过，今则天各一方，能无对月而兴怀乎？

**【注释】**

①丝肉：乐器声和唱歌声。

②子晋：即王子乔，神话传说中的人物。相传他是周灵王的太子，喜吹笙作凤凰鸣。

③麻姑：神话传说中的仙女。

世传八月十八日，为潮生辰。国俗，于是夜候潮波上。子刻①，偕寄尘至波上。草如碧毯，沾露愈滑，扶仆行，凭垣倚石而坐。丑刻②，潮始至，若云峰万叠，卷海飞来。须臾③，腥气大盛，水怪拏风，金蛇掣电④，天柱欲折，地轴暗摇，雪浪溅衣，直高百尺，未敢遽窥鲛宫⑤，已若有推而起之者。迷离惝恍，千态万状。观此，乃知枚乘《七发》犹形容未尽也⑥。潮既退，始闻噌吰之声出礁石间⑦。徐步至护国寺，尚似有雷霆震耳。潮至此，观止矣。

**【注释】**

①子刻：指夜半 11 点至翌晨 1 点。

②丑刻：凌晨 1 点至 3 点。

③须臾（yú）：一会儿。

④金蛇：比喻雷电的闪光。

⑤遽（jù）：立刻。鲛（jiāo）官：传说中鲛人在水中的居室。

⑥枚乘（？—前140）：字叔，淮阴（今属江苏）人。擅作辞赋。《七发》，为其赋文篇名。

⑦噌吰（chēng hóng）：象声词。形容声音洪亮，响亮。

　　元旦至六日，贺节。初五日，迎灶。二月，祭麦神。十二日，浚井①，汲新水，俗谓之洗百病。三月三日，作艾糕②。五月五日，竞渡。六月六日，国中作六月节，家家蒸糯米，为饭相饷。十二月八日，作糯米糕，层裹棕叶，蒸以相饷，名曰"鬼饼"。二十四日，送灶。正、三、五、九为吉月，妇女率游海畔，拜水神祈福。逢朔日，群汲新水献神。此其略也。余独疑国俗敬佛，而不知四月八日为佛诞辰。腊八鬼饼如角黍③，而不知七宝粥④。

【注释】

①浚：疏通，深挖。

②艾糕：加艾做成的糕饼。

③角黍：粽子。

④七宝粥：又称"佛粥""腊八粥"。农历腊月初八，寺僧用乳蕈、胡桃等煮粥供佛并供众结缘。

　　国王送菊二十余盆，花叶并茂，根际皆以竹签标名。内三种尤异类：一名"金锦"，朵兼红、黄、白三色，小而繁，灿如列星；一名"重宝"，瓣如莲而小，色淡红；一名"素球"，瓣宽，不类菊，重叠千层，白如雪。皆所未见者。滕之以诗①，诗云：

> 陶篱韩圃多秋色②，未必当年有此花。
> 似汝幽姿真可惜，移根无路到中华。

**【注释】**

①媵(yìng)：送，赠。

②陶篱：典出陶渊明《饮酒》诗："采菊东篱下，悠然见南山。"

见狮子舞，布为身，皮为头，丝为尾，翦彩如毛饰其外，头尾口眼皆活，镀睛贴齿。两人居其中，俯仰跳跃，相驯狎欢腾状①。余曰："此近古乐矣。"按《旧唐书·音乐志》，后周武帝时②，造太平乐③，亦谓之五方狮子舞。白乐天《西凉妓》云："假面夷人弄狮子，刻木为头丝作尾。金镀眼睛银贴齿，奋迅毛衣罢双耳。"即此舞也。

**【注释】**

①驯狎(xiá)：指驯顺可亲近。

②后周武帝：宇文邕(543—578)，公元560—578年在位。

③太平乐：即五方狮子舞，唐代的一种乐舞。

此邦有所谓"踏柁戏"者，横木以为梁，高四尺余，复置板而横之，长丈有二尺，虚其两端，均力焉。夷女二，结束衣彩，赤双足，各手一巾，对立相视而歌。歌未竟，跃立两端。稍作低昂，势若水碓之起伏①，渐起渐高。东者陡落而激之，则西飞起三丈余，翩翩若轻燕之舞于空也。西者落而陡激之，则东者复起，又如鸷鸟之直上青云也②。叠相起伏，愈激愈疾，几若山鸡舞镜，不复辨其孰为影，孰为形焉。俄焉，势渐衰，机渐缓，板末乃安，齐跃而下，整衣而立。终戏，无虚蹈方寸者，技至此绝矣。

**【注释】**

①水碓（duì）：旧时用水力春米的器械。

②鸷（zhì）鸟：猛禽。

接送宾客颇真率，无揖让之烦①。客至不迎，随意坐。主人即具烟架、火炉、竹筒、木匣各一，横烟管其上，匣以烟，筒以弃灰也。遇所敬客，乃烹茶。以细末粉少许，杂茶末，入沸水半瓯②，搅以小竹帚，以沫满瓯面为度。客去，亦不送。贵官劝客，常以箸蘸浆少许，纳客唇以为敬。烧酒著黄糖则名福③，著白糖则名寿，亦劝客之一贵品也。

**【注释】**

①揖让：作揖与礼让，古代宾主之间的相见礼。

②瓯：杯子。

③黄糖：红糖。

重阳具龙舟①，竞渡于龙潭②。琉球亦于五月竞渡，重阳之戏，专为宴天使而设。因成三诗以志之，诗云：

　　故园辜负菊花黄，万里迢迢在异乡。

　　舟泛龙潭看竞渡，重阳错认作端阳。

　　去年秋在洞庭湾，亲摘黄花插翠鬟。

　　今日登高来海外，累伊独上望夫山。

待将风信泛归槎，犹及初冬好到家。

已误霜前开菊宴，还期雪里访梅花。

**【注释】**

①重阳：中国传统节日，为农历每年的九月初九。旧时人们有重阳登
　高的风俗。

②龙潭：这里泛指江河。

闻程顺则曾于津门购得宋朱文公墨迹十四字①，今其后
裔犹宝之。借观不得，因至其家。开卷，见笔势森严，如奇
峰怪石，有岩岩不可犯之色②，想见当日道学气象。字径八
寸以上，文曰：

香飞翰苑围川野，春报南桥叠萃新。

后有名款，无岁月。文公墨迹，流传世间者，莫不宝而藏之。
盖其所就者大，笔墨乃其余事，而能自成一家言如此。知古
人学力，无所不至也。

**【注释】**

①朱文公：即朱熹，因其谥号文公，故称。

②岩岩：庄重，庄严。

又游蔡清派家祠。祠内供蔡君谟画像①，并出君谟墨
迹见示，知为君谟的派②，由明初至琉球，为三十六姓之一。
清派能汉语，人亦倜傥③。由祠至其家，花木俱有清致，池
圆如月，为额其室曰："月波大屋"。

**【注释】**

①蔡君谟：蔡襄（1012—1067），字君谟，兴化（今属福建）人。著名书法家，为"宋四家"之一。

②的派：嫡派。

③倜傥（tì tǎng）：洒脱。

大抵球人工剪剔树木，叠砌假山，故士大夫家率有丘壑以供游览。庭中树长竿，上置小木舟，长二尺，桅舵帆橹皆备。首尾风轮五叶，挂色旗以候风。渡海之家，率预计归期。南风至，则合家欢喜，谓行人当归，归则撤之，即古五两旗遗意①。

**【注释】**

①五两旗：风旗。遗意：前人留下的意味、旨趣。

国王有墨长五寸，宽二寸。有老坑端砚①，长一尺，宽六寸，有"永乐四年"字②。砚背有"七年四月东坡居士留赠潘邠老"字③。问知为前明受赐物。国中有东坡诗集，知王不但宝其砚矣。

**【注释】**

①老坑：年代久远、产量大、质材精的石材坑口。端砚：用广东肇庆端溪出产石头制成的砚台。

②永乐四年：1406年。

③东坡居士：苏轼，自号东坡居士。潘邠老：潘大临，字邠老，黄州（今湖北黄冈）人。江西诗派诗人。

棉纸、清纸，皆以谷皮为之，恶不中书者①。有护书纸，大者佳，高可三尺许，阔二尺，白如玉；小者减其半。亦有印花诗笺，可作札②。别有围屏纸，则糊壁用矣。徐葆光《球纸》诗云：

> 冷金入手白于练③，侧理海涛凝一片。
> 昆刀截截径尺方，叠雪千层无幂面。

形容殆尽。

**【注释】**

①恶：质量粗劣。

②札：书信。

③冷金：冷金纸，一种带白色泥金或洒金的纸。

南炮台间，有碑二：一正书①，剥蚀甚微②，"奉书造"三字；一其国学书。前朝嘉靖二十一年建③，惟不能尽识。其笔力正自遒劲飞舞。

**【注释】**

①正书：楷书。

②剥蚀：剥脱而逐渐损坏。

③嘉靖二十一年：1542 年。

有木曰山米，又名"野麻姑"，叶可染，子如女贞①，味酸，土人榨以为醋。球醋纯白，不甚酸，供者以为米醋，味不类，或即此果所榨欤？

**【注释】**

①女贞：冬青树，树叶经冬不凋，其果实可入药。

　　席地坐，以东为上，设毡。食皆小盘，方盈尺，著两板为脚，高八寸许。肴凡四进，各盘贮而不相共。三进皆附以饭，至四肴乃进酒二，不过三巡①。每进肴止一盘，必撤前肴而后进其次肴。肴饭用油煎面果，次肴饭用炒米花，三肴用饭。每供肴酒，主人必亲手高举，置客前，俯身搓手而退。终席，主人不陪，以为至敬。此球人宴会尊客之礼，平等乃对饮。大要球俗，席皆坐地，无椅桌之用，食具如古俎豆②，肴尽干制，无所用勺。虽贵官家食，不过一肴、一饭、一箸，箸多削新柳为之。即妻子不同食，犹有古人之遗风焉。

**【注释】**

①三巡：斟酒三次。
②俎（zǔ）豆：俎和豆，古代祭祀、宴会时盛食物用的两种礼器。

　　使院敷命堂后，旧有二榜。一书前明册使姓名：洪武五年①，封中山王察度，使行人汤载；永乐二年②，封武宁，使行人时中；洪熙元年③，封巴志，使中官柴山；正统七年④，封尚忠，使给事中俞忭，行人刘逊；十三年，封尚思达，使给事中陈传，行人万祥；景泰二年⑤，封尚景福，使给事中乔毅，行人童守宏；六年，封尚泰久，使给事中严诚，行人刘俭；天顺六年⑥，封尚德，使吏科给事中潘荣，行人蔡哲；成化六年⑦，封尚圆，使兵科给事中官荣，行人韩文；十三年，封尚真，使兵科给事中董旻，行人司司副张祥；嘉靖七年⑧，封尚清，使吏科给事中陈侃，行人高澄；四十一年，封尚元，使吏科左给事中郭汝霖，行人李际春；万历四年⑨，封尚永，使户科左给事中萧崇业，行人谢杰；二十九年，封尚宁，使兵科右给事中夏子阳，行人王士正；崇祯元年⑩，封尚丰，使户科左给事中杜三策，行人司司正杨伦。凡十五次，二十七人。柴山以前，无副也。

　　一书本朝册使姓名：康熙二年⑪，封尚质，使兵科副理官张学礼，行人王垓；二十一年，封尚贞，使翰林院检讨汪楫，内阁中书舍人林麟焻；五十八年，封尚敬，使翰林院检讨海宝，翰林院编修徐葆光；乾隆二十一年⑫，封尚穆，使翰林院侍讲全魁，翰林院编修周煌。凡四次，共八人。

**【注释】**

①洪武五年：1372 年。

②永乐二年：1404 年。

③洪熙元年：1425 年。

④正统七年：1442 年。

⑤景泰二年：1451 年。

⑥天顺六年：1462 年。

⑦成化六年：1470 年。

⑧嘉靖七年：1528 年。

⑨万历四年：1576 年。

⑩崇祯元年：1628 年。

⑪康熙二年：1663。

⑫乾隆二十一年：1756 年。

　　清明后，南风为常。霜降后，南北风为常。反是飓飔将作。正、二、三月多飓，五、六、七、八月多飔。飓骤发而倏止，飓渐作而多日。九月，风或连月，俗称"九降风"，间有飓起，亦骤如飓。遇飓犹可，遇飓难当。十月后多北风，飓飓无定期，舟人视风隙以来往。凡飓将至，天色有黑点，急收帆，严舵以待，迟则不及，或至倾覆。飓将至，天边断虹若片帆，曰"破帆"。稍及半天如鲎尾①，曰"屈鲎"。若见北方尤虐，又海面骤变，多秒如米糠，及海蛇浮游，或红蜻蜓飞绕，皆飓风征。

**【注释】**

①鲎（hòu）：又称"中国鲎""东方鲎"，一种生活在海洋中的甲壳类节肢动物。

　　自来球阳，忽已半年，东风不来，欲归无计。十月二十五日，乃始扬帆返国。至二十九日，见温州南杞山①。少顷，见北杞山，有船数十只泊焉。舟人皆喜，以为此必迎护船也。守备登后艄以望，惊报曰："泊者，贼船也。"又报："贼船皆扬帆矣。"未几，贼船十六只吆喝而来。我船从舵门放子母炮②，立毙四人，击喝者坠海，贼退。枪并发，又毙六人；复以炮击之，毙五人。稍进，又击之，复毙四人，乃退去。其时，贼船已占上风，暗移子母炮至舵右舷边，连毙贼十二人，焚其头篷，皆转舵而退。中有二船较大，复鼓噪，由上风飞至。大炮准对贼船，即施放，一发中其贼首，烟迷里许。既散，则贼船已尽退。是役也，枪炮俱无虚发，幸免于危。

**【注释】**

①南杞山：靠近浙江温州海岸的一座山峰。

②子母炮：旧时的一种火炮。

不一时，北风又至，浪飞过船。梦中闻舟人哗曰："到官塘矣。"惊起。从客皆一夜不眠，语余曰："险至此，汝尚能睡耶？"余问其状，曰："每侧则篷皆卧水。一浪盖船，则船身入水，惟闻瀑布声，垂流不息。其不覆者，幸耶。"余笑应之曰："设覆，君等能免乎？余入黑甜乡①，未曾目击其险，岂非幸乎？"盥后，登战台视之，前后十余灶，皆没，船面无一物，爨火断矣。舟人指曰："前即定海②，可无虑矣。"申刻，乃得泊。船户登岸购米薪，乃得食。

**【注释】**

①黑甜乡：梦乡。形容酣睡。
②定海：在今浙江舟山定海区，位于长江口与杭州湾交汇处。

是夜修家书，以慰芸之悬系，而归心益切。犹忆昔年，芸尝谓余："布衣菜饭，可乐终身，不必作远游。"此番航海，虽奇而险，濒危幸免，始有味乎芸之言也。

# 卷六　养生记逍

## 【题解】

本卷也是后人的伪托，并非出自沈复之手，现有的材料足以证明这一点，没有翻案的可能。具体情况请参见卷五后面的介绍。

与"足本"卷五的《中山记历》相比，本卷的破绽更为明显一些，这种破绽主要体现在如下两点：

一是风格与前四卷有较大的差异。从前四卷来看，作者所写虽多是日常琐事，但大都写得生动别致，充满情趣。特别是卷二《闲情记趣》，其中有很多制作过程的描述，处理不好，读起来会比较枯燥乏味，这对作者是一个考验，好在沈复笔墨不凡，很有表现力，照样将其写得趣味横生，引人入胜。

反观本卷所写，谈来谈去，不外清心寡欲、顺其自然、延年益寿之类的老生常谈，缺少具体可感的叙述，内容空洞，带有学究气，与沈复独具个性的文风明显不同。这不能不让人生疑。

二是本卷有几段文字使用现代语体，十分明显。比如谈太极拳、石琢堂城南老屋等部分，无论是使用的词语，还是句法，都是出于现代人之手，且不说与前四卷不同，即便是在本卷，也显得不伦不类，破绽太过明显。

"群鸟嘤鸣林间时，所发之断断续续声；微风振动树叶时，所发之沙沙簌簌声，和清溪细流流出时，所发之潺潺淙淙声。余泰然仰卧于青葱可爱之草地上，眼望蔚蓝澄澈之穹苍，真是一幅绝妙画图也。"读过这段文字，即便是普通读者，也能明显感觉到它与前四卷的差异。不知这是抄录别人的，还是作伪者本人所为。

　　本卷比卷五更容易发现作伪的痕迹，还有一个重要原因，那就是作伪者依据的范本读者较为熟悉。"足本"《中山记历》依据的是李鼎元的《使琉球记》，这本书读者不大熟悉，即便发现其中有问题，但要找到作伪的确证，还得下一番考证、比对的功夫。本卷则不然，它有不少内容是依据曾国藩的日记改头换面而来。

　　相比之下，曾国藩日记曾多次刊印，社会影响大，读者自然也就比较容易发现其中的问题。卷五被证明是作伪，卷六的真实性则更受质疑。说句玩笑话，作伪者伪造本卷太缺乏"专业"精神，破绽过于明显。

　　经陈毓罴先生的比对，"足本"《养生记逍》除了抄录曾国藩的日记《求阙斋日记类钞》之外，更多内容则抄自张英的《聪训斋语》①。

　　与《中山记历》一样，本卷除了几段破绽过于明显的现代语及一些和前四卷照应的语句，大多系抄录而来，抄曾国藩和张英的著述外，还把古人许多有关养生的诗歌、名言等抄录在一起。从这个角度来看，本卷可称古代养生名人名言汇编。


　　自芸娘之逝，戚戚无欢①。春朝秋夕，登山临水，极目伤心，非悲则恨。读《坎坷记愁》，而余所遭之拂逆可知也②。


【注释】

①戚戚：忧伤的样子。

②拂逆：不顺利，阻碍。


　　静念解脱之法，行将辞家远出，求赤松子于世外。嗣以

---

　　①　参见陈毓罴《〈浮生六记足本〉考辨》，载《文学遗产》（增刊）第十五辑，中华书局 1983 年版。

淡安、揖山两昆季之劝，遂乃栖身苦庵，惟以《南华经》自遣。乃知蒙庄鼓盆而歌①，岂真忘情哉？无可奈何，而翻作达耳。余读其书，渐有所悟。读《养生主》而悟达观之士，无时而不安，无顺而不处，冥然与造化为一。将何得而何失，孰死而孰生耶？故任其所受，而哀乐无所错其间矣。又读《逍遥游》，而悟养生之要，惟在闲放不拘，怡适自得而已。始悔前此之一段痴情，得勿作茧自缚矣乎。此《养生记逍》之所为作也。亦或采前贤之说以自广，扫除种种烦恼，惟以有益身心为主，即蒙庄之旨也。庶几可以全生，可以尽年。

**【注释】**

①蒙庄：庄子。因其曾做过蒙漆园吏，故称。

余年才四十，渐呈衰象。盖以百忧摧撼①，历年郁抑，不无闷损②。淡安劝余每日静坐数息，仿子瞻《养生颂》之法③，余将遵而行之。

**【注释】**

①摧撼：摧残，烦扰。

②闷损：烦闷。

③子瞻：苏轼，字子瞻。

调息之法，不拘时候，兀身端坐，子瞻所谓摄身使如木偶也。解衣缓带，务令适然。口中舌搅数次，微微吐出浊气，不令有声，鼻中微微纳之。或三五遍，二七遍，有津咽下，叩齿数通。舌抵上腭，唇齿相着，两目垂帘，令胧胧然渐次调息①，不喘不粗。或数息出，或数息入，从一至十，从十至百，摄心在数，勿令散乱。子瞻所谓"寂然，兀然，与虚空等也"。如心息相依，杂念不生，则止勿数，任其自然。子瞻所谓"随"也。坐久愈妙，若欲起身，须徐徐舒放手足，勿得遽起。能勤行之，静中光景，种种奇特，子瞻所谓"定能生慧"。自然明悟，譬如盲人忽然有眼也。直可明心见性，不但养身全生而已。出入绵绵，若存若亡，神气相依，是为真息。

息息归根，自能夺天地之造化，长生不死之妙道也。

**【注释】**

①胧胧然：昏暗朦胧的样子。

人大言，我小语。人多烦，我少记。人悸怖①，我不怒。澹然无为②，神气自满。此长生之药。《秋声赋》云③：

奈何思其力之所不及，忧其智之所不能。宜其渥然丹者为槁木④，黟然黑者为星星⑤。

此士大夫通患也。又曰：

百忧感其心，万事劳其形。有动乎中，必摇其精。

人常有多忧多思之患，方壮遽老，方老遽衰。反此亦长生之法。舞衫歌扇，转眼皆非；红粉青楼，当场即幻。秉灵烛以照迷情，持慧剑以割爱欲⑥，殆非大勇不能也。

**【注释】**

①悸怖：恐惧。

②澹然：恬淡、安静的样子。

③《秋声赋》：宋代欧阳修所写的一篇描写秋天景色的辞赋。

④渥（wò）然：色泽红润的样子。

⑤黟（yī）然：黑貌。

⑥慧剑：佛教语。指能斩断一切烦恼的智慧。


　　然情必有所寄，不如寄其情于卉木①，不如寄其情于书画。与对艳妆美人何异？可省却许多烦恼。范文正有云②："千古贤贤，不能免生死，不能管后事。一身从无中来，却归无中去。谁是亲疏？谁能主宰？既无奈何，即放心逍遥，任委来往。如此断了，既心气渐顺，五脏亦和，药方有效，食方有味也。只如安乐人，忽有忧事。便吃食不下，何况久病，更忧身死，更忧身死，乃在大怖中，饮食安可得下？请宽心将息。"云云。乃劝其中舍三哥之帖。余近日多忧多虑，正宜读此一段。

**【注释】**

①卉木：花卉草木。

②范文正：范仲淹，谥号文正。


　　放翁胸次广大，盖与渊明、乐天、尧夫、子瞻等①，同其旷逸②。其于养生之道，千言万语，真可谓有道之士。此后当玩索陆诗，正可疗余之病。

**【注释】**

①尧夫：范纯仁（1027—1101），字尧夫，吴县（今江苏苏州）人。
　　为范仲淹次子。

②旷逸：心胸开阔，性情豁达。

　　澡浴极有益①。余近制一大盆，盛水极多。澡浴后，至为畅适。东坡诗所谓"淤槽漆斛江河倾，本来无垢洗更轻"②，颇领略得一二。

**【注释】**

①澡浴：洗澡。

②淤槽漆斛江河倾，本来无垢洗更轻：诗出苏轼《宿海会寺》。淤，原诗作"杉"。杉槽漆斛，指浴所。

　　治有病，不若治于无病，疗身，不若疗心。使人疗，尤不若先自疗也。林鉴堂诗曰：

　　　　自家心病自家知，起念还当把念医。

　　　　只是心生心作病，心安那有病来时。

此之谓自疗之药。游心于虚静，结志于微妙，委虑于无欲，指归于无为，故能达生延命，与道为久。

　　仙经以精、气、神为内三宝①，耳、目、口为外三宝。常令内三宝不逐物而流，外三宝不诱中而扰。重阳祖师于十二时中②，行住坐卧，一切动中，要把心似泰山，不摇不动。谨守四门：眼、耳、鼻、口，不令内入外出，此名养寿紧要。外无劳形之事，内无思想之患，以恬愉为务，以自得为功，形体不敝，精神不散。

**【注释】**

①仙经：泛指道教经典。

②重阳祖师：王重阳（1112—1170），原名王中孚，字允卿，号重阳子，咸阳（今属陕西）人。道教全真道创始人，道徒尊称其为"重阳祖师"。

　　益州老人尝言<sup>①</sup>："凡欲身之无病，必须先正其心。使其心不乱求，心不狂思，不贪嗜欲，不著迷惑，则心君泰然矣<sup>②</sup>。心君泰然，则百骸四体，虽有病，不难治疗。独此心一动，百患为招，即扁鹊、华佗在旁<sup>③</sup>，亦无所措手矣。"

**【注释】**

①益州：古地名。包括今四川及陕西汉中等地。

②心君：心。古人认为心是一身之主，故称。

③扁鹊：战国时期名医。华佗：东汉末年名医。

　　林鉴堂先生有《安心诗》六首，真长生之要诀也。诗云：

　　　　我有灵丹一小锭，能医四海群迷病。

　　　　些儿吞下体安然，管取延年兼接命。

　　　　安心心法有谁知，却把无形妙药医。

　　　　医得此心能不病，翻身跳入太虚时。

　　　　念杂由来业障多<sup>①</sup>，憧憧扰扰竟如何<sup>②</sup>。

　　　　驱魔自有玄微诀，引入尧夫安乐窝。

　　　　人有二心方显念，念无二心始为人。

　　　　人心无二浑无念，念绝悠然见太清。

　　　　这也了时那也了，纷纷攘攘皆分晓。

　　　　云开万里见清光，明月一轮圆皎皎。

　　　　四海遨游养浩然，心连碧水水连天。

津头自有渔郎问，洞里桃花日日鲜。

**【注释】**

①业障：佛教语。指妨碍修行的各种罪恶。

②憧憧扰扰：纷扰不安。

禅师与余谈养心之法，谓："心如明镜，不可以尘之也。又如止水，不可以波之也。"此与晦庵所言①："学者，常要提醒此心，惺惺不寐②，如日中天，群邪自息。"其旨正同。又言："目毋妄视，耳毋妄听，口毋妄言，心毋妄动，贪嗔痴爱，是非人我，一切放下。未事不可先迎，遇事不宜过扰，既事不可留住。听其自来，应以自然，信其自去。忿懥恐惧③，好乐忧患，皆得其正。"此养心之要也。

**【注释】**

①晦庵：朱熹，号晦庵。

②惺惺：清醒，机警。

③忿懥（zhì）：发怒，生气。

王华子曰："斋者，齐也。齐其心而洁其体也，岂仅茹素而已。所谓齐其心者，澹志寡营，轻得失，勤内省，远荤酒。洁其体者，不履邪径，不视恶色，不听淫声，不为物诱。入室闭户，烧香静坐，方可谓之斋也。诚能如是，则身中之神明自安，升降不碍，可以却病，可以长生。"

余所居室，四边皆窗户。遇风即合，风息即开。余所居室，前帘后屏，太明即下帘，以和其内映；太暗则卷帘，以通其外耀。内以安心，外以安目，心目俱安，则身安矣。

禅师称二语告我曰:"未死先学死,有生即杀生。"有生,谓妄念初生。杀生,谓立予铲除也。此与孟子勿忘勿助之功相通。

孙真人《卫生歌》云①:

> 卫生切要知三戒,大怒大欲并大醉。
> 三者若还有一焉,须防损失真元气。

又云:

> 世人欲知卫生道,喜乐有常嗔怒少。
> 心诚意正思虑除,理顺修身去烦恼。

又云:

> 醉后强饮饱强食,未有此生不成疾。
> 入资饮食以养身,去其甚者自安适。

又蔡西山《卫生歌》云②:

> 何必餐霞饵大药,妄意延龄等龟鹤。
> 但于饮食嗜欲间,去其甚者将安乐。
> 食后徐行百步多,两手摩胁并胸腹。

又云:

> 醉眠饱卧俱无益,渴饮饥餐尤戒多。
> 食不欲粗并欲速,宁可少餐相接续。
> 若教一顿饱充肠,损气伤脾非尔福。

又云:

> 饮酒莫教令大醉,大醉伤神损心志。
> 酒渴饮水并啜茶,腰脚自兹成重坠。

又云:

> 视听行坐不可久,五劳七伤从此有。
> 四肢亦欲得小劳,譬如户枢终不朽。

又云：

　　道家更有颐生旨，第一戒人少嗔恚③。

凡此数言，果能遵行，功臻旦夕④，勿谓老生常谈也。

【注释】

①孙真人：孙思邈（581—682），京兆华原（今陕西铜川耀州区）人。唐代医学家。宋徽宗曾追封其为妙应真人。

②蔡西山：蔡元定（1135—1198），字季通，世称"西山先生"，建阳（今福建南平建阳区）人。南宋理学家。

③嗔恚（huì）：发火，生气。

④臻（zhēn）：达到。

洁一室，开南牖，八窗通明。勿多陈列玩器，引乱心目。设广榻、长几各一，笔砚楚楚①，旁设小几一。挂字画一幅，频换。几上置得意书一二部，古帖一本，古琴一张。心目间，常要一尘不染。

【注释】

①楚楚：整洁的样子。

晨入园林，种植蔬果，芟草①，灌花，莳药②。归来入室，闭目定神。时读快书，怡悦神气；时吟好诗，畅发幽情。临古帖，抚古琴，倦即止。知己聚谈，勿及时事，勿及权势，勿臧否人物③，勿争辩是非。或约闲行，不衫不履，勿以劳苦徇礼节。小饮勿醉，陶然而已。诚然如是，亦堪乐志。以视夫蹩足入绊④，伸脰就羁⑤，游卿相之门，有簪佩之累⑥，岂不霄壤之悬哉。

**【注释】**

①芟（shān）草：除草。

②莳（shì）：种植，栽种。

③臧否（zāng pǐ）：评议，褒贬。

④蹙（cù）足：踢脚。蹙，通"蹴"。

⑤脰（dòu）：脖颈。

⑥簪佩：冠簪和衣饰，借指仕宦。

太极拳非他种拳术可及。太极二字，已完全包括此种拳术之意义。太极，乃一圆圈。太极拳即由无数圆圈联贯而成之一种拳术。无论一举手，一投足，皆不能离此圆圈。离此圆圈，便违太极拳之原理。四肢百骸不动则已①，动则皆不能离此圆圈，处处成圆，随虚随实。练习以前，先须存神纳气，静坐数刻。并非道家之守窍也，只须屏绝思虑，务使万缘俱静。以缓慢为原则，以毫不使力为要义，自首至尾，联绵不断。相传为辽阳张通②，于洪武初奉召入都，路阻武当，夜梦异人，授以此种拳术。余近年从事练习，果觉身体较健，寒暑不侵。用以卫生，诚有益而无损者也。

**【注释】**

①百骸：指全身。

②张通：字均实，元代人。工诗善画。

省多言，省笔札，省交游，省妄想，所一息不可省者，居敬养心耳。

杨廉夫有《路逢三叟》词云①：

上叟前致词，大道抱天全。

中叟前致词，寒暑每节宣。

下叟前致词，百岁半单眠。

尝见后山诗中一词②，亦此意。盖出应璩③，璩诗曰：

昔有行道人，陌上见三叟。

年各百岁余，相与锄禾麦。

往前问三叟，何以得此寿？

上叟前致词，室内姬粗丑。

二叟前致词，量腹节所受。

下叟前致词，夜卧不覆首。

要哉三叟言，所以能长久。

**【注释】**

①杨廉夫：杨维桢（1296—1370），字廉夫，号铁崖，会稽（今浙江绍兴）人。元代文学家。

②后山：陈师道（1053—1102），字履常，号后山居士，彭城（今江苏徐州）人。北宋诗人，著有《后山集》。

③应璩（qú，190—252）：字休琏，汝南（今属河南）人。三国时期文学家。

古人云："比上不足，比下有余。"此最是寻乐妙法也。将啼饥者比，则得饱自乐；将号寒者比，则得暖自乐；将劳役者比，则优闲自乐；将疾病者比，则康健自乐；将祸患者比，则平安自乐；将死亡者比，则生存自乐。

白乐天诗有云：

蜗牛角内争何事①，石火光中寄此身。

随富随贫且欢喜，不开口笑是痴人。

近人诗有云：

　　人生世间一大梦，梦里胡为苦认真？

　　梦短梦长俱是梦，忽然一觉梦何存。

与乐天同一旷达也。

　　世事茫茫，光阴有限，算来何必奔忙？人生碌碌，竞短论长，却不道荣枯有数，得失难量。看那秋风金谷②，夜月乌江，阿房宫冷③，铜雀台荒④。荣华花上露，富贵草头霜。机关参透，万虑皆忘，夸什么龙楼凤阁，说什么利锁名缰。

　　闲来静处，且将诗酒猖狂，唱一曲归来未晚，歌一调湖海茫茫。逢时遇景，拾翠寻芳。约几个知心密友，到野外溪旁，或琴棋适性，或曲水流觞；或说些善因果报，或论些今古兴亡。看花枝堆锦绣，听鸟语弄笙簧。

　　一任他人情反复，世态炎凉，优游闲岁月，潇洒度时光。

此不知为谁氏所作，读之而若大梦之得醒，热火世界一贴清凉散也。

**【注释】**

①蜗牛角内争何事：诗出唐代白居易《对酒五首》之二。

②金谷：古代名园，为晋人石崇所建。

③阿房宫：秦始皇时修建的宫殿，规模宏大，后被项羽焚毁。

④铜雀台：三国时曹操所建。因楼顶铸有大孔雀，故名。

　　程明道先生曰①："吾受气甚薄，因厚为保生。至三十而浸盛②，四十五十而后完。今生七十二年矣，较其筋骨，于盛年无损也。若人待老而保生，是犹贫而后蓄积，虽勤亦无补矣。"

**【注释】**

①程明道：程颢（hào，1032—1085），字伯淳，世称"明道先生"，洛阳（今属河南）人。宋代理学家。

②浸盛：精力逐渐充沛、强盛。浸，渐渐。

　　口中言少，心头事少，肚里食少。有此三少，神仙可到。酒宜节饮，忿宜速惩，欲宜力制。依此三宜，疾病自稀。

　　病有十可却：静坐观空，觉四大原从假合①，一也；烦恼现前，以死譬之，二也；常将不如我者，巧自宽解，三也；造物劳我以生，遇病少闲，反生庆幸，四也；宿孽现逢，不可逃避，欢喜领受，五也；家室和睦，无交谪之言②，六也；众生各有病根，常自观察克治，七也；风寒谨访，嗜欲淡薄，八也；饮食宁节毋多，起居务适毋强，九也；觅高明亲友，讲开怀出世之谈，十也。

**【注释】**

①四大：佛教以地、水、火、风为四大。

②交谪：相互埋怨、责难。

　　邵康节居安乐窝中①，自吟曰：
　　　　老年肢体索温存，安乐窝中别有春。
　　　　万事去心闲偃仰②，四肢由我任舒伸。

　　　　炎天傍竹凉铺簟③，寒雪围炉软布裯④。
　　　　昼数落花聆鸟语，夜邀明月操琴音。

　　　　食防难化常思节，衣必宜温莫懒增。

谁道山翁拙于用,也能康济自家身。

**【注释】**

①邵康节:邵雍(1011—1077),字尧夫,自号安乐先生,谥号康节,范阳(今河北涿州)人。北宋哲学家。安乐窝:邵雍将其居室称作安乐窝。

②偃仰:俯仰。

③簟(diàn):竹席。

④裀(yīn):通"茵",褥子,垫子。

养生之道,只"清净明了"四字。内觉身心空,外觉万物空,破诸妄想,一无执著,是曰"清净明了"。

万病之毒,皆生于浓。浓于声色,生虚怯病;浓于货利,生贪饕病①;浓于功业,生造作病;浓于名誉,生矫激病②。噫!浓之为毒甚矣。樊尚默先生以一味药解之③,曰"淡"。云白山青,川行石立,花迎鸟笑,谷答樵讴,万境自闲,人心自闹。

**【注释】**

①贪饕(tāo):贪得无厌。

②矫激:奇异偏激。

③樊尚默:樊良枢,字尚默,号致虚,进贤(今属江西)人。万历三十二年(1604)进士,历任仁和县令、云南提学副使。

岁暮访淡安,见其凝尘满室,泊然处之①。叹曰:"所居,必洒扫涓洁,虚室以居,尘嚣不染。斋前杂树花木,时观万物生意。深夜独坐,或启扉以漏月光②,至昧爽③,但觉天地万物，清气自远而届，此心与相流通，更无窒碍。今室中芜秽不治，弗以累心，但恐于神爽未必有助也。"

**【注释】**

①泊然：恬淡从容的样子。

②扉：柴门。

③昧爽：拂晓，黎明。

余年来静坐枯庵，迅扫夙习。或浩歌长林，或孤啸幽谷，或弄艇投竿于溪涯湖曲，捐耳目，去心智，久之似有所得。陈白沙曰①："不累于外物，不累于耳目，不累于造次颠沛。鸢飞鱼跃，其机在我。"知此者谓之善学，抑亦养寿之真诀也。

**【注释】**

①陈白沙：陈献章（1428—1500），字公甫，明代思想家。少年随祖父迁居广东新会白沙乡，故后人尊其为"白沙先生"。

圣贤皆无不乐之理。孔子曰："乐在其中。"颜子曰："不改其乐。"孟子以"不愧，不怍"为乐。《论语》开首说乐，《中庸》言"无入而不自得"。程、朱教寻孔、颜乐趣，皆是此意。圣贤之乐，余何敢望，窃欲仿白傅之"有叟在中，白须飘然，妻孥熙熙，鸡犬闲闲"之乐云耳①。

**【注释】**

①白傅：即白居易。因其晚年曾任太子少傅，故称。有叟在中，白须飘然，妻孥（nú）熙熙，鸡犬闲闲：语出白居易《池上篇》。妻孥，妻子和儿女。

冬夏皆当以日出而起，于夏尤宜。天地清旭之气①，最为爽神，失之甚为可惜。余居山寺之中，暑月日出则起，收水草清香之味。莲方敛而未开，竹含露而犹滴，可谓至快。日长漏永，午睡数刻，焚香垂幕，净展桃笙②，睡足而起，神清气爽，真不啻天际真人也。

**【注释】**

①清旭：清晨，早晨。

②桃笙：用桃枝竹编成的竹席。

乐即是苦，苦即是乐。带些不足，安知非福？举家事事如意，一身件件自在，热光景即是冷消息。圣贤不能免厄，仙佛不能免劫，厄以铸圣贤，劫以炼仙佛也。

牛喘月，雁随阳，总成忙世界；蜂采香，蝇逐臭，同是苦生涯。劳生扰扰，惟利惟名。牿旦昼①，�寒暑，促生死，皆此两字误之。以名为炭而灼心，心之液涸矣；以利为虿而螫心，心之神损矣。今欲安心而却病，非将名利两字，涤除净尽不可。

**【注释】**

①牿（gù）：束缚，约束。

余读柴桑翁《闲情赋》①，而叹其钟情；读《归去来辞》，而叹其忘情；读《五柳先生传》，而叹其非有情、非无情，钟之忘之，而妙焉者也。余友淡公，最慕柴桑翁，书不求解而能解，酒不期醉而能醉。且语余曰："诗何必五言？官何必五斗？子何必五男？宅何必五柳？"可谓逸矣。余梦中有句云：

五百年谪在红尘，略成游戏；

三千里击开沧海，便是逍遥。

醒而述诸琢堂，琢堂以为飘逸可诵，然而谁能会此意乎？

**【注释】**

①柴桑翁：即陶渊明，因其为柴桑人，故有此称。《闲情赋》：与后文
的《归去来辞》《五柳先生传》皆为陶渊明的作品。

真定梁公每语人①："每晚家居，必寻可喜笑之事，与客纵谈，掀髯大笑，以发舒一日劳顿郁结之气。"此真得养生要诀也。

**【注释】**

①真定梁公：梁清标（1620—1691），字玉立，真定（今河北正定）
人。官至户部尚书、保和殿大学士。清代书画收藏家、鉴赏家。

曾有乡人过百岁，余叩其术。答曰："余乡村人，无所知。但一生只是喜欢，从不知忧恼。"此岂名利中人所能哉。

昔王右军云①："吾笃嗜种果，此中有至乐存焉。我种之树，开一花，结一实，玩之偏爱，食之益甘。"右军可谓自得其乐矣。

放翁梦至仙馆，得诗云："长廊下瞰碧莲沼，小阁正对青萝峰。"便以为极胜之景。余居禅房，颇擅此胜，可傲放翁矣。

**【注释】**

①王右军：王羲之，因曾任右军将军，故称。

　　余昔在球阳，日则步屧于空潭、碧涧、长松、茂竹之侧①，夕则挑灯读白香山、陆放翁之诗②。焚香煮茶，延两君子于坐，与之相对，如见其襟怀之澹宕③，几欲弃万事而从之游，亦愉悦身心之一助也。

【注释】

①步屧（xiè）：步行。屧，行走。

②白香山：白居易，因其晚年居住在香山并自号香山居士，故称。

③澹宕（dàng）：恬静，舒畅。

　　余自四十五岁以后，讲求安心之法。方寸之地，空空洞洞，朗朗惺惺，凡喜怒哀乐、劳苦恐惧之事，决不令之入。譬如制为一城，将城门紧闭，时加防守，惟恐此数者阑入。近来渐觉阑入之时少，主人居其中，乃有安适之象矣。

　　养身之道，一在慎嗜欲，一在慎饮食，一在慎忿怒，一在慎寒暑，一在慎思索，一在慎烦劳。有一于此，足以致病。安得不时时谨慎耶。

　　张敦复先生尝言①："古之读《文选》而悟养生之理，得力于两句，曰：'石蕴玉而山辉，水含珠而川媚。'此真是至言。尝见兰蕙、芍药之蒂间，必有露珠一点，若此一点为蚁虫所食，则花萎矣。又见笋初出，当晓，则必有露珠数颗在其末，日出，则露复敛而归根，夕则复上。田闲有诗云'夕看露颗上梢行'是也②。若侵晓入园，笋上无露珠，则不成竹，遂取而食之。稻上亦有露，夕现而朝敛，人之元气全在乎此。故《文选》二语，不可不时时体察，得诀固不在多也。"

**【注释】**

①张敦复：张英（1637—1708），字敦复，号圃翁、乐圃，桐城（今属安徽）人。官至文华殿大学士、礼部尚书。工诗善画。

②田闲：钱澄之（1612—1693），字饮光，号田闲，桐城（今属安徽）人。

余之所居，仅可容膝，寒则温室拥杂花，暑则垂帘对高槐。所自适于天壤间者，止此耳。然退一步想，我所得于天者已多，因此心平气和，无歆羡，亦无怨尤。此余晚年自得之乐也。

圃翁曰："人心至灵至动，不可过劳，亦不可过逸，惟读书可以养之。"闲适无事之人，镇日不观书，则起居出入，身心无所栖泊，耳目无所安顿，势必心意颠倒，妄想生嗔，处逆境不乐，处顺境亦不乐也。古人有言：扫地焚香，清福已具。其有福者，佐以读书；其无福者，便生他想。旨哉斯言。且从来拂意之事①，自不读书者见之，似为我所独遭，极其难堪。不知古人拂意之事，有百倍于此者，特不细心体验耳。即如东坡先生，殁后遭逢高孝，文字始出，而当时之忧谗畏讥，困顿转徙潮惠之间，且遇跣足涉水②，居近牛栏，是何如境界？又如白香山之无嗣，陆放翁之忍饥，皆载在书卷。彼独非千载闻人？而所遇皆如此。诚一平心静观，则人间拂意之事，可以涣然冰释。若不读书，则但见我所遭甚苦，而无穷怨尤嗔忿之心，烧灼不静，其苦为何如耶。故读书为颐养第一事也。"

**【注释】**

①拂意：不如意。

②跣（xiǎn）足：光着脚。

　　吴下有石琢堂先生之城南老屋。屋有五柳园，颇具泉石之胜，城市之中，而有郊野之观，诚养神之胜地也。有天然之声籁，抑扬顿挫，荡漾余之耳边。群鸟嘤鸣林间时，所发之断断续续声；微风振动树叶时，所发之沙沙簌簌声，和清溪细流流出时，所发之潺潺淙淙声。余泰然仰卧于青葱可爱之草地上，眼望蔚蓝澄澈之穹苍，真是一幅绝妙画图也。以视拙政园①，一喧一静，真远胜之。

**【注释】**

①拙政园：古代著名园林，为苏州四大名园之一。园址原为唐陆龟蒙故宅，明嘉靖间王献臣在此建别墅，取晋潘岳《闲居赋序》"拙者之为政"意，取名"拙政园"。

　　吾人须于不快乐之中，寻一快乐之方法。先须认清快乐与不快乐之造成，固由于处境之如何，但其主要根苗，还从己心发长耳。同是一人，同处一样之境，甲却能战胜劣境，乙反为劣境所征服。能战胜劣境之人，视劣境所征服之人，较为快乐。所以不必歆羡他人之福①，怨恨自己之命，否则，是何异雪上加霜，愈以毁灭人生之一切也。无论如何处境之中，可以不必郁郁，须从郁郁之中，生出希望和快乐之精神。偶与琢堂道及，琢堂亦以为然。

**【注释】**

①歆（xīn）羡：羡慕，爱慕。

　　家如残秋，身如昃晚①，情如剩烟，才如遣电②，余不得已而游于画，而狎于诗，竖笔横墨，以自鸣其所喜。亦犹小草无聊，自矜其花；小鸟无奈，自矜其舌。小春之月，一霞始晴，一峰始明，一禽始清，一梅始生，而一诗一画始成。与梅相悦，与禽相得，与峰相立，与霞相揖，画虽拙而或以为工，诗虽苦而自以为甘。四壁已倾，一瓢已敝，无以损其愉悦之胸襟也。

**【注释】**

①昃（zè）晚：傍晚。

②遣电：闪电。

　　圃翁拟一联，将悬之草堂中：

　　　　富贵贫贱，总难称意，知足即为称意；

　　　　山水花竹，无恒主人，得闲便是主人。

其语虽俚，却有至理。天下佳山胜水、名花美竹无限。大约富贵人役于名利，贫贱人役于饥寒，总鲜领略及此者。能知足，能得闲，斯为自得其乐，斯为善于摄生也①。

**【注释】**

①摄生：养生。

　　心无止息，百忧以感之，众虑以扰之，若风之吹水，使之时起波澜，非所以养寿也。大约从事静坐，初不能妄念尽捐，宜注一念，由一念至于无念，如水之不起波澜。寂定之余，觉有无穷恬淡之意味，愿与世人共之。

　　阳明先生曰①："只要良知真切，虽做举业，不为心累。

且如读书时，知强记之心不是，即克去之；有欲速之心不是，即克去之；有夸多斗靡之心不是，即克去之。如此，亦只是终日与圣贤印对，是个纯乎天理之心。任他读书，亦只调摄此心而已，何累之有？"录此以为读书之法。

**【注释】**

①阳明先生：王守仁（1472—1529），字伯安，号阳明，余姚（今属浙江）人。明代思想家。

　　汤文正公抚吴时①，日给惟韭菜。其公子偶市一鸡，公知之，责之曰："恶有士不嚼菜根，而能作百事者哉？"即遣去。奈何世之肉食者流，竭其脂膏，供其口腹，以为分所应尔。不知甘脆肥脓，乃腐肠之药也。大概受病之始，必由饮食不节。俭以养廉，澹以寡欲。安贫之道在是，却疾之方亦在是。余喜食蒜，素不贪屠门之嚼，食物素从省俭。自芸娘之逝，梅花盒亦不复用矣，庶不为汤公所呵乎。

**【注释】**

①汤文正公：汤斌（1627—1687），字孔伯，谥号文正，睢州（今河南商丘睢县）人。历任江苏巡抚、工部尚书。

　　留侯、郇侯之隐于白云乡①，刘、阮、陶、李之隐于醉乡②，司马长卿以温柔乡隐③，希夷先生以睡乡隐，殆有所托而逃焉者也。余谓白云乡，则近于渺茫；醉乡、温柔乡，抑非所以却病而延年；而睡乡为胜矣。妄言息躬，辄造逍遥之境；静寐成梦，旋臻甜适之乡。余时时税驾④，咀嚼其味，但不从邯郸道上，向道人借黄粱枕耳。

**【注释】**

①留侯、邺侯：留侯指汉代开国功臣张良，邺侯为唐李泌爵号。白云乡：典出《庄子》："乘彼白云，至于帝乡。"后遂以"白云乡"代指仙乡。

②刘、阮、陶、李：分别指刘伶、阮籍、陶渊明、李白。

③司马长卿：司马相如，字长卿。

④税驾：本指解驾、停车。这里指休息、静养。

　　养生之道，莫大于眠食。菜根粗粝①，但食之甘美，即胜于珍错也②。眠亦不在多寝，但实得神凝梦甜，即片刻，亦足摄生也。放翁每以美睡为乐③，然睡亦有诀。

**【注释】**

①粗粝：粗茶淡饭。

②珍错："山珍海错"的省称。泛指珍异食物。

③放翁：即陆游，号放翁。

　　孙真人云："能息心，自瞑目。"蔡西山云："先睡心，后睡眼。"此真未发之妙。禅师告余，伏气，有三种眠法：病龙眠，屈其膝也；寒猿眠，抱其膝也；龟鹤眠，踵其膝也。

　　余少时，见先君子于午餐之后，小睡片刻，灯后治事，精神焕发。余近日亦思法之，午餐后，于竹床小睡，入夜果觉清爽。益信吾父之所为，一一皆可为法。

　　余不为僧，而有僧意。自芸之殁，一切世味，皆生厌心；一切世缘，皆生悲想，奈何颠倒不自痛悔耶。近年与老僧共话无生，而生趣始得。稽首世尊①，少忏宿愆②。献佛以诗，餐僧以画。画性宜静，诗性宜孤，即诗与画，必悟禅机，始臻超脱也。

**【注释】**

①世尊：对佛陀的尊称。

②宿愆：前世的罪过。愆，过失，罪过。

# 附录二

# 诗二首

## 沈复

### 望海

行到千山欲尽头，惊看巨浪拍天浮。
翠螺远点群峰晓，铁马喧腾万里秋。
亭古三间倚峭壁，堤长一带束横流。
始知叠巇重重处，铁钥东南第一州。

### 雨中游山

大瀛云水漫丹丘，海外人来天外游。
寒雨满城无过雁，荒潭抱壑有潜虬。
招摇北极如横带，控制南闽等掔瓯。
醉倚移情台畔石，萧萧落木送残秋。

# 送沈三白随齐太史奉使琉球

李佳言

## 之一

三山开国久米王，贡赍常通愿近光。

首里岩城雄列服，八星名迹冠东洋。

使君特简威仪肃，元子新封礼教详。

毕竟书生多远略，仁风幕府助宣扬。

## 之二

记否飞觞耳热时，为言此去与君宜。

行程绘画矜游壮，景物诹咨胜阅奇。

海国见闻应补录，职方外纪好搜遗。

他年五两南旋日，争读归装数卷诗。

# 题赠沈三白 三首

## 石韫玉

### 题沈三白《琉球观海图》

中山瀛海外，使者赋皇华。

亦有乘风客，相从贯月楂。

鲛宫依佛宇，龙节出天家。

万里波涛壮，归来助笔花。

**洞仙歌**　题沈三白夫妇载花归去月儿高画卷，时其妇已下世矣

春光一轲，趁江流如箭。料想仙源路非远。问刘纲，佳耦暂谪凡尘，消受过，几度花明月艳。　　比肩人已杳，蕉萃崔郎，犹对天桃旧时面。不用水沉香，百种芳华，早熏得，真真活现。倘环佩珊珊夜深归，算只有，嫦娥当年曾见。

### 疏影　为沈三白自题"梅影图"

最伤心处，是瑶台圮后，芳华无主。不见婵娟，绘影生绡，翻出招魂新谱。罗浮梦远，寻难到，空听尽，唧啾翠羽。怕夜深纸帐清寒，化作缟云飞去。　　从此粉侯憔悴，看亭亭瘦影，相对凝伫。留得春光，常在枝头，人寿那能如许。二分明月红桥侧，有葬玉一抔黄土。想幽香已殉，琼花不与藤芜同语。

——载石韫玉《独学庐三稿》

# 寿沈三白布衣诗

## 顾翰

昔闻沈东老，家贫乐有余。

床头千斛酒，架上万卷书。

我观三白翁，踪迹毋乃是。

无必慕荣利，不肯傍朝市。

当年曾作海外游，记随玉册封琉球。

风涛万里入吟卷，顿悟身世如浮沤。

人生得失等毫发，一意率真非放达。

桥边孺子呼进履，当代大臣来结袜。

偶因币聘来雄皋，十年幕府衣青袍。

买山无赀去归隐，肠绕吴门千百遭。

吴阊门，虎阜寺，高道名僧日栖止。

朝君结屋相往来，拊掌一笑林花开。

赠君以湘绿筇之杖，醉君以幔亭紫霞之杯。

# 分题沈三白处士《浮生六记》

刘樊仙侣世原稀，瞥眼风花又各飞。
赢得红闺传好句，秋深人瘦菊花肥。原注：君配工诗，
此其集中遗句也。

烟霞花月费平章，转觉闲来事事忙。
不以红尘易清福，未妨泉石竟膏肓。

坎坷中年百不宜，无多骨肉更离披。
伤心替下穷途泪，想见空江夜雪时。

秦楚江山逐望开，探奇还上粤王台。
游踪第一应相忆，舟泊胥江月夜杯。

瀛海曾乘汉使槎，中山风土纪皇华。
春云偶住留痕室，夜半涛声听煮茶。

白雪黄芽说有无，指归性命未全虚。
养生从此留真诀，休向娜嬛问素书。

阳湖管贻葑树荃

# 《浮生六记》序

是编合冒巢民《影梅庵忆语》、方密之《物理小识》、李笠翁《一家言》、徐霞客《游记》诸书，参错贯通，如《五侯鲭》，如《群芳谱》，而绪不芜杂，指极幽馨。绮怀可以不删，感遇乌能自己，洵《离骚》之外篇，《云仙》之续记也。向来小说家标新领异，移步换形，后之作者几于无可著笔，得此又树一帜。惜乎卷帙不全，读者犹有遗憾。然其凄艳秀灵，怡神荡魄，感人固已深矣。

仆本恨人，字为秋士。对安仁之长簟，尘掩茵帱；依公瑕之故居，种寻药草。余居定光寺西，为前明周公瑕药草山房故址。海天琐尾，尝酸味于芦中；山水遨头，骋豪情于花外。我之所历，间亦如君；君之所言，大都先我。惟是养生意懒，学道心违，亦自觉阙如者，又谁为补之欤？浮生若梦，印作珠麼余藏旧犀角圆印一，镌"浮生若梦"二语。记事之初，生同癸未三白先生生于乾隆癸未，余生于道光癸未。上下六十年，有乡先辈为我身作印证，抑又奇已。聊赋十章，岂惟三叹：

艳福清才两意谐，宾香阁上斗诗牌。
深宵同啜桃花粥，刚识双鲜酱味佳。

琴边笑倚鬓双青，跌宕风流总性灵。
商略山家栽种法，移春槛是活花屏。

分付名花次第开，胆瓶拳石伴金罍。
笑他琐碎板桥记，但约张魁清早来。

曾经沧海难为水，除却巫山不是云。
守此情天与终古，人间鸳牒只须焚。

衅起家庭剧可怜，幕巢飞燕影凄然。
呼灯黑夜开门去，玉树枝头泣杜鹃。

梨花憔悴月无聊，梦逐三春尽此宵。三白于三月三十日悼亡。
重过玉钩斜畔路，不堪消瘦沈郎腰。

雪暗荒江夜渡危，天涯莽莽欲何之？
写来满幅征人苦，犹未生逢兵乱时。

铁花岩畔春多丽，铜井山边雪亦香。
从此拓开诗境界，湖山大好似吾乡。

眼底烟霞付笔端，忽耽冷趣忽浓欢。
画船灯火层寮月，都作登州海市观。

便做神仙亦等闲，金丹苦炼几生悭。
海山闻说风能引，也在虚无缥缈间。

　　　　　　　　同治甲戌初冬，香禅精舍近僧题

# 《浮生六记》序

　　《浮生六记》一书，余于郡城冷摊得之，六记已缺其二，犹作者手稿也。就其所记推之，知为沈姓，号三白，而名则已逸，遍访城中无知者。其书则武林叶桐君刺史、潘麐生茂才、顾云樵山人、陶芑孙明经诸人，皆阅而心醉焉。贷园王君寄示阳湖管氏所题《浮生六记》六绝句，始知所亡《中山记历》盖曾到琉球也。书之佳处已详于麐生所题。近僧即麐生自号，并以"浮生若梦为欢几何"之小印，钤于简端。

　　　　　　　　　　光绪三年七月七日，独悟庵居士杨引传识

# 《浮生六记》跋

　　予妇兄杨苏补明经曾于冷摊上购得《浮生六记》残本，笔墨间缠绵哀感，一往情深，于伉俪尤敦笃。卜宅沧浪亭畔，颇擅水石林树之胜，每当茶熟香温，花开月上，夫妇开樽对饮，觅句联吟，其乐神仙中人不啻也。曾几何时，一切皆幻。此记之所由作也。予少时尝跋其后云："从来理有不能知，事有不必然，情有不容已。夫妇准以一生，而或至或不至者，何哉？盖得美妇非数生修不能，而妇之有才有色者，辄为造物所忌，非寡即夭。然才人与才妇旷古不一合，苟合矣，即寡夭焉，何憾！正惟其寡夭焉，而情益深；不然，即百年相守，亦奚裨乎？呜呼！人生有不遇之感，兰杜有零落之悲。历来才色之妇，湮没终身，抑郁无聊，甚且失足堕行者不少矣，而得如所遇以夭者，抑亦难之。乃后之人凭吊，或嗟其命之不辰，或悼其寿之弗永，是不知造物者所以善全之意也。美妇得才人，虽死贤于不死。彼庸庸者，即使百年相守，而不必百年已泯然尽矣。造物所以忌之，正造物所以成之哉？"顾跋后未越一载，遽赋悼亡，若此语为之谶也。是书余惜未抄副本，旅粤以来，时忆及之。今闻苏补已出付尊闻阁主人以活字板排印，特邮寄此跋，附于卷末，志所始也。

　　　　　　　　丁丑秋九月中旬，淞北玉鱿生王韬病中识

# 《浮生六记》序

## 林语堂

　　芸，我想，是中国文学上一个最可爱的女人。她并非最美丽，因为这书的作者，她的丈夫，并没有这样推崇，但是谁能否认她是最可爱的女人？她只是我们有时在朋友家中遇见的有风韵的丽人，因与其夫伉俪情笃，令人尽绝倾慕之念，我们只觉得世上有这样的女人是一件可喜的事，只愿认她是朋友之妻，可以出入其家，可以不邀自来和她夫妇吃中饭，或者当她与她丈夫促膝畅谈书画文学腐乳卤瓜之时，你们打瞌睡，她可以来放一条毛毡把你的脚腿盖上。也许古今各代都有这种女人，不过在芸身上，我们似乎看见这样贤达的美德特别齐全，一生中不可多得。你想谁不愿意和她夫妇，背着翁姑，偷往太湖，看她观玩洋洋万顷的湖水，而叹天地之宽，或者同她到万年桥去赏月？而且假使她生在英国，谁不愿意陪她去参观伦敦博物院，看她狂喜坠泪玩摩中世纪的彩金抄本？因此，我说她是中国文学及中国历史上（因为确有其人）一个最可爱的女人，并非故甚其辞。

　　她的一生，正可引用苏东坡的诗句，说它是"事如春梦了无痕"。要不是这书得偶然保存，我们今日还不知有这样一个女人生在世上，饱尝过闺房之乐与坎坷之愁。我现在把她的故事翻译出来，不过因为这故事应该叫世界知道：一方面以流传她的芳名，又一方面，因为我在这两位无猜的夫妇的简朴的生活中，看她们追求美丽，看她们穷困潦倒，遭不如意事的磨折，受奸佞小人的欺负，同时一意求享浮生半日闲的清福，却又怕遭神明的忌——在这故事中，我仿佛看到中国处世哲学的精华在两位恰巧成为夫妇的生平上表现出来。两位平常的雅人，在世上并没有特殊的建树，只是欣爱宇宙间的良辰美景，山林泉石，同几位知心友过他们恬淡自适的生活——蹭蹬不遂，而仍不改其乐。他们太驯良了，所以不会成功，因为他们两位胸怀旷达，澹泊名利，与世无争，而他们的遭父母放逐，也不能算他们的错，反而值得我们的同情。这悲剧之发生，不过由于芸知书识字，由于她太爱美至于不懂得爱美有什么罪过。因她是识字的媳妇，所以她得替她的婆婆写信给在外想要娶妾的公公，而且她见了一位歌伎简直发痴，暗中替她的丈夫撮合娶为簉室，后来为强者所夺，因而生起大病。在这地方，我们看见她的爱美的天性与这现实的冲突——一种根本的，虽然是出于天真的，冲突。这冲突在她于神诞之夜，化扮男装，赴会观"花照"，也可看出。一个女人打扮男装或是倾心于一个歌伎是不道德吗？如果是，她全不晓得。她只思慕要看见，要知道，人生世上的美丽景物，那些中国古代守礼的妇女向来所看不到的景物。也是由于这艺术上本无罪而道德上犯礼法的衷怀，使她想要游遍天下名山——那些年青守礼妇女不便访游而她愿意留待"鬓斑"之时去访游的名山。但是这些山她没看到，因为她已经看见一位风流蕴藉的歌伎，而这已十分犯礼法，足使她的公公认为她是痴情少妇，把她逐出家庭，而她从此半生须颠倒于穷困之中，没有清闲也没有钱可以享游山之乐。

这是否她的丈夫沈复，把她描写过实？我觉得不然，读者读本书后必与我同意。他不曾存意粉饰芸或他自己的缺点。我们看见这书的作者自身也表示那种爱美爱真的精神和那中国文化最特色知足常乐和恬淡自适的天性。我不免暗想，这位平常的寒士是怎样一个人，能引起他太太这样纯洁的爱，而且能不负此爱，把它写成古今中外文学中最温柔细腻闺房之乐的记载。三白，三白，魂无恙否？他的祖坟在苏州郊外福寿山，倘使我们有幸，或者尚可找到。果能如愿，我想备点香花鲜果，供奉跪拜祷祝于这两位清魂之前，也没什么罪过。在他们坟前，我要低吟 Maurice Ravel 的 "Pavane"，哀思凄楚，缠绵悱恻，而归于和美静娴，或是长啸 Massenet 的 "Melodie"，如怨如慕，如泣如诉，悠扬而不流于激越。因为在他们之前，我们的心气也谦和了，不是对伟大者，是对卑弱者，起谦恭畏敬，因为我相信淳朴恬退自甘的生活（如芸所说"布衣菜食，可乐终身"的生活），是宇宙间最美丽的东西。在我翻阅重读这本小册时，每每不期然而然想到这安乐的问题。在未得安乐的人，求之而不可得，在已得安乐之人，又不知其来之所自。读了沈复的书每使我感到这安乐的奥妙，远超乎尘俗之压迫与人身之痛苦——这安乐，我想，很像一个无罪下狱的人心地之泰然，也就是托尔斯泰在《复活》里所微妙表出的一种，是心灵已战胜肉身了。因为这个缘故，我想这对伉俪的生活是最悲惨而同时是最活泼快乐的生活——那种善处忧患的活泼快乐。

这本书的原名是《浮生六记》（英译 "six chapters of a floating life"），现在只存四记（典出李白"浮生若梦，为欢几何"之句）。其体裁特别，以一自传的故事，兼谈生活艺术，闲情逸趣，山水景色，文评艺评等。现存的四记本系杨引传在冷摊上所发现，于一八七七年首先刊行。依书中自述，作者生于一七六三年，而第四记之写作必在一八〇八年之后。杨的妹婿王韬（弢园），颇具文名，曾于幼时看见这书，所以这书在一八一〇年至一八三〇年间当流行于姑苏。由管贻萼的诗及现存回目，我们知道第五章是记他在台湾的经历，而第六章是记作者对养生之道的感想。我在猜想，在苏州家藏或旧书铺一定还有一本全书，倘若有这福分，或可给我们发现。

1936 年 5 月 24 日，龙溪林语堂序于上海

上序于《天下》英文月刊本年八月创刊号发表后，正在托旧书铺在苏州常熟访求全本（闻虞山素有世代书香之风，私人藏书者甚多）。过两星

期得黎厂由甬来札，谓全本已为苏人王均卿老先生（文濡，即《说库》编者）所得，而王又适于二月前归道山。过数日又见《新园林》郑逸梅先生记均卿先生发现全本事。访之，谓亲闻于王，于去年发现；此书或已付印，或在遗稿中，不甚了了。又访王之家族，闻均卿先生遗物现在封闭，一时无从问津。到底如何，未见稿本，无从鉴别。惟个人以为苏州家藏沿袭三代以上者不难发现此书全本。尚望留心文献，不以此为好事者，留心访求，报我好音，不胜感祷。又王弢园（天南遯叟，有《弢园文集》《弢园尺牍》《艳史杂钞》等）、石琢堂（韫玉，袁文笺正者）及其他文人集中有发现关于三白生平文字者，亦祈示知。英译四记已陆续登《天下月刊》第一、二、三、四期。廿四年十一月六晚附记。

　　顷阅世界书局新刊行《美化文学名著丛刊》内王均卿所"发现"《浮生六记》"全本"，文笔既然不同，议论全是抄书，作假功夫幼稚，决非沈复所作，闲当为文辩之。十一月十六日又记。

# 《浮生六记》后记

## 林语堂

素好《浮生六记》，发愿译成英文，使世人略知中国一对夫妇之恬淡可爱生活。民廿四年春夏间陆续译成，刊登英文《天下月刊》及《西风月刊》。颇有英国读者徘徊不忍卒读，可见此小册入人之深也。余深爱其书，故前后易稿不下十次；《天下》发刊后，又经校改。兹复得友人张沛霖君校误数条，甚矣乎译事之难也。

> 语堂
> 民廿八年二月，于巴黎

# 《浮生六记》考

### 赵苕狂

## 一　为自传文开一好例

　　何谓传文？那就是作者将自己一生或一生中某一时期内所经历的事情，很详细的，很忠实的，用文字叙述了出来。这也是文字的一体，我们要在旧时的文苑内，找寻这一类的作品，当然是非常之多的。不过，在这些自传文中，要找到一篇可当"完美"二字之称者，却又似凤毛麟角，这般的不可多得了，此无他，自传文以真率不涉虚伪者为上；而文字的能臻化境，也贵乎其能自然：二者原是相与为因，相与为果，同属于一个机杼之下的。

　　但是旧时的一般文学家，饱受着经史的毒，自以为：自文王、周公、孔子……等所递传下来，不绝如缕的那个"大道"，都在他们的肩上抗承着，而再由他们放出旋乾转坤的手段，使之坠绪重续，更能千秋万古的传下去，他们的责任是非常的重大的。所以，他们在平时，固已是"行必法乎先王，言必称乎尧舜"了，便是动起笔来，也不外乎是些个"载道之文""名山之作"的。即或偶尔高兴，作着自传的文字，也无非套着一个假面具，说几句迂腐的话。凡有关于闲情逸致的，决不肯赤裸裸的把来写上去。因为，一写上去，就要与他们所谓的"先王"、所谓的"大道"有背，说不定还要受到同辈的排斥，得到一句"非吾徒也"的骂词呢。文艺所由臻美的条件既如彼，而一般文艺家所走的道路、所秉的态度又如此，在这般绝不相容的一个情形下，又怎能产生得出完美的自传文来呢？

　　然而，宇宙如是之广大，不见得个个人都投入于所谓"先王""大道"的翼蔽之下，终究也有个天分绝高、生性潇洒的人，会从这势力圈中逃了出来，而仍能保持着他们的真性情和真面目的。在这里，可就找得了我们所要找的书——一部较为满意的自传文了。那就是沈三白所写的《浮生六记》，从此，也可说是为这一体的文字开了一个好例。

　　沈三白，名复，苏州人，习幕作贾，也能绘事，在当时并无文名。他是生于乾隆二十八年——西历一七六三年，卒年无可考，然我们知道本书第四卷写成是在嘉庆十三年，则他的逝世，无论如何总不会在这个一年之前了。娶妻陈芸，是一个有才而生性洒脱的女子。关于他个人的，我们所能知道的，仅限于此。至这部《浮生六记》，共分作六卷，因在每一卷中记一事，故有六记之名。六记的顺序是：第一卷《闺房记乐》，第二卷《闲情记趣》，第三卷《坎坷记愁》，第四卷《浪游快记》，第五卷《中山记历》，第六卷《养生记逍》。

## 二　乐与愁对照下所涉及的家庭问题

　　在这六篇文字之中，有二篇的性质是绝对的相反，并可互相作一对照。那就是第一卷《闺房记乐》和第三卷《坎坷记愁》这二篇。前者是自写其闺房间的乐事，后者却写他历尽坎坷，在一生中所遭遇到的拂逆之事。但是，这二篇实有相联属的关系的。原来，这中间孕藏着一个家庭问题在。

　　在中国，历来是采取着大家庭制度的，可是，在这大家庭中充上一员，而要能一无风波的相处下去，实不是一桩容易的事情。本书作者的所以遭坎坷，不得于家庭，实是一个大原因。而他的所以不得于家庭，他们夫妇俩都生就了浪漫的性情，常与大家庭所赖以维持的礼法相枘凿，又是一个大原因。这一来，夫妇俩沉瀣一气，伉俪之情固然愈趋愈笃，但与家庭间却愈成水火之势了！

　　如今，请先看下面所载的二段，其一云：

实则同行并坐，初犹避人，久则不以为意。芸或与人坐谈，见余至，必起立，偏挪其身，余就而并焉。彼此皆不觉其所以然者，始以为惭，继成不期然而然。

又其一云：

芸欣然。及晚餐后，妆束既毕，效男子拱手阔步者良久，忽变卦曰："妾不去矣。为人识出既不便，堂上闻之又不可。"余怂恿曰："……密来密去，焉得知之？"芸揽镜自照，狂笑不已。余强挽之，悄然径去。

这虽不过写出他们俩的伉俪情笃，并都生就了一种洒脱的性情而已，然他们平日的行为，也就可想而知。而旧家庭所崇尚的，是礼法，又怎能把这一类的情形看得入眼？自然，一切厌恶之根，都种于此的了。

何况，接着又有下面所述的这些事情发生：

吾父谓孚亭（是其父邗江幕中的一个同事）曰："一生辛苦，常在客中，欲觅一起居服役之人而不可得。儿辈果能仰体亲意，当于家乡觅一人来，庶语音相合。"孚亭转述于余，密札致芸，倩媒物色，得姚氏女。芸以成否未定，未即禀知吾母。其来也，托言邻女之嬉游者。及吾父命余接取至署，芸又听旁人意见，托言吾父素所合意者。吾母见之曰："此邻女之嬉游者也，何娶之乎？"芸遂并失爱于姑矣。

……芸来书曰："启堂弟曾向邻妇借贷，倩芸作保，现追索甚急。"余询启堂，启堂转以嫂氏为多事。余遂批纸尾曰："父子皆病，无钱可偿，俟启弟归时，自行打算可也。"未几，病皆愈，余仍往真州。芸覆书来，余父拆视之，中述启弟邻项事，且云："令堂以老人之病皆由姚姬而起。翁病稍痊，宜密嘱姚托言思家，妾当令其家父母到扬接取，实彼此卸责之计也。"吾父见书，怒甚。询启堂以邻项事，答言不知……

这金钱的纠葛，言词的不检，好似在已伏有火种的场合，又放上了二把恶火，当然会要蓬蓬勃勃的烧了起来！他们夫妇俩哪里还能在家庭间相容得下呢？

于是，三白的父亲立刻摆出了家长的威风，在盛怒之下，一封书把陈芸来斥逐。三白在不能两全的情形之下，也只好"携妇告别"了！虽隔不上二年，又蒙到了老人的谅解，仍许他们回到家中去，可是，俗话说得好，"江山易改，本性难移"，在他们是无论如何改不了那一种浪漫性情的，而种在家庭间的厌恶他们的根子，也是既经一度种下之后，老是拔它不去。故不久便又有下面的这些情形：

> 余夫妇居家，偶有需用，不免典质，始则移东补西，继则左支右绌。谚云："处家人情，非钱不行。"先起小人之议，渐招同室之讥。"女子无才便是德"，真千古至言也。……不数年而逋负日增，物议日起。老亲又以盟妓一端，憎恶日甚。……芸病转增，唤水索汤，上下厌之。……锡山华氏，知其病，遣人问讯。堂上误以为憨园之使，因愈怒曰："汝妇不守闺训，结盟娼妓；汝亦不思习上，滥伍小人。若置汝死地，情有不忍，姑宽三日限，速自为计，迟必首汝逆矣。"芸闻而泣曰："亲怒如此，皆我罪孽。妾死君行，君必不忍；妾留君去，君必不舍。……"

这一来，他们夫妇俩再也在这大家庭中留身不住，只得又作第二次的出走了。然而试思：以一个久已依赖了大家庭而生活的人，一旦离去了这个大家庭，要去自谋生活，急切间既找不到一桩事情，又挈带着一个病妇在一起，又怎能教他不一步步的，走入坎坷之境呢？

而最可痛恨又最可慨叹的，尤莫过于三白的父亲死了以后，他的兄弟竟不来通报他，还是由他的女儿青君来信，知道了这个噩耗，始得前去奔丧。不料，他的兄弟误会了，还以为他是回去夺产的，竟于暗地召集了许多人来，汹汹然向他索逋，说是他父亲所欠下的。可是，尽他兄弟是怎样的巧安排，这种鬼蜮的内幕，终究会给人拆上一个穿！于是，三白唤了他的兄弟，很愤慨的向他说道：

> 兄虽不肖，并未作恶不端。若言出嗣降服，从未得过纤毫嗣产，

此次奔丧归来，本人子之道，岂为争产故耶？大丈夫贵乎自立，我既
一身归，仍以一身去耳。

这一番话非常坦白，当然是很能得到人们的同情。可是，家庭之变，可谓
至斯已极了！

由此看来：这大家庭制度，实是要不得的一件东西！在这大家庭制
度下，产生不出别的甚么来，只不过养成了一种依赖的习惯，造出了一种苦
乐不平均的局面，弄出不少明争暗斗的怪剧来罢了。而作者关于这种家庭
问题，看他虽是很随意的写来，其实，却不是出自无因，他在本书中所揭示
的，实是含着一种很严重的意味的。而他是在歌颂着这个大家庭，抑是
怨诅着这个大家庭？固可不言而喻的了。

至于，他在第一卷中，自写其闺房间的乐事，却是取着一种很大胆的
态度。因为，从来人们对于闺房之情，总是这么的"秘而不宣"，以为万万
告诉不得人的，他却一点也不管，竟十分坦白的写了出来了。然则，他如此
的大胆写了出来，文字也会涉于淫秽吗？不，一点也不，仍是写得不浓也不
淡，深得"乐而不淫"之旨的。此无他，他所写的，悉根于很深挚的一种爱
情，自然一切都美化了。现在，我且在书中选出一段来录在下面：

芸卸妆尚未卧，高烧银烛，低垂粉颈，不知观何书而出神若此。
因抚其肩曰："姊连日辛苦，何犹孜孜不倦耶？"芸忙回首起立曰："顷
正欲卧，开橱得此书，不觉阅之忘倦。《西厢》之名，闻之熟矣，今始
得见，真不愧才子之名，但未免形容尖薄耳。"余笑曰："唯其才子，笔
墨方能尖薄。"伴妪在旁促卧，令其闭门先去。遂与比肩调笑，恍同密
友重逢。戏探其怀，亦怦怦作跳，因俯其耳曰："姊何心春乃尔耶？"
芸回眸微笑。便觉一缕情丝，摇人魂魄。拥之入帐，不知东方之
既白。

如此写来，文字固然是非常的香艳，但我们总不能把一个淫字，轻轻的加
到它的上面去，后来的文人墨士，对于他这一体的文字，也有不少的效颦
之作，但不是为了用情不真或不正，就是为了写得太过火的缘故，总有点涉

于下流之嫌呢！

　　而他的写悲哀愁苦，也正有异曲同工之妙，且不甚作怨天尤人语，更是他的一个特点，此由于他襟怀旷达之故。今也选录一段于下：

　　　　余欲延医诊治，芸阻曰："妾病始因弟亡母丧，悲痛过甚，继为情感，后由忿激，而平素又多过虑。满望努力做一好媳妇，而不能得，以至头眩、怔忡诸症毕备。所谓病入膏肓，良医束手，请勿为无益之费……"因又呜咽而言曰："人生百年，终归一死。今中道相离，忽焉长别，不能终奉箕帚、目睹逢森娶妇，此心实觉耿耿。"言已，泪落如豆。……芸又唏嘘曰："妾若稍有生机一线，断不敢惊君听闻。今冥路已近，苟再不言，言无日矣。君之不得亲心，流离颠沛，皆由妾故，妾死则亲心自可挽回，君亦可免牵挂。堂上春秋高矣，妾死，君宜早归。如无力携妾骸骨归，不妨暂厝于此，待君将来可耳。愿君另续德容兼备者，以奉双亲，抚我遗子，妾亦瞑目矣。"言至此，痛肠欲裂，不觉惨然大恸。余曰："卿果中道相舍，断无再续之理，况'曾经沧海难为水，除却巫山不是云'耳。"芸乃执余手而更欲有言，仅断续叠言"来世"二字，忽发喘，口噤，两目瞪视，千呼万唤，已不能言。痛泪两行，涔涔流溢。既而喘渐微，泪渐干，一灵缥缈，竟尔长逝。时嘉庆癸亥三月三十日也。当是时，孤灯一盏，举目无亲，两手空拳，寸心欲碎。绵绵此恨，曷其有极！

这是写得何等的酸楚凄切，真可与前面那一段香艳的文字，作一绝好的对照。

　　但在这前后二段相对照的文字中，却有一个共通之点，那就是一个"真"字。作者当下笔的时候，别的他一点都不管，只是扼住了一个"真"字放笔写去，于是，不论其为写欢愉，写悲苦，都同样觉得非常的动人，而头头是道的了。不过，在一般人看到了这二段文字之后，觉得今日的这个花娇柳媚的新嫁娘，即是异日的那个悲啼哀啭的垂危病妇，在曾几何时之间，竟有这般的一个变迁，人生太是梦幻了，不知要如何的低徊俯仰，兴叹无穷呢?

### 三　闲情的领略

一个人对于闲情,能不能有上一番领略,这是关于各人的天分,一分儿也勉强不来的,尽有几辈性情生来木强的,浑浑噩噩的过了一辈子,至死也解不了闲情是甚么一回事。至于一班专讲"先王""大道"的孔孟之徒,当然更是谈不上,就有一些些的闲情,也会给他们那一股迂腐之气冲了去。像本书作者,天分极高,可算是谙得闲情的三昧的了,所以,虽小而至于闲看虫类相斗,也会使他不厌不倦,久久神移着。

而他那种爱美的心性,更是与有生而俱来,尤足助成他的种种闲情的。如书中论及布置屋宇的那一节:

> 若夫园亭楼阁,套室回廊,叠石成山,栽花取势,又在大中见小,小中见大,虚中有实,实中有虚,或藏或露,或浅或深。不仅在"周回曲折"四字,又不在地广石多,徒烦工费。或掘地堆土成山,间以块石,杂以花草,篱用梅编,墙以藤引,则无山而成山矣。大中见小者,散漫处植易长之竹,编易茂之梅以屏之。小中见大者,窄院之墙宜凹凸其形,饰以绿色,引以藤蔓,嵌大石,凿字作碑记形。推窗如临石壁,便觉峻峭无穷。虚中有实者,或山穷水尽处,一折而豁然开朗;或轩阁设厨处,一开而可通别院。实中有虚者,开门于不通之院,映以竹石,如有实无也;设矮栏于墙头,如上有月台,而实虚也。

这非胸中具有丘壑者,不能道其只字;而也见他在爱美方面,是有如何的一种心得的。

他凭着这一种的天分,这一种的心得,去赏玩花卉虫鱼,去布置各种赏心悦性之具,小而至于如何的焚香,供佛手,供木瓜,遂觉无往而不见其宜,也无往而不得到一种真趣的了。

尤使我们自叹不如的,则作者虽在生活穷困之中,也能以费钱不多的经济方法,得时与三五同志,曲尽文酒流连之乐。而最有趣的,莫过于南园对花小饮的那一回事：

> 苏城有南园、北园二处，菜花黄时，苦无酒家小饮。携盒而往，对花冷饮，殊无意味。或议就近觅饮者，或议看花归饮者，终不如对花热饮为快。众议未定。芸笑曰："明日但各出杖头钱，我自担炉火来。"众笑曰："诺。"众去，余问曰："卿果自往乎？"芸曰："非也。妾见市中卖馄饨者，其担、锅、灶无不备，盍雇之而往？妾先烹调端整，到彼处再一下锅，茶酒两便。"余曰："酒菜固便矣，茶乏烹具。"芸曰："携一砂罐去。以铁叉串罐柄，去其锅，悬于行灶中，加柴火煎茶，不亦便乎？"余鼓掌称善。街头有鲍姓者，卖馄饨为业。以百钱雇其担，约以明日午后，鲍欣然允议。明日，看花者至，余告以故，众咸叹服。饭后同往，并带席垫，至南园，择柳阴下团坐。先烹茗，饮毕，然后暖酒烹肴。是时，风和日丽，遍地黄金，青衫红袖，越阡度陌，蝶蜂乱飞，令人不饮自醉。既而酒肴俱熟，坐地大嚼。担者颇不俗，拉与同饮。游人见之，莫不羡为奇想。杯盘狼籍，各已陶然，或坐或卧，或歌或啸。红日将颓，余思粥，担者即为买米煮之，果腹而归。芸问曰："今日之游乐乎？"众曰："非夫人之力不及此。"大笑而散。

如此的闲情逸致，直使后世人读及了这一节文字，也都为之羡煞。然非其闺中人具此巧思奇想，则在这个雅集中，也决不会这般的兴会淋漓。怪不得同游的人，都要非常俏皮的，而说上一句"非夫人之力不及此"了。在这里，可使我们知道，对于那些闲情，是应该以如何的一种态度，如何的一种襟怀，而去领略及之啊！

## 四　作者的游踪及记游的文字

作者游幕作贾，时在外面飘流着，地方很是到得不少。他在本书第四卷《浪游快记》中，一下笔就说："余游幕三十年来，天下所未到者，蜀中、黔中与滇南耳。"这倒是几句实话。他的作游记，与其他的人们不同，并不喜欢连篇累牍的，作上一种记账式的文字，只是对于一山一水，很概括的而形容上几句。而这些形容的话，却又似"老吏断狱"一般的，一点儿移易不得。加以他于此等地方，很有上一种独立的精神，不论哪一个名胜之区，他不品评则已，一品评得，总是在他自己的直觉下而再经过一番邃密的审度的，决不多采前人所已发表过的意见。这一来，他的记游之文，自觉生面别开的了。

譬如，他去游扬州，在书是这么的记载着：

渡江而北，渔洋所谓"绿杨城郭是扬州"一语，已活现矣。平山堂离城约三四里，行其途有八九里，虽全是人工，而奇思幻想，点缀天然，即阆苑瑶池、琼楼玉宇，谅不过此。其妙处在十余家之园亭合而为一，联络至山，气势俱贯。其最难位置处，出城八景，有一里许紧沿城郭。夫城缀于旷远重山间，方可入画，园林有此，蠢笨绝伦。而观其或亭或台，或墙或石，或竹或树，半隐半露间，使游人不觉其触目。此非胸有丘壑者断难下手。城尽，以虹园为首，折而向北，有石梁曰"虹桥"，不知园以桥名乎？桥以园名乎？荡舟过，曰"长堤春柳"，此景不缀城脚而缀于此，更见布置之妙。再折而西，垒土立庙，曰"小金山"，有此一挡，便觉气势紧凑，亦非俗笔。……过此有胜概楼，年年观竞渡于此。河面较宽，南北跨一莲花桥。桥门通八面，桥面设五亭，扬人呼为"四盘一暖锅"。此思穷力竭之为，不甚可取。桥南有莲心寺，寺中突起喇嘛白塔，金顶璎络，高矗云霄，殿角红墙，松柏掩映，钟磬时闻，此天下园亭所未有者。过桥见三层高阁，画栋飞檐，五彩绚烂，叠以太湖石，围以白石栏，名曰"五云多处"，如作文中间之大结构也。过此名"蜀冈朝旭"，平坦无奇，且属附会。将及山，河面渐束，堆土植竹树，作四五曲。似已山穷水尽，而忽豁然开朗，平山之万松林已列于前矣。……

这是对于这"绿杨城郭"有上二种的看法：一是把这扬州八景放在一起作整个儿的看；二是把这整个儿的扬州景致，当作一幅图画或是一篇文字看。自和他人的漫无一点系统，只是游到一处，胡乱的下上几句批评的，显然的有些不同。而在如此超脱的一个意境之下，他所发表的见解，自然也是不同凡响，哪里还会人云亦云的呢！所以，他这一节记游之文，虽只寥寥数百字，然而把这"绿杨城郭"，差不多已整个儿涌现到我们的眼面前来了。易以俗手，恐累数千百言而犹不止，正不知要写到怎样的拖泥带水！

此外，他的笔致也是非常的生动的，我且选一段录在下面：

> 殿后临峭壁，树杂阴浓，仰不见天。星烂力疲，就池边小憩。……忽闻忆香在树杪，呼曰："三白速来，此间有妙境！"仰而视之，不见其人，因与星烂循声觅之。由东厢出一小门，折北，有石磴如梯，约数十级，于竹坞中瞥见一楼。又梯而上，八窗洞然，额曰"飞云阁"。四山抱列如城，缺西南一角，遥见一水浸天，风帆隐隐，即太湖也。倚窗俯视，风动竹梢，如翻麦浪。忆香曰："何如？"余曰："此妙境也。"忽又闻云客于楼西呼曰："忆香速来，此地更有妙境！"因又下楼，折而西，十余级，忽豁然开朗，平坦如台。度其地，已在殿后峭壁之上，残砖缺础尚存，盖亦昔日之殿基也。周望环山，较阁更畅。忆香对太湖长啸一声，则群山齐应。

这是他去游苏州无隐禅院时所记的一节。无隐禅院是人家所不知道的一个僻寺，并不如"绿杨城郭是扬州"这般的古今闻名，然经他用十分生动之笔一写，也同样的给了人家一个很深刻的印象。而前一个"此地有妙境"，后一个"此地更有妙境"，更可称得神来之笔。从此，无隐禅院的胜景，也得流传于世，这真要谢谢这位沈三白先生呢。

## 五　文字上的批评

天下最不可思议的东西，要算是文字了。其他不论甚么东西，只要愈把人工加上去，自然愈会臻于美妙之境，它却不然，有时为了极意求工的缘故，反处处露着斧凿痕，而把天机闭塞了去。然而，文字之美，全仗天机吗？却又不然，无论是如何纯任天机的一篇文字，有时在修词的方面，却也得加以三分的人工的。所以，真正美妙的文字，常是七分的天机，三分的人工，这么的凑合着在一起。而《浮生六记》的能在小品文字中挨得上一把交椅，也是为了它的产生，能符合着以上的说的这条件的。

历来对《浮生六记》加以批评的，颇不乏人，我却最赞成俞平伯先生为它所作的那篇序中，最后所说到的那一节话：

　　　　即如这书，说它是信笔写出的，固然不像；说它是精心结构的，又何以见得？这总是一半儿做着，一半儿写着的；虽有千雕百琢一样的完美，却不见一点斧凿痕。犹之佳山佳水，明明是天开的图画，然仿佛处处吻合人工的意匠。当此种境界，我们的分析推寻的技巧，原不免有穷时。此《记》所录所载，妙肖不足奇，奇在全不着力而得妙肖；韶秀不足异，异在韶秀以外竟似无他物。俨如一块纯美的水晶，只见明莹，不见衬露明莹的颜色；只见精微，不见制作精微的痕迹。

如此的立论，实是更进一步的说法。不但它呈露在外的种种美妙之处，全个儿的给他抓住；便是蕴藏在内的一切美妙之处，也都给他剖析而出了。他真可算得是沈三白的惟一知己呢。

## 六　五、六两卷佚稿的发现

这样美妙的一篇自传文，却将它的五、六卷佚去，单剩下了前面的四卷。这是凡读《浮生六记》的人们，莫不引为是一桩憾事，而为之扼腕不置的。因之，便有人努力的在搜求着是项佚稿，尤其是一般出版界中人。据公众的一种意见，沈三白生于清乾隆、嘉庆间，以年代而论，距离现在还不怎样的久远，是项佚稿大概尚在天地间，不致全归湮灭，定有重行发见的一日，只要搜求之得法而已。

同乡王均卿先生，他是一位笃学好古的君子，也是出版界中的一位老前辈。他在前清光绪末年刊印《香艳丛书》的时候，就把这《浮生六记》列入的了，三十年来，无日不以搜寻是项佚稿为事。最近，他在吴中作菟裘之营，无意中忽给他在冷摊上得到了《浮生六记》的一个钞本。一翻阅其内容，竟是首尾俱全，连得这久已佚去的五、六两卷，也都赫然在内。

这一来，可把他喜欢煞了！现在，我们的这本，就是根据着他的这个钞本的，所以别个本子都阙去了这五、六两卷，我们这个本子却有，大可夸称一声是足本。至于这个本子，究竟靠得住靠不住？是不是和沈三白的原本相同？我因为没有得到其他的证据，不敢怎样的武断得。但我相信王均卿先生是一位诚实君子，至少在他这一方面，大概不致有所作伪的吧？而无论如何，这在出版界中，总要说是一个重大的发见，也可说是一种重大的贡献了。

# 《浮生六记》校读后附记

### 朱剑芒

　　我初次读沈复的《浮生六记》记得在民国初年，当时所读的是什么版本，已完全忘怀，因为我从小喜读小说，尤喜读笔记一类的小说，家里藏书不多，常向亲戚朋友家借读，读毕就还，再也没有闲工夫去考究什么版本——那时自己的学力，本也谈不到版本上的考究。有时连序文跋语，和附录一类东西，都是随手翻过，始终不看的。后来购到一部进步书局的《说库》，《浮生六记》也选列在内，于是详细覆读，一遍，两遍，以至于无数遍，《闺房记乐》和《坎坷记愁》当然是读而又读，读到爱不忍释。

　　《浮生六记》的五、六两卷，早经佚去，所以各种本子上都标明记的名目而下注着"原缺"。于是空有六记的名，实在只剩四记。最近经吴兴王均卿先生搜到了这部完全的《浮生六记》，在开卷以前，已感到不少兴趣，万不料淹没已久的两卷妙文，居然一旦发见，这不要说王先生所快慰，任何一个读者所快慰，像爱读《浮生六记》的我，当然算得快慰之中的第一个了。不过我在这首尾完整的本子上，发见两个小小疑问：一、以前所见不完全的各本，目录内第六卷是《养生记道》，现今这个足本，却改了《养生记逍》，单独用一"逍"字，似乎觉得生硬。再《中山记历》内所记，系嘉庆五年随赵介山使琉球，于五月朔出国，十月二十五日返国，至二十九日始抵温州。按之《坎坷记愁》，是年冬间，芸娘抱病，作者亦贫困不堪，甚至隆冬无裘，挺身而过，继因西人登门索债，遂被老父斥逐。刚从海外壮游回国，系出使大臣所提挈，似不应贫困至此。又《浪游记快》中游无隐庵一段，亦在是年之八月十八，身在海外，决无分身游历之理。有这两个疑问，在初，我总和苕狂先生的意见相同：这个本子究竟靠得住靠不住？是不是和沈三白的原本相同？这真是考证方面一桩最困难的事。

近阅俞平伯先生所编《〈浮生六记〉年表》，于卷二、卷四的纪年上，亦竟发见许多错误。我从这一点上才明白到作者所作六记，第四卷既系四十六岁所作，五、六两卷写成，当更在四十六岁之后，事后追记，于纪年方面，当然难免有错误。要说王先生搜得的足本因纪年有不符合的地方硬说它是靠不住，那么，连卷二、卷四也可说是靠不住了，哪有这种道理？至于《养生记道》和《养生记逍》的不同，考之最初发见残缺本《浮生六记》的杨引传，他那序上曾说是作者的手稿，现在王先生搜得的足本，也是抄写的本子，究竟哪一本是作者墨迹，虽无从证明，而辗转抄写，亦不免有鲁鱼亥豕之处，"道"和"逍"的形体相像，我们可坚决承认，后者或前者总有一本出于笔误的。

上面的两个疑问解决，我就很愉快地写出来，作为校读后的附记。

# 中华经典名著
# 全本全注全译丛书
## （已出书目）

搜神记

拾遗记

世说新语

弘明集

齐民要术

刘子

颜氏家训

中说

群书治要

帝范·臣轨·庭训格言

坛经

大慈恩寺三藏法师传

长短经

蒙求·童蒙须知

茶经·续茶经

玄怪录·续玄怪录

酉阳杂俎

历代名画记

唐摭言

化书·无能子

梦溪笔谈

东坡志林

唐语林

北山酒经（外二种）

折狱龟鉴

容斋随笔

近思录

洗冤集录

传习录

焚书

菜根谭

增广贤文

呻吟语

了凡四训

龙文鞭影

长物志

智囊全集

天工开物

溪山琴况·琴声十六法

温疫论

明夷待访录·破邪论

潜书

陶庵梦忆

西湖梦寻

虞初新志

幼学琼林

笠翁对韵

声律启蒙

老老恒言

随园食单

阅微草堂笔记

格言联璧